マルティーヌ・リード

なぜ〈ジョルジュ・サンド〉と名乗ったのか？

持田明子訳

藤原書店

Martine REID

SIGNER SAND

ジョルジュ・サンドの祖母、マリ＝オロール・ド・サクス（1748-1821）の肖像画（左）と、祖母の描いた少女のオロール（後のサンド、1809年頃、右）

ナポレオン軍の将校の軍服を着たサンドの父、モーリス・デュパン（1778-1808）の肖像画

サンドの母ソフィ＝ヴィクトワール・ドゥラボルド（モーリス・デュパン夫人、1773-1837、サンド筆、1833年頃）

《2 人の散策者》（ガヴァルニによるリトグラフ）
右の人物が、学生の恰好をしたジョルジュ・サンドと思われる

ROSE

BLANCHE

la comédienne et la religieuse,

PAR J. SAND.

PARIS,

1831

ジュール・サンドー（1811-83、サンドのデッサン）と、『ローズとブランシュ』初版（1831）

ジョルジュ・サンドの戯画
《こっけいな鏡》（A.-J. ロレンツ筆）

処女作『アンディアナ』
初版（1832）

ミュッセの描いた《扇をもったサンド》

左からデュマ、ユゴー、サンド、パガニーニ、ロッシーニ、リスト、マリ・ダグー
(J. ダンハウザー筆)

オデオン座での『ヴィルメール侯爵』上演（1869 年、H. ラゼルジュ筆）

フロベール宛ての手紙（1869 年 8 月 14 日）

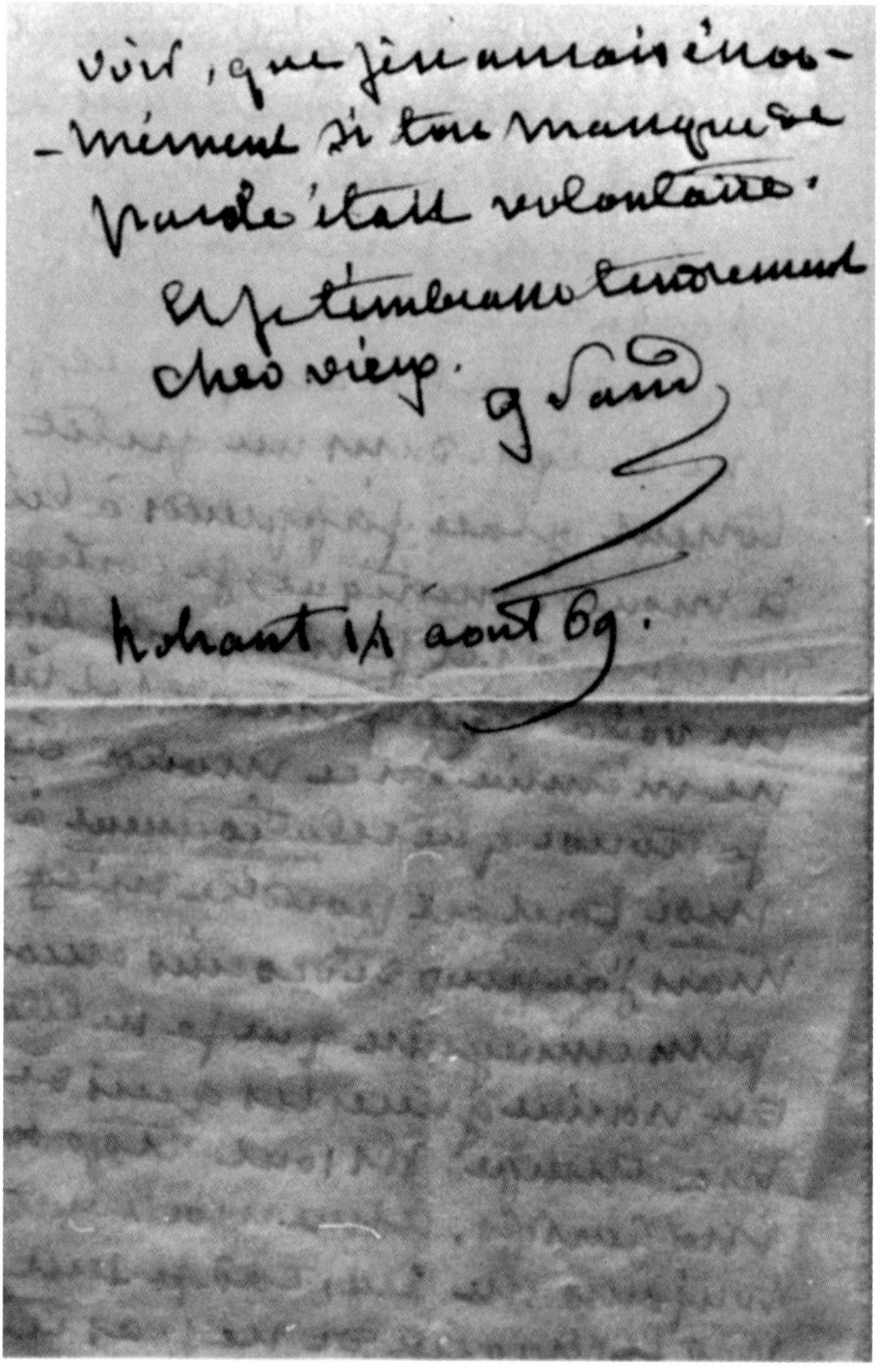
voir, que j'en aurais énor-
-mément si ton manque de
parole était volontaire.
Et je t'embrasse tendrement
cher vieux.
G Sand

Nohant 14 août 69.

遺書（1847 年 7 月 17 日作成）

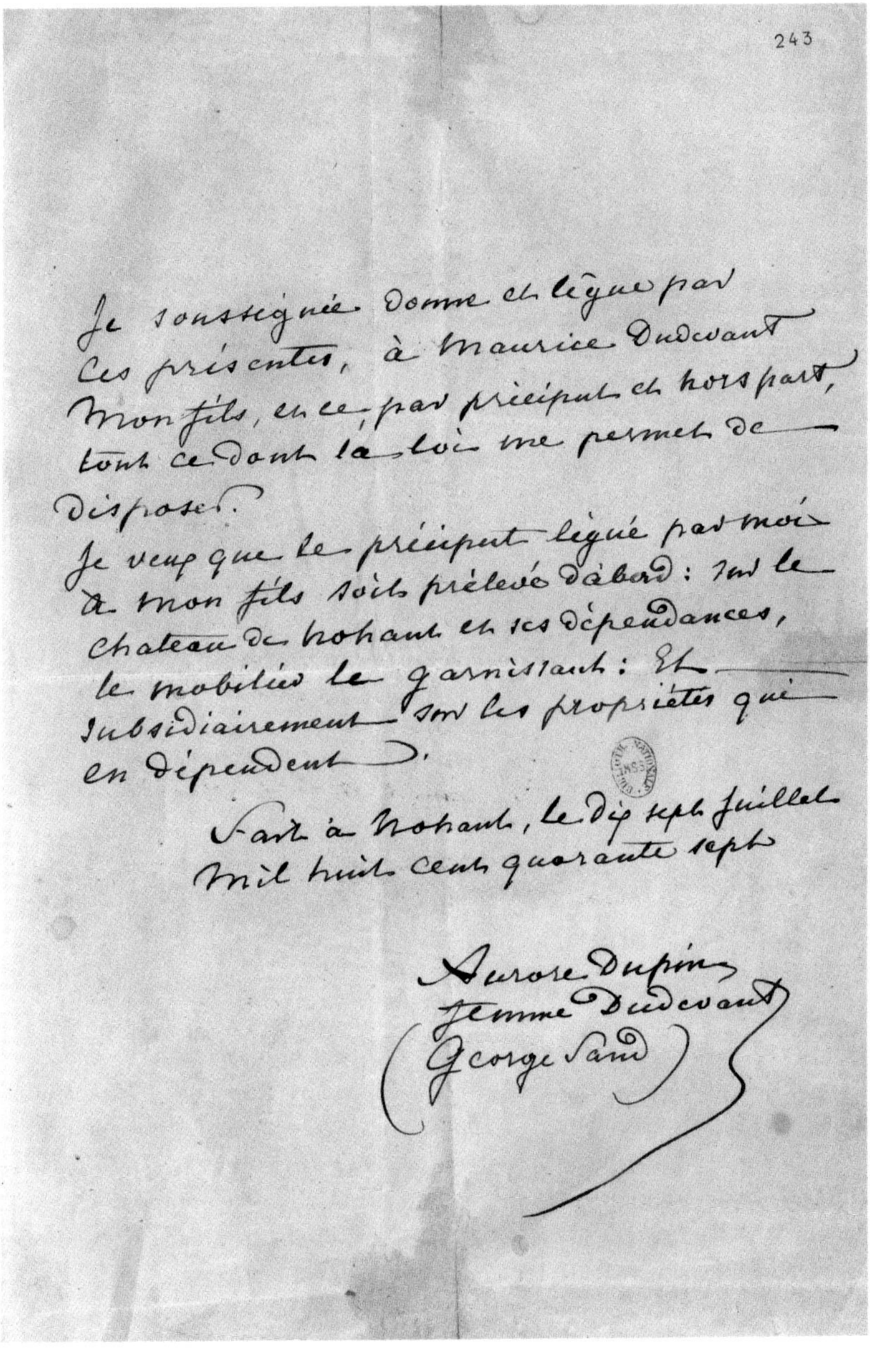

243

Je soussignée donne et lègue par
ces présentes, à Maurice Dudevant
mon fils, et ce, par préciput et hors part,
tout ce dont la loi me permet de
disposer.
Je veux que le préciput légué par moi
à mon fils soit prélevé d'abord : sur le
château de Nohant et ses dépendances,
le mobilier le garnissant : Et
subsidiairement sur les propriétés qui
en dépendent.

Fait à Nohant, le dix sept juillet
mil huit cent quarante sept

Aurore Dupin
femme Dudevant
(George Sand)

サンドの生涯を漫画であらわしたもの。中央に「パリに生まれたジョルジュ・サンド」。左上より、①ポーランド国王アウグスト２世の血を引く　②デュドゥヴァン男爵夫人　③ジョルジュ・サンドに！　④初期の小説(『ヴァランティーヌ』『レリア』他)　⑤戯曲(『捨て子のフランソワ』『ヴィルメール侯爵』他)　⑥ジョルジュ・サンドのそばの近代の作家たち　⑦1848年に　⑧ノアンで、ジャムを作りながら　⑨アカデミー・フランセーズの席の上に(『コンシュエロ』『わが生涯の物語』他)

日本の読者へ

日本の読者に、ジョルジュ・サンドを主題にしたこの批評的随想を読んでいただけることは私にとって喜びであり、また誇りでもあります。

翻訳という長い時間と根気と緻密さを要する仕事の対象となることは、それに値すると評価された著作の著者たちだけが享受できる誇りです。外国語に〈移し換えられた〉自分の著作を目にできることとは著者にとってなんという喜び。ある言語から別の言語へ、ある記号体系から別の記号体系への転換、それはどれほどの感謝の気持ちを引き起こすことでしょう！　翻訳された自分の本を目にすること、それは、著者にとって、異なった地平が開かれ、異なった精神的、文化的論理の中に自分が置かれるのを目にすることであり、考え方や能力や宿っている情熱の共有が可能になるという喜びです。

ジョルジュ・サンドについての本を日本の読者に贈ることは、すべての翻訳された本がもたらすような喜びや誇りだけではありません。よく知られているように、『魔の沼』が日本で最初に翻訳されたのは一九一二年のことですから、日本の読者は一世紀前から、ジョルジュ・サンドの作品に興味を持ってきたことになります。加えて、日本のフランス文学研究者たちは、数十年来、サンドに特別の関心を示してきました。

まず、女性という彼女の性に対して。ジョルジュ・サンドはこの時代の文壇に申し分ない位置を占め、バルザック、ヴィクトル・ユゴー、ウジェーヌ・シュー、あるいはアレクサンドル・デュマと並んで、生活の資を十二分に得る自立した女性でした。彼女は〈フランス文学の偉大な女性〉であり続けるだろうと、ユゴーは明確に言っています。

次に、彼女が抱いていたさまざまな信念に対する関心です。寛容な信念、社会主義者としての、フェミニストとしての信念ゆえにサンドは、十九世紀フランスのもっとも偉大な人物の一人です。また彼女のきわめて多様な興味——音楽、絵画、植物学、地質学——に対してばかりか、彼女が〈家政術〉と呼んだものに対しての関心です。裁縫や料理がどれほど尊敬に値し、興味深い仕事であるかを彼女は思い起こさせてくれます。さらには、フロベールが彼女の〈語りの天分〉、つまり、力強さと比類のない想像力で物語を語る能力と呼ぶものを大いに発揮した、その広範な小説の題材に対する関心です。

ところで、日本の読者に、藤原書店の優れた出版活動はよく知られていると思いますが、ジョルジュ・サンドに関しては、とりわけその作品の普及を目ざして、『モープラ』、『スピリディオン』、『歌姫コンシュエロ』、『ジャンヌ』、『魔の沼』、『黒い町』、『ちいさな愛の物語（おばあ様のコント）』、『書簡集』などの主要作品を出版しています。この女性作家の思想が日本の読者の確かな関心を引き起こしているのは、藤原書店の功績と言えます。藤原良雄氏がサンドの思想の独創性と今日性を確信し、重要性を認めておられる作品群への深い信頼ゆえに、私の著作を出版していただいたのだと思います。私の著作はジョルジュ・サンドの作品につらなるものですから、藤原書店から出版されることは〈論理的〉必然であり、羨ましがられる場を占めることができたのです。

私は、ジョルジュ・サンドの最も明らかな特異性を作り出しているもの、つまり、最初の小説『アンディアナ』の出版に際し彼女が一八三二年に採用することを選択した、〈ジョルジュ・サンド〉という有名な筆名の持つ特異性の考察から始め、その小説作品全体を読みたいと思いました。オロール・デュパンが英語の響きを持つ男性の筆名を選択したことは、それが、文章を書く女性にとってこの時代の習慣なり必要性であったからではなく、複雑な家族事情や、〈自分自身の〉名や親子関係との問題点の多いかかわりによるものであることを示そうとしました。そこに彼女の強い意志が感じられるからです。

私が次に考察した小説群の題材の多くは、ジョルジュ・サンドの個人史の名残を色濃くとどめ、一八五四年から五五年にかけて出版された壮大な自伝『わが生涯の物語』に認められるように、幻想を多く取り込んでいます。この作家の行動や小説作品を時代の文学的場に置き直すためのさまざまな分析で私が最終的に目ざしたものは、ジョルジュ・サンドの生涯、作家としての道すじ、著作が統一的に形成している全体像を明らかにすることでした。この統一的な全体像のゆえにサンドは、その時代のもっとも卓越した、フランス文学の作家たちの中に位置したのであり、しばしば女性蔑視に根ざした批評や、その価値を意図的に引き下げるような作品批判にもかかわらず、それは今日なお普遍の意義を示しています。

ジョルジュ・サンドの研究者であり、その作品の著名な翻訳者である持田明子氏に本書の翻訳を引き受けていただきました。成し遂げられた仕事に対して、そして、ジョルジュ・サンドの作品、さらには、関係する批評的著作に対しずっと以前から示されている深い関心に対して、藤原書店社長藤原良雄氏ならびに持田氏に心からの謝意を表したいと思います。

時とともにジョルジュ・サンドの真実の〈友〉になった人々、フランス文学を学び、教え、研究し、愛読する、学生や教師や学識者や愛好者、さらに、広く人間と社会に深い関心を抱いている多くの人々に本書が読まれることを願っています。本書を通して、ジョルジュ・サンドの感嘆に値する作品とその人格がより広く知られ、より深く理解されることを、作品が執筆された〈時代や地域〉をはるかに越えて、世界文学と呼ばれるにふさわしい、たぐい稀な、優れたその作品へ読者をいざなえることを願っています。

二〇一四年四月

マルティーヌ・リード

なぜ〈ジョルジュ・サンド〉と名乗ったのか？

目次

なぜ〈ジョルジュ・サンド〉と名乗ったのか？

凡　例

一　原則として、原文において《　》で囲まれた単語・文章は〈　〉で囲んだ。「　」とした場合もある

一　イタリックで記された部分のうち、書名は『　』、作品名・雑誌名は「　」で囲み、その他は訳語に傍点を付すか、あるいは「　」にしたものもある

一　訳者による補足については、短いものは〔　〕で文中に挿入し、長いものは該当語の右横に＊を付し、その段落末尾に挿入した

一　引用部分の訳文は、訳者による

序

初めに名あり。書物を開けば、それを著した男性なり女性の名がある。原則としてそれが分からないということはない。その名は実在の人間にかかわり、その身分証書となっている。名はこうした指示的効力のほかに、さまざまな意味を背負っている——つまり、それは一つの家族史を物語り、その家族史を「歴史」の中に組み入れる。姓は継承され、与えられ、伝えられる。幾世代もの切れ目ない継続の中で捉えるならば、それは特別な感情の対象となる。それに対して何らかの特別な嫌悪感を抱き続け、それを変えようとするのでない限り、それに同意し、そこに自分の姿を認め（鏡の中に自らの姿を認めるように）、多少なりともうまく、あるいは、無頓着に順応する。バルザックは『Z・マルカス』の中で、〈人生の出来事と人の名との間には、不可解な、説明のつかない一致なり、明らかな不一致があり、驚かされるものです。つまり、しばしば、遠く離れてはいるものの、有効な相関関係が明らかにされるのですよ〉[1]と記している。

文学のために自分の名を保持し、それに名声を託すことができる。名を変更することもできる。時代の慣習に結びついたあらゆる種類の理由で名を変更する、あるいは、名の機能、つまり言葉での自己の代理人という機能を拒否するゆえに、もっとひそかにそれを変更する。こうした状況で名を変え、考案した固有名詞に少しずつ一体化してゆき、自分のために選んだ名を〈正真正銘の〉名に仕立てる――それは、本当の名はそれまで信じていた名ではないと決めることだ。それはまた、文学そのものが言葉の問題であり、言葉の中で心ゆくまで創造し、考案するだけにいっそう容易にこの変身を可能にすることを、あらためて思い出させてくれる。

ひとりの女性が一八三二年に、初めての小説を出版しようとしているとき、なぜ、別の姓や男性の洗礼名を選ぶのか？ なぜ『アンディアナ』に筆名で署名するのか？ それはいったい何を意味するのか？ それは何の徴候なのか？ どのような特異な物語を示唆しているのか？ 借り物の名で書くことはひとつの習慣なのだろうか？ 文筆で生計を立てようと決意する女性たちは同様にしたのか？この分野でどんな重要な前例があるのか？ こうした疑問点こそが、本書執筆のきっかけになった問題意識のいくつかなのだ。これらの疑問は〈ジョルジュ・サンド〉という、慣れ親しんでいると同時に、どこか謎めいてもいる三つの音節のこの奇妙な組合せに、ずっと以前から魅せられてきたゆえに生じたことだ。

ジャン・スタロバンスキ*は、「筆名スタンダール」と題した研究論文の中で、初めて文学における筆名と自己とのかかわりとの関係や、本名ではない名の選択と虚構との関係について検討した。(2) 筆名を単なる文学上の偶発事、出版上の何らかの特殊事情に関連したふとした思いつきとするどころか、この批評家は、筆名が父親の人形《ひとがた》殺しに相当すること、そして、この殺害がアイデンティティの上に、そしてそれを表明する言葉の上に、作品が原因であると同時に結果となる決定的な影響をもたらすことを明らかにした。仮面をつけること、筆名を選ぶこと、それは著者の素性の問題をあいまいにして、実存し、侵すことのできない与件として著者のアイデンティティについて策を弄することだ、と彼は指摘する。それは真実と虚偽、内と外、実在と仮象、存在と不在を緊張関係に置くことだ。かくして、スタンダールにあって筆名は、私的な文章や、『アンリ・ブリュラールの生涯』といった自伝的言説の中でばかりか、小説作品で表現される取り消しや、隠しだてや、誇示といったあらゆる種類の作為に通じる。

＊一九二〇年ジュネーヴ生まれ。文芸批評家、医者。ジュネーヴ大学名誉教授。フランス学士院会員。研究領域は多岐にわたるが、とりわけ、ルソーを中心とする十八世紀研究。邦訳書に『透明と障害——ルソーの世界』（みすず書房）、『自由の創出——十八世紀の芸術と思想』（白水社）、『フランス革命と芸術』（法政大学出版局）、『絵画を見るディドロ』（法政大学出版局）など

そうしながら、スタロバンスキは特異な心理的性向と文学的企画を関係づける。彼は特異な生成を見せる個人と、特徴的な創作作業を、同一の分析的、批判的態度で考察する。個人と作品は、一つの明確な歴史的状況の中に存在する。それぞれの時代が、時代に対する隔たりのようなものとして（名、親子関係、家族、アイデンティティがそれに含まれる）行動の規範を押しつけるが、時代はまた、著者像、作家という職業、小説、またそれらに結びついた自己中心的な任務であるものも押しつける。したがってジョルジュ・サンドの行為を理解することはまず、女性作家という現象が広がり、増大する一八三〇年代の文学の活動状況を考察することに通じる。こうした背景は必要なものであるにして

も、十分なものではない。それはサンドのやり方の特異性や、社会通念とは逆に、文学の領域における筆名の例外的な性格を忘れさせるおそれがある。たとえ申し分なく資料で裏付けられているとしても、それはジョルジュ・サンドによって行われた選択への真の解釈を可能にはしてくれず、分析を問題の周縁にとどめておきかねないからだ。

オロール・デュパンがジョルジュ・サンドに徐々に変容してゆく事情は、書簡や自伝的作品を読むことで理解されるし、部分的には、再構成することもできる。分析的方法のみが、内面からこの現象を把握することを可能にし、変容の状況を作り出し、少しずつそれを構築して最後まで成し遂げ、ついには明白なこととしてそれを認めさせる特殊な精神力学を、再現することを可能にする。筆名は考案されるものであり、空想的領域に隣接する。とりわけ家族や性別に関して、筆名が示し、具体化するような不安定が認められる。そして虚構がそれを多様なやり方で展開する。

筆名選択の問題点や動機の解明は、それらが現れる文学ジャンルの問題を避けて行うことはできない。書簡にしろ小説にしろ自伝にしろ、立てた仮説の正当性を理解するだけで事足りるような画一的な素材として把握することはできない。サンドの文学的手腕はまばゆいばかりであり、既存の表現形態すべてを自己のものとし、それらを組み立てて行くさまはとりわけ創意に富んでいる。作品は、考慮に入れるべききわめて多様な、文学の形式的、間テクスト的過去との力学的関係の中に深く入り込んでいる（ここでは示唆するにとどめるが、一部分に限定した研究は数多くある）。

筆者の考察は、歴史（時代の慣行や集団表象を考えるために）、精神分析的手段（自己、家族、名、性別との関係の力学を把握するために)、そして文学史を三つの拠点として構築された。考察では自伝が大きな位置を占めているが、とくに小説作品にも多くのページを割いた。既存の研究とは逆に、全体に意味を与えるよう配慮した。この考察を結ぶにあたって、筆者は、一八七六年にエミール・ゾラが作家サンドを対象とした試論を注意深く読むことで、その死にあたっての作品受容の問題を捉えようとした。

最後に、テーマ分析に深い関心を抱く批評の分野で、総合と解釈のために弁明しておかなければならない。総合の欠陥はよく知られているが、だからと言ってそうした欠陥が一般的命題への関心を影らせるものではない。解釈については、それだけが読解の提言を増加させ、批評的論争をかき立ててくれる。フランソワーズ・ドルト*の表現によれば、解釈には何らかの危険性が伴うとしても、それでも解釈が創意に富み、柔軟で、多元的であり続けるように取り組む必要がある。それは、ジョルジュ・サンドの堂々たる作品(それが閉じ込められている周辺部から抜け出すことを望むべきだ)にその持てる力のすべてを与えるためであり、さらには文学とは何かを知るという、目がくらむばかりの問題に答える一助とするためなのである。

M. R.

*一九〇八年パリ生まれ(—一九八八)。フランス精神分析学の草分け的存在。臨床医としてとくに子どもの精神分析治療に大きな成果をあげる。ラジオの育児相談番組にも出演。邦訳書に『少年ドミニクの場合』(平凡社)、『少女時代』(みすず書房)、『欲望の世界』(勁草書房)など

第1章　笑いと隠しだて

もし無数の空想が湧き出る人間の脳の神秘的な泉にまでさかのぼることができるならば、必ず素質に通じる偶然をいくつも見出すことだろう。

『転がる石』(1)

一八三二年五月、オロール・デュドゥヴァン〔ジョルジュ・サンドの本名〕は自分のために別の名を探している。彼女の名は文学にふさわしくない、ということだから。いくつかの小話や記事、それからジュール・サンドーと一緒に、『ローズとブランシュ、または女優と修道女』と題する小説を書き、〈J・サンド〉の筆名で出版した後で、彼女は『アンディアナ』の作者になった。今度は一人で、冬の間ノアンで執筆した。原稿は出版者の手にゆだねられている。出版者はどのような名でそれを出版したものか分からず、作者にそれを尋ねる。『わが生涯の物語』を読むと、この一件は素早く片がついたらしい。姑の反対（〈本の表紙にわたくしの名を印刷するようなことはないでしょうね？〉）や、友人の意見や、彼女自身の希望が非常に単純な解決策をもたらした——つまり、出版者は、ドゥラトゥーシュが発案し、すでに使用した筆名（サンドー Sandeau の一部を切り取った姓）をそのままにし、彼女の方は名を選択するだけ、というものだ。

自伝的物語の中で、このことは未来の作家と、その姑であるデュドゥヴァン男爵夫人との間の短い対話に続いて語られる。

印刷される表紙に記すべき名について、わたしはほとんど気にかけてはいなかった。いずれにしろ、わたしは本名を明かさないことに決めていた。最初の作品はわたしが下書きをし、それから、ジュール・サンドーがすっかり書き直し、それにドゥラトゥーシュがジュール・サンドの名をつけた。この作品は別の出版者の関心を引き、同じ筆名で別の小説を書くよう求めてきた。ノアンで『アンディアナ』を書き上げていたわたしは、これを求められた筆名で渡そうとした。だが、ジュール・サンドーは自分がまったく関わっていない本の作者の資格を、謙虚な気持ちから、受け入れようとしなかった。それは出版者の意に適うことではなかった。作家名は売れ行きにとってすべてなのだ。そのささやかな筆名は大いに広まっていたから、出版者はなによりもこの名を維持することにこだわっていた。相談を受けたドゥラトゥーシュは妥協案でこの問題に決着をつけてくれた。つまり、サンドはそのまま残しておいて、わたしだけが使う別の名を選ぶというものだ。わたしは、〈ベリー地方の人〉と同義語のようにわたしに思われるジョルジュという名をすぐさま、思案もせずに選んだ。世間に知られていないジュールとジョルジュならば兄弟か従兄弟と思われるだろう。こうして、この名はしっかりとわたしのものになった――そして、ジュール・サンドーは［…］、彼が言うには、わたしの羽《ペン》で自らを飾る〔他人の長所を自分のもののように自慢する、の意〕ことのないよう、自分の名を取り戻し、略さずに記すことを望んだ。［…］わたしの方は、かつてドゥラトゥーシュの頭に浮かんだコッツェブーの暗殺者〔ドイツの劇作家コッツェブーを刺殺した大学生ザント（Karl Sand）〕の名を残しておいた。これが大いに効を奏して、わたしはこの国からカール・ザントとの親戚関係を明らかにしてくれるようにと懇願する手紙を何通も受け取ったほどだ。［…］そして、今では、わたしはこの名に愛着を持っている――もっとも、それは噂されたようにもう一人の作家の名の半分ではあるが。まあいいだろう。［…］ドゥラトゥーシュがたまたま思いついてわたしにそれを与えてくれたのだ。［…］『アンディアナ』の原稿［…］と一枚の千フラン札［…］の間で、無名で無頓着なわたしは命名された。それは、取るに足らない詩人見習いのわたしと、苦労しているわたしを慰めてくれた目立たないミューズとの間の契約、新たな婚姻だった。(2)

結局、それは新たな職業と、名や進路や生活の変更との間の好運な巡り合わせといったことだろう。筆名がまるで良識ある解決策のように摩擦なく課されたから、作家はそうした状況に譲歩したにちがいない。読者はそこに、文学活動で一見、よくある行為(借り物の名、つまり偽名のもとに書く)を認め、次章で見る名声の変転の前に、文壇に登場したひとりの女性のいわば無痛分娩――彼女自身が〈ばら色の中で〉[3]生まれたように――に立ち会って喜ぶだろう。J・P・ロレとアンリ・デュピュイが出版した二巻本（八切判）の小説の表紙に、（新しい）筆名が控え目に記される。〈G・サンド〉と読める。頭文字の単純な変更で、読者にはペンの変更（実際には、サンドーの追放、二人一組の〈J・サンド〉の分裂、文学上の離婚）を公表するのに十分だったにちがいない。

話を続けよう。サンドは、出版にあたり、デュドゥヴァンの姓を使うつもりのないことを断言する。もし、彼女が書き、ジュール・サンドーが手を入れた小説を出版したという前例――彼女によれば、終わりの三文字を削った彼の名で発表した――がなければ、彼女は匿名を選択したかもしれない。彼女は『アンディアナ』のために同じ筆名を用いようとしている。だが、サンドーは、自分が推敲に関わらなかった小説のために共有の筆名が使われることに今度は反対する。二人の作家の間の親戚関係を示唆できるようにするには、洗礼名を変更すればよい。こうした作戦の責任者は三度ともドゥラトゥーシュ（ラ・シャトル生まれで、この後、さらに数か月の間、「フィガロ」紙の発行人であり、またバルザックやマルスリーヌ・デボルド＝ヴァルモール*らの文学的才能の発掘者であるイヤサント・ド・ラトゥーシュ）だ。この人物は確かに策に富んでいる。彼はサンドの名が想起させうる劇的な響きを活用しようと考えた。[4]今度は偶然と思いつきが彼に決断させる。作者の名の選択や維持の決定には経済的理由が加わる。〈作者の名が本の売れ行きにとってすべてなのだ〉の一節がその事情を強調している。J・サンドと署名された小説はよく売れた。暗殺者の名を携えれば成功は確かなものになる。〈詩人〉サンドが原稿と千フラン札一枚の間で命名される。

＊一七八六―一八五九。フランスの女性詩人、女優。詩集『悲歌、マリ、ロマンス』、『涙』、『悲しき花』など

かくして、二十年来ジョルジュ・サンドの名でよく知られた作家が筆名の問題に、自身の屈託のなさと、周囲の人々の〈計算〉（姑は体面を心配し、一方、ドゥラトゥーシュは売れ行きや、筆名の宣伝効果を考える）との間に見られる顕著な対比を際だたせることを目的とした〈愉快な〉考察をわずかばかり提供してくれる。これこそ明らかに狙った効果だ。したがって、作家がいささかも選択しなかったように見え、社会的な、出版上の、さらに金銭上の配慮が作家に代わって決めたというこの物語以上に月並みなものはない。当時、四頁で構成される日刊紙の発行者で、政府に対する攻撃や風刺趣味で名を馳せたドゥラトゥーシュが、文壇という舞台で何人かの若い俳優たちに対してやったように、ジュールとジョルジュの文学活動の第一歩を導き、二人にとって助言者の役目を果たし、父親代わりになる。〈命名し〉、名によって文学へ通じる扉を開けてくれるのはジャーナリスト、つまり、権力者である彼なのだ。

アンリ・ベイルは一八一七年の秋に、『ローマ、ナポリ、フィレンツェ』の出版にあたって、〈ド・スタンダール氏〉と署名することを選んだが、それはこの筆名の使用が彼の目には、貴族の出を表す小辞（ド）や、高貴で心地よく、そして、好奇心をそそる響きをもった名に大いに適ったからにほかならない。サンドはまさに逆のことをする。〈無名で、無頓着な〉彼女は、状況を考慮してなんらかの姓をもつことを外見上は受け入れる。この思いつきの〈名〉で、彼女が選択するのは洗礼名だけだが、この洗礼名が男性名であることは彼女には注釈など不要だ。それに、彼女はその名が暗示する当時の

愛人との興味深い相似性（それは、しばらくの間、ジュールの〈双子〉のジョルジュ Georges だ）をためらわずに強調する。換言すれば、彼女は〈G・サンド〉の筆名の選択がだれの目にも明らかなやり方で証拠を残していること、つまり、父の姓にしろ、夫婦の姓にしろ、本当の姓の放棄、したがって、それが象徴する情意的、社会的絆の放棄、さらに、ドゥラトゥーシュの案出した固有名詞を分かち合いながら、男性の洗礼名の選択については注意深く口を閉ざす。彼女の場合、詩人とミューズの婚姻といった、この上なく陳腐で、この上なく不適切なロマン派的メタファーは、それが単なる形式、契約上の純然たる必要性であると主張するものとして読むよう、読者を促している挿話を意図的に強化する。断絶がそこにある。だが、テクストは特別なことを些細な逸話的なものに、〈歴史的〉決定をただ単に偶発的な性質の要素に帰するような〈おしゃべり〉でこの断絶を覆い隠すよう作用している。

確かに、〈ペンネーム〉を用いることが当時、非常に広範に行われ、男性の筆名を選択することが一般的だったジャーナリズム界の慣行で筆名を用いるという理由により、実名で出版することへのためらいであれ、文壇の新人たちに対してなされるあらゆる忠告で繰り返された商業的論拠であれ、サンドが持ち出した論拠はこの時代の慣行を想起させる。〈作者名の商業的価値は発行人にとっては作品それ自体よりはるかに重要だ〉[5]という言葉が、一八三七年に出版されたソフィ・ユリヤック＝トゥレマドゥールの『エミリー、または若い女性作家』の中にある。一方、サンドはアントワネット・デュパンに宛てて、「作家の初期の習作は発行人にとって実質的な価値はまったくありません。バルザックや、J・ジャナンが署名した不作法な三行こそが紙幣なのです。仕方がないではありませんか、それは商人たちのせいというより、読者のせいですもの[6]」と書く。これで言い尽くされているのだ。この点に関するサンドの明敏さは注目に値する。文壇への登場がこれからは収益性に支配され、本の価値は名の象徴的力（それが覆っている作品の本質はあまり重要でないか、世間で思われているほど重要ではない）や、見分け、賞賛し、あるいは拒絶する批評なしには済まされない。この二重の介入がなければ、実質的であれ、推定上であれ、価値はないのだ。

一八三二年の書簡には筆名に関する挿話はほとんど見られない。次に引用する言葉は、『わが生涯の物語』で語られるものと大きく異なってはいない[7]――つまり、サンドがみなと同じように〈文学の道[8]〉と呼ぶ世界への無鉄砲な登場、ケラトリーとの会見、ドゥラトゥーシュのおかげで得た最初の有益な職業的人脈などだ。サンドは、新たな筆名の選択について自分の考えを説明することが望ましいと判断するただ一人の人物シャルル・デュヴェルネに宛てて、三月二十一日、書き送る。

> わたしの本の表紙に、サンドの名についたJ.の代わりにG.を目にして、きっと驚かれることでしょうね。あなたがその理由をぜひともお知りになりたいというのであれば、お教えいたしましょう。ジョルジュ・サンド、それはわたしのこと、ジュール・サンド、それはわたしの兄弟です。[…]もしラ・シャトルであなたが、それはどういうことなのか、これらの頭文字はどういう意味なのか、たずねられるようなことがあれば、お好きなように答えてくださいな。そうしたこ

とはわたしたちには関わりのないことで、わたしたちは本を出版してくれる買い手や、わたしたちに注目してくれるジャーナリストたち、わたしたちの書いたものを値切ろうとする書店に対してだけ説明すればいいのですから。反駁の余地のない論拠をもったこうした人々はわたしたちの運命にたちどころに影響を与えるのです［…］。名というものは、あなたもご存じのように、商品であり、営業権なのです。(9)

ここにはいつもながらの屈託のなさや、ジュール・サンドーとの架空の親戚関係を維持し、彼との鏡映しの文学的関係を保とうとする変わらぬ配慮、出版者やジャーナリストや書店が推進役を果たす商業的論理の至上権に対する変わらぬ同意がある。さらに数か月前の『ローズとブランシュ』の出版の際にすでに表明された、あの皮肉を言おうとする気持ちがある。この点に関してサンドは実際、シャルル・ムールに書いている。

わたしの駄作についてわたしにお話しになることはご遠慮くださいと申し上げておいたはずですわ。［…］わたしはつまらない、取るに足らない小説を書き、署名しませんでしたが、出版者のところでつつましく売れています。あなたの友人たちの善意をこの本でうんざりさせようなどという気持ちを一度たりとも抱くことがないように、わたしのもとにただの一冊も取っておきませんでした。ですから、わたしを女性作家などとけっして呼ばないでください、さもなければ、わたしの五巻を無理にも一気に読んでいただきますわ。［…］確かに今の時代にあっては大きな栄誉ですが、わたしの書いたものが光栄にも印刷されて以来、わたしは靴底の丈ほども高められておりません、本当に！　わたしは一介の私人として飲んで、食べていますし、ひとりのありのままの女として、子どもたちのお尻を拭いてやり、手を洗っていますわ。(10)

〈女性作家〉と呼ばれることに対する拒否は別にして（これについては後述しよう）、文学に執着していないと主張し、自分の仕事に対して好んで冗談っぽく距離を置き（サンドは、まるで〈J・サンド〉の署名が自分のことを表していないように、サンドーとともに書いた小説に署名しなかったとさえ言い張る）、内面的にも外面的にもこうだとするやり方に些末なところはまったくないことに注目しよう。それどころか、サンドが文壇で占めたいと望み、間もなく占めることになる立場を完璧なまでに特徴づけているのだ。このことは書簡を通してずっと見て取れるだろう。〈取るに足らない〉活動に対するこの面白がったまなざしは、必然的に、自己に対する面白がったまなざしをともなう（これは普通の主婦としてのサンドだ）。批評界が好んで主張したように、文学において、女性としてのある種のあり方、つまり、異なったあり方にだけ執着しているのではない態度が取られる。(11)　彼女は、より徹底していて、自分の言動を過大評価することが際立ってできないこと、自己や、人のありようや、人の行うことと調和のとれた関係をもつことが現実に困難なことを口にする。

この緊張状態はジョルジュ・サンドのこの世界でのあり方を形づくる。それは、この若い女性が公けの舞台に登場する（彼女は〈印刷され〉る）や、たちまち出現する。彼女の筆名の風変わりな物語が、偶然の出来事に見えながら、想起させるのはまたしてもそれであり、彼女は断固としてそれを強調する。換言すれば、サンドの立場はただ単に一八三〇年代の文学における女性の立場の反映ではない。たとえ彼女が多くの面で疑いようもなくこの時代に属しているとしても、そこに限定することはできない。実際、彼女は本質的にこの時代と異なっている。そのことが、物語の続きが示すように、サンドの極度の特異性を確かなものにする。

　アイデンティティと文学を分かちがたく結びつけている問題意識の枠組みの中でその原因を洞察し、諸段階を再構成し、結果を推し測る前に、自伝作家サンドが真実を曲げることに決めた二つの点――つまり、文壇登場と、〈ジョルジュ〉という洗礼名を選択した時期を見直すことが必要だ。

　サンドの文学活動の始まりは実際、彼女がほのめかしているより明らかに複雑だ。一八三一年二月からすでに、彼女はドゥラトゥーシュの指導のもとにいくつかの小話や記事を「フィガロ」紙に思い切って載せることで、〈小新聞〉[12]の実践の手ほどきを受けた。八月には、彼女はサンドーとともに、決闘で命を落としたばかりのアルフォンス・シニョルのいわゆる遺作の小説『警視』[13]の編集にあたる。パリの音楽事情に通じている（とりわけ、ドゥラトゥーシュがくれる演奏会の無料券のおかげだが）彼女は、これもまたジュール・サンドーとともに、数か月前には、「パリ評論」誌に『ラ・プリマ・ドンナ』を、次いで、「ラ・モード」誌に『アルバノの娘』を発表していた[14]。J・サンド、あるいは、J．S．が署名の代わりをした。

サンド全集の出版が近くその全貌を明らかにしてくれるにちがいないが[15]、これらの軽妙な小品は、サンドーの特徴よりも、小説（その中には十八世紀の二人の女性作家の手になる作品がある）やイギリス暗黒小説の愛読者だったサンドの想像力の特徴を疑いようもなく顕著に見せている。かなわぬ恋を背景にした、歌姫や芸術家や情熱的な貴族たちが筋書きの主要部分を構成している。『ローズとブランシュ』では、情熱の誘惑と有徳の生活へのあこがれとの対比や、官能の女性であり〈みんなのための〉女性である女優と修道女との対比が再び持ち出される。この対比は『レリア』で再登場することになる。すべてが、当時、流行していた現実離れした混合、いかなる突飛さももはやたじろがせないような感傷的色彩の濃いお涙ちょうだいの小説に似せている。〈中世風小説〉、〈悪漢小説〉、〈恋愛小説〉の間で、〈驚異もの〉が当時、大当たりしていた。テオフィル・ゴーティエは『モーパン嬢』の序文でそれを想起させ、当時の小説形式の短い類型論に興じる[16]。サンドはこの観点からジュール・ブコワランに語る。

文学は政治と同じように混沌の中にあります。一つの気がかり、一つの疑念があり、すべてがその影響を受けているのです。とにもかくにも新奇なものが要求されますから、いきおい醜悪なものが描かれるというわけです。バルザックは、雌の虎への兵士の愛や、カストラート〔去勢した歌手〕に対する芸術家の恋を描いて、今や名声の絶頂にいます。こうしたものすべては一体全体、どういうことでしょう！　驚異が流行しています。驚異を創り出しましょう。わたしは目下、ひどく楽しいのを一つ『ラ・プリマ・ドンナ』[17]産み出しているところです。

いつものようにユーモアがあり、しかも、独創性への気負いがまったくなく、時代の流行の中に組み込まれることへの同意がある。こうした言葉は大きな変貌を遂げつつある分野を申し分なく明らかにする。周知のとおり、この〈職業〉は以後、強い商業的圧力と、初期ロマン主義、つまり、シャトーブリアンやラマルティーヌのロマン主義から受け継いだあこがれに挟み打ちにされよう。天分という概念や、詩人や芸術家や予見者の名で強調されるあこがれ、そして、それらが意味する誇りや断絶や憂愁の想像界。一八三九年にサント゠ブーヴが、この点に関して次のように指摘する。

それぞれの時代に固有の狂気の沙汰やこっけいさがある。文学で、われわれはすでに偏執を多く見てきた（そして、おそらく助長しすぎた）。泣き言や絶望の悪魔の時代があった。純粋芸術にはその崇拝や強烈な信仰があった。だが、今やその仮面は変貌する。産業が夢の中に入り込み、自分に似せて夢を作り上げる[18]。

かくして一八三〇年の世代は、生産活動と才能、適性と売上高、霊感に導かれた作品と〈模倣〉の生産との間の避けようのない、しばしば苦痛をともなう対立を経験する。この世代の文学には、リュシアン・ド・リュバンプレ〔バルザック『幻滅』に登場〕やチャタートン〔貧困のためわずか十七歳で自殺した、イギリス十八世紀の詩人。ヴィニーの戯曲『チャタートン』の主人公〕といった劇的な人物がいる。『アンディアナ』が出版された年、アングルは、七月王政を支える有力紙「ジュルナル・デ・デバ」の編集長フランソワ・ベルタンの肖像を描く。

　王政復古末期にひそかに準備され、一八三〇年七月には一挙に現れ出るが、かの有名なロマン主義合戦は、近代派と、模範や規則や礼儀作法の擁護者たる「アカデミー」の旧弊な人々を争わせるだけではない。それは、詩句を構想し、古典主義作家たちにしかるべき賞賛の念を抱くやり方や、あるいは、逆に、スタンダールが〈ロマンチシスム〉についての試論[19]で、あるいは、そのすぐ後に、ユゴーが『クロムウェル』の序文で願ったように、ミメーシスに同時代人に対して鏡としての役割をもっと果たすよう強いるやり方を巡っておこなわれただけではない。この戦いは書店、劇場の経営陣、雑誌や新聞、金銭との力関係を同様に前提としている。自己の諸権利を明確に述べ、その権利を守るために（とりわけ、ベルギーの海賊版に対抗して）、古めかしくない原則に立つにしては名称が古臭いが、「文芸家協会」を設立することが必要なのだ。要するに、サント＝ブーヴが嫌悪するこの〈文学における多数派〉[20]の態度や、トクヴィルが驚くべき明晰さで芸術領域におけるその影響を分析する民主主義的自由主義[21]の効果に、立ち向かうことが必要なのだ。

　サンドが文学実践の新たな状況を興味深く観察し、男性中心の文学界に自分も同じように属する誘惑に身をゆだねるにしても、彼女の活動は、初めのうち、将来の大作家たちのそれとはかなり異なっている。何篇かの未完の旅行記や小説の草稿を除けば、彼女には青春時代の作品はほとんどない。いくつかの研究が正しく分析しているように[22]、小説家としての誕生は、とりわけ、私的な性格の文章で準備された。もっとも、この点については、〈生まれかかった〉作家の取るに足らない作品を一つの前兆、さらには、証拠とする回顧的解釈の危険性を指摘する必要がある。とかく実験室と見なされがちな手紙を書く行為が当時、教養ある人々の間でいかに広範に行われ、女性たちの生来のものと考えられる、専有物であったかを想起する必要がある。実際には、同時代の若い娘たちが書いた手紙にかなり似通ったものの中にサンドの才能や、小説家としてのキャリアの前兆を見出すことはかなり困難に思われる。それに、こうした手紙を書く女性たちの何人かは、文学の道に入ることなどまったく考えないだろうが、文体や、語りの才能に欠けてはいない。そして、一人称での記述（日記、旅行記、日常的記事）は、明示するのは難しいが、文学との間に明白なつながりをもつ書き言葉との共通点を見せている。

手紙と旅行記、逸話と小話は次第に自立性を獲得していく。しかしながら、作品は、一人称や、擬似回想録や、架空の自伝、書簡体小説といった、伝統的にそれを登場させるジャンルの頻繁な使用であれ、一八三七年にすでに『ある旅人の手紙』が示しているようにエッセイの理想的形式としての手紙の活用であれ、こうした特異な懐胎期間の痕跡を深くとどめるだろう。したがって、女性たちの場合、ある特定のジャンルと文学の道に入ることとの関係の問題がいっそう関心を引き続ける。書簡と日記を別にして、女性たちはひそかにエッセイも、戯曲も、叙事詩も書きはしないだろうか？　どのように、そして、なぜ、女性たちが文学の道、つまり、出版界に入り、それに伴うさまざまな形の公開を行うために、文学史のある特定の時期に、いわゆる〈女性らしい〉ジャンルの実践がもつ秘密の性格から抜け出そうとするのか、あるいは、そうしたジャンルから実際に脱しようとするのか（たとえば、詩や、思索の作品に移行して）を理解するために、リンダ・ノクランが数人の優れた女性芸術家[23]に関して述べた考察をここで想起することができるだろう。

サンドの青春時代の書簡は相当な量ではあるが、スタンダール、バルザックあるいはユゴーの書簡のように、文学的栄光の夢で満たされてはいない。その手紙の中で、将来の文章家は、大半の同時代人のように、未来の作家として自己の記念碑を建設することに躍起になってはいない。彼女は自分の才能で文壇をいきなり驚嘆させようという望みをいささかも示してはいない（青年ミュッセが一八三〇年、『スペインとイタリアの物語』で華々しく登場したようには）。彼女は古典作家たちと肩を並べることや、詩を書くこと（彼女には、〈面白半分で〉時事問題に想を得た詩しか見当たらない）、あるいは、時の文学界の大物のだれかを模倣することを夢みはしない。何人かに見られるような、存在宣言のもったいぶった響きを持つ言辞（〈この時代のモリエールたらん〉、〈シャトーブリアンであるか無か〉）は彼女には存在しない。初めのうちは、大騒ぎすることもなく、騒々しさもほとんどなく、主として経済的自立の漠然とした意志、文章を書くようになる前に、万一に備えて、スパの箱のデッサンや装飾でいささか手探りした[24]以外には何もない。こうした詳細は些末なことではない。当初は、生活費を稼ぎ、取るに足らぬ才能に実を結ばせること以外に、サンドに必要なことはなにもないのだ。女性の立場、社会のわきに置かれた女性の立場を、あらゆるタイプの創造的活動に対する熱烈な言葉とともに、主要文学とは距離を置いた言説が想起させるだろう。進むべき道の計画もなければ、文学の牙城を攻撃する企てもない。後に、サンドは、原稿を送ってきたM＊＊＊に、当時を振り返って、「例外的な状況から、わたしは生計の手段を探し求めることを余儀なくされたのです。後ろ盾はいましたが、それでも二年間は貧乏暮らしでした。わたしは、自分ができもしないことをあまりに早急にやろうと望んでいたのです[25]」と語るだろう。〈文章を書くという職業〉が〈目的、仕事、率直に言えば、情熱〉[26]になるのは徐々になのだ。

かくしてサンドは、記事やニュースを定期的に掲載し、芸術・文芸欄を執筆する、文学の周辺部に携わることを受け入れ、間接的に文壇に登場する。スタンダール、バルザック、ネルヴァル、サント＝ブーヴ、ゴーティエ、後に、バルベー・ドールヴィイ、ボードレールなど、彼らもまた必要な期間、この種のことを試みるだろう。そうしながら、彼女は、まさしく大半の職業で行われているように、しきたりに適った見習いから始めることを受け入れる。写しを取ることや、取るに足らない仕事や、判断を下して削除する権威者の指導のもとでの共同制作を考えて彼女が不機嫌になることはほとんどない。これについて彼女は記している。

> 「フィガロ」紙で、わたしたちにはまさしく自由がありません。わたしたちのご立派な雇用者のドゥラトゥーシュ氏［…］はわたしたちの肩越しに、めちゃくちゃに削り落とし、切り落とし、彼の気紛れや、錯誤や、思いつきを押しつけるのですから。そして、彼の思いどおりに書くよう命じるのです。というのも、結局のところ、それは彼の仕事であり、わたしたちは彼の下働き

でしかないからです。わたしは労働者兼ジャーナリスト、見習い兼執筆者、といったところです。今のところ、ほかの言葉は見つかりません[27]。

同時代のバルザックの書簡には印刷業者や出版者に対する不平が鳴り響いている。オノレは果てしなくうめき声を上げ、運命の力に訴えるのに、サンドの方は陽気に皮肉を言い、パリでの自らの体験をこっけいな話に変えてしまう。生産と販売に強力に磁化されたミクロ社会の熱に浮かされたような興奮の中にあって、サンドは笑い、そしてフロベールのように、状況のこっけいな性格を言葉の中で理解させる術を心得ている。彼女は傷つけられた自尊心や不遇の天才の繰り言を歌いだしはしない。それどころか、『わが生涯の物語』の中でこう断言するのだ。

> インスピレーションという言葉は大それたもので、第一級の天分にしか当てはまらないと、わたしはいつも思ってきた[28]。

そういうわけで彼女は、そこではすべてが迅速さの問題となる場の変わりやすさを、自分のために進んで活用しようとする。驚くほどやすやすとそこに溶け込みさえする。『アンディアナ』に続いて次々に出版される数多くの作品、つまり、十一月に『ヴァランティーヌ』（G・サンドと署名）、そして、翌一八三三年七月に『レリア』が出版される前に、雑誌に発表される短篇小説『侯爵夫人』、『マブ女王』[29]、『乾杯』、『コラ』、『昔の物語』がその間の事情を雄弁に物語る。最初から、文学におけるサンドの立場は生産活動の星の下に置かれている。

「作家というものは（崇高なド・ラトゥーシュが言うところでは）、わたしたちが生きていることの時代にあっては、道具であり、人間ではないのです、それはペンなのです[30]!!!」

これからは仕事をし、奮闘し、執筆し、書き上げた作品の販売条件について出版者や書店を相手に徹底的に議論し、自らの作品が出版され、そしてまた書き始めなければならない。サンドが取る方策はこれだ。きっぱりと近代的な方策だ。彼女は報酬の話をし、契約の義務条項に異議を唱え、〈自分自身を評価し〉、必要な場合には、〈商業的しきたり[31]〉を取り入れることをいとわない。それに、この点に関して若いサンドはバルザックと同じように考える。彼と同じように彼女は、作家を〈ボイラー[32]〉に、作家の想像力を〈着想の工場[33]〉に変える〈産業〉というゲームのルールを受け入れる。激動のただ中にある文学の場がどれほどのものかを示すこの原理が幅をきかせる。ボードレールも、一八四六年の「若き文学者への忠言」でまさしく同じことを言うだろう。第二帝政下で、新人作家ドーデは『ある作家のデビュー』でそれを繰り返すだろう。

サンドの見方はダイナミックで生産的で、いわば激しい欲求に突き動かされている。書く営みを彼女は好んで職人仕事になぞらえる。「わたしは下手な文学を作っています[34]」と後にフロベールに書くだろう。理解できるように、これはさまざまな職業活動の平等性についての言説を文学で繰り返すやり方だが、確かに、おそらくいっそう徹底的に、作家を非神聖化するやり方だ。たとえ作家がそれどころか、明らかに生まれながらの才能の名において、つまり、例外的な存在になることを約束された運命の名において、有名になるよう努めているとしても[35]。ジョルジュ・サンドが、（規範として男性的なものを強いる）ロマン主義の採用した作法に従って芸術家の概念[36]を自分のために活用するにしても、俗物に対して必要不可欠に望まれた相違を背景として巧妙に混合されるダンディの軽蔑とボヘミアン的無頓着を受け入れはしない。この点でサンドは、興奮剤を用い突飛な服装に夢中になっているバルザックにもはや似ていないし、ラマルティーヌや、ミュッセ、ヴィニー、あるいはユゴーにも似ていない。バルベーは、個人的信念から〈平凡な精神[37]〉を培ったとしてこの〈平等主義者〉を大いに非難するだろう。

七月王政下でジャーナリズムは筆名の使用を普及させ、〈ペンネーム〉がその影響を受けて月並みになった。しかしながら、彼女自身の証言によれば、ジャーナリズムが彼女に習作（要するに非常に短い）の機会を与えたにしても、サンドという筆名は新聞への登場に、つまり、記事や短い作品の執筆だけに限られたものではない。彼女の文壇デビューは、彼女が自伝で髣髴《ほうふつ》させる以上に複雑であり（彼女は明らかに小説の誕生と筆名の決定を厳密に一致させようとする[38]）、ジョルジュという洗礼名の選択にかかわることについても同様で、間違いなく自伝で主張するほど唐突ではない。書簡でサンドが用いたさまざまな署名はこの点で大きな意味を持つ。[39] 確かに、一八三二年、オロール・デュドゥヴァンはジョルジュ・サンドとなり、この若い女性は社会的無名から突然、有名になる。文学的変貌は、洗礼名の形での自分の筆名の獲得から始まる。まず、『アンディアナ』では一つの頭文字だけ。これ以上ささやかなデビュー、これ以上控え目な自立の行為はない。しかしながら、この行為は最初の小説の出版に結びついてはいない。

一八三二年の手紙の大半は署名されていない。署名のいくつか（A.Dt., Aurore, Aur., A.）は彼女の名の変形を見せているが、ほかのもの（Georges S., Georges Sand, Georges, G.Sand, G.S.）は獲得したばかりの筆名の変形だ。G. S. と署名された最初の手紙は『アンディアナ』の発行人アンリ・デュピュイ宛のものだ。だが、一八三二年三月二十九日付の、フランソワ・ロリナに宛てた手紙はすでにG. の文字で署名されている。

直ちに次の三点を指摘しておかなければならない。第一の指摘は、署名として使われたG. の文字の存在は、ジョルジュ Georges を、『アンディアナ』の著者とジュールを区別するための洗礼名とする決定に先立っていること。〈ジョルジュ Georges〉、あるいは、少なくとも〈G.〉の選択を数か月前とすることが可能になる。自分のものとしてのこの頭文字は実際、サンドがサンドーから離れて、ノアンで一人で最初の小説を執筆する時期に現れる。かくしてそれは名の選択と最初の小説の出版の間に推定される一致を解消する（だが、小説を書くことと明確な署名の間の関係を破りはしない）。第二の指摘は、名のつづりに関するものだ。もちろん、サンドが英語のつづりを選択して、説明をせずに自分の名の最後の文字Sを消滅させるには、一八三三年の冬、厳密にはマリ・ドルヴァルに宛てた二月十四日の手紙まで待たなければならない。しかしながら、その年の春には、同じ受取人に宛てた手紙を含めて、彼女はある時は一方の名を使い、またある時はもう一方の名を使っている。〈オロール・デュドゥヴァン〉あるいは、上述したようなこの名の略記がまだきちょうめんに現れる。こうした状況は夏の間に安定するように思われる。[40]

最後の指摘はこれらの新機軸が現れるようになる手紙の二人の受取人に関するものだ。つまり、サンドが一八三二年三月から思い切ってGの文字を使うのは、ずっと以前からの友人であり、打ち明け話の相手であり、〈最良の人にして、最も誠実な人〉[41]、フランソワ・ロリナに対してだ（『アンディアナ』の出版以後、彼には非常に規則的に Georges と署名している）。彼女が初めて George と署名した手紙を宛てるのは、彼女が強い情愛を感じている女優のマリ・ドルヴァルにだ。このとき彼女は、あたかも美しきマリと対になるかのように、コメディー＝フランセーズの正座員である有名なジョルジュ嬢M^{lle} George のことを考えていたのだろうか？

上に指摘したように、名のつづりは一八三三年の夏の間にほぼ固められる。書簡はこの点について奇妙な間違いの痕跡をとどめているにしても、出版物がそれを証明している。〈Georges Sand ジョルジュ・サンド〉がいくつかの短い作品の署名に現れ、やがて、『レリア』出版時に最終的に消えたようだ。

反面、筆名の使用は、百に近い思いつきの署名を生んでいる。[42] スタンダールやネルヴァル（この両者にあってはジャーナリズム活動が主要な理由だ）で同じように見られるこの多数の名の使用は、ここでは、一八四一年のギュスターヴ・ボナン〔あるいはブレーズ・ボナン〕と署名された論文は別にして、書簡にだけかかわるものだから、強調するに値する。(43)私的な使用に限られたこの実践は愛称やあだ名の家族的習慣を再現する。それらは多数の *mignonne, mignoune, minoune*（かわいらしい）であり、また、ピフォエル* Piffoël（この作家の堂々とした鼻へのほのめかし）のバリエーションだ。その上に、サンドはフロベールの〈トルバドゥール〉(44)〔中世南フランスの宮廷付きの詩人〕であることを望む。彼女はまれに〈小説なり戯曲の〉登場人物の名で、あるいは、フロベールに宛てたいたずら好きな手紙の場合、〈面白半分の〉名（グラール、リロンデル、ヴィクトワール・ポトゥレ、ドダンのおかみさん）で署名する。彼女はこのように変装や〈架空の名〉に対する強い好みを見せる。この〈架空の名〉は、印刷された作品とは逆に、手紙の軽妙な筆を保証し、手紙の書き手の冗談好きな無責任さをはからずも明らかにする。

＊〈大きく不格好な鼻〉を意味する語 pif から作ったニックネーム。『きわめて博学にして熟達せる植物学ならびに心理学教授ピフォエル博士との日々の対談』（一八三七―一八四二）

多数の名の使用はまた、彼女の政治的選択や、道徳上の見解、〈生気がなく、黙ったままたばこを吸っている女〉(45)という評判が徐々に消し去ったサンドの個性の決定的な要素、つまり、いたずら好きの要素を際立たせるものだ。(46)サンドは冗談を言うことが好きだ、そして、好んで自分自身を茶化す。彼女は芝居や、役を演じ、変装することを好み、その書簡集には非常に早い時期から多数の〈こっけいな〉手紙がある。とりわけフランソワ・ビュロに宛てたものがそうだ。この「両世界評論」誌の編集長は、ことのほか創意に富み、皮肉の利いた言葉を彼女から引き出す(47)。パリでは、彼女はベリー地方出身者たちや、芸術家、ジャーナリストたちを相手に〈冗談を言い〉、便利さと、ある種の取り違えの趣味から、〈フロックコートを着て(48)〉歩き回る。後に彼女はノアンで、十八世紀の終わりに大いに行われていた友人同士で演じる芝居を奨励するだろう（彼女とモーリスの手になる、ほとんどが未発表の多くの筋書きがそれを証明する）。とりわけモーリスが推進役を果たすマリオネット劇場が同様に、舞台や、即興や、変身に対する嗜好から生まれる(49)。文学的な娯楽でサンドは気を散らす。服を仕立て、衣装に刺繍し、似合った靴や帽子をこしらえ、背景を描き、芝居を上演し、彼女が賛美する偉大な女優たちのかすかなこだまのように、自作の空想的な作品の主人公を演じるといった具合に。書簡と同じように、この娯楽は小説の創作との間に深い関係を維持し、全体に対し真実の有機的統一を与える。いたるところでいつでもサンドは、唯一のものより多様なものを、不可能な統一の制約より、同意したお祭り気分の散漫を選択する。

筆名の問題は、したがって、経験に基づいてその偶然の性格を強調するいくつかの言明に限定することはできない。当惑ぎみの文壇デビューや筆名にかかわる手探りといった、書簡から聞こえてくるざわめきが、作者のアイデンティティや、家族や、性別の問題を源泉とする、より複雑な展開過程、自伝作家サンドが入念に隠すことを選択した過程を指さす。この機会に念入りに作り上げられた自己に関する驚くべき虚構の中で、この問題は実際にはばらばらに拡散している。作家は注目に値する熱心さで姿を見せたり、隠れたりする。最も重要ないくつかの事実を、こっけいさの仮面の下にすすんで隠しながらも、この上なく不思議で、この上なく秘密のもの（とりわけコランベという人物の創造をめぐってなされる白昼夢）を同じようにすすんで詳しく述べる。そうすることで、サンドは自分自身に二つのはっきり異なる視線を注いでいる印象を与える。つまり、第一の視線は、彼女が対象として自ら定めたこの〈(芸術家の）精神生活〉[50]をできる限り厳密に探り、とりわけ子どもの精神生活に関してまったく驚くべき分析的正確さを際立たせる。第二の視線は、ユーモア——現実との間に確かな隔たりを可能にするこの愛すべきからかいを進んで実践して、自己と、想起した状況との間に本当の距離をおく。まるで、調整の狂った言葉（光学機器について言うように）や、伝統的に自伝ジャンルが求めるとおりに自らに注いだ注意深いまなざしが、ここでは、サンドがもはやその時代の場面で端役、さらにはその人生の一登場人物にすぎない大きすぎる隔たりと、読者が彼女の想像力の錯乱や精神の妄想の見物人になる過度の近さとの間で、揺れ動いているようだ。

一九二八年の論文で、フロイトはユーモアに富む姿勢の利点を明らかにしている。それは自我の不死身、快楽原則の肯定、健康なナルシシズムの勝利を主張する。現実を絶えず喜劇に帰着させ、現実を打ち消すことにあるこうした〈反動的な〉やり方は感情をいたわるよう作用する、と彼は言う[51]。笑いと隠しだてはこうして、サンドの自伝的物語が検討することを拒む不確かなアイデンティティを保護する。この自伝的物語は、まるで記憶の広大な場のように解読するものを自らに与える。だが、ここではそれは、意図的に、〈なめらかな〉記憶だ。ちょうどテクストが、一見したところ、破れも染みもまったくないか、わずかにあるだけの安定した織物であるように。作者は、もちろん、打ち明け話はしないだろう。[52]告白も、過ちも、罪悪感も、説明もない。最初からサンドは、カトリック教がそのしきたりを描き出し、〈私〉は罪ある者としてしか存在しない伝統にすすんでとらわれている自伝ジャンルが援用した舞台装置を拒絶する。『わが生涯の物語』の中で語るのは著者であり、思い出すのは芸術家だ。それは個人の経験を媒介として語る文学。したがって、堂々として、いたずら好きな、自己との隔たりの中で、すべてが文章、物語、小説になる。

「私は五十歳になろうとしている。自分を知るべき時だろう。私が何者だったのか、何者なのか、確かに、それを言うとすれば、大いに困惑するだろう[53]」とスタンダールは『アンリ・ブリュラールの生涯』を書き始めるにあたって明らかにする。「私は自分の棺《ひつぎ》の中に座して書く[54]」と、荘重に、死を思わせて、シャトーブリアンは『墓の彼方からの回想』の有名な序文で記す。一見したところ、『わが生涯の物語』には類似のものはまったくない。筆名採用の話がその大きな意味をもつ指標となっている。それは持って回った言い方をし、粉飾し、真実をはぐらかす、そして、過去に向かって冗談を言うにとどめる。したがって、問題は手つかずのままだ。なぜこの筆名なのか、なぜオロール・デュドゥヴァン、旧姓デュパン・ド・フランクイユは名を変えるのか？

第2章　筆名

わたしの名は外国の名で、発音するのが難しいのです［…］。ですから、これからは、偉大な歌手のウーベルト（通称ポルポリーノ）にちなんで、光栄にもポルポリーナと名乗らせていただきますわ。でも［…］、よろしければ、短くニーナと呼んでください。

『歌姫コンシュエロ』[1]

文学と名はずっと以前から複雑で、多くの場合、波乱含みの関係にある。あらゆる種類の虚偽、嘘、巧妙なごまかしに事欠かない[2]。同名、匿名、筆名が〈真実〉のしるしを覆い隠し、帰属の可能性を減少させ、したがって、文学的権威に挑むよう作用する。イタリア・ルネサンス期以降、この権威は手をこまねいていたわけではなく、人名を整理するためにリストや辞典を作ることで対抗し、告発し、暴露し、修正し、回復させてきた。こうすることで、同名の急速な増加や、学識豊かな人々に見られるラテン語名の流行、さらには、偽名の広範化により引き起こされる、すでに古くからあった不安に対処した。続く諸世紀にあっても、勝手気ままを抑え、ふとした思いつきを書きとめ、匿名や筆名が表すこうしたアイデンティティの特異な喪失を食い止めるなり、補おうとする同様の配慮がなされた。この領域では、秩序（強く奨励される）と明らかな無秩序（人名辞典が封じ込め、名づけようとしている）、規則とそれに対する遊戯的なり政治的な、無動機なり政治参加的な論争まである。

匿名、筆名、あるいは、最も単純な態度を、言葉では一般にそれを指し示す語がないために、ジェラール・ジュネット*が〈オニマ onymat〉と呼ぶよう提案しているもの[3]が、文学において名に対し取り得る三つの態度だ。姓は個人的な選択や、何らかの強い拘束に対応して維持されたり、変えられたり、あるいは捨てられもする。匿名の背後には、文学の社会的地位そのものに、また、古典主義時代には文学的実践が意味しかねないきまりの悪さ（たとえば、ラ・ファイエット夫人やラ・ロシュフコーといった、匿名出版をまず選択した作家たちにとって）に、さらには、政治や宗教、あるいは道徳の領域で文学が表しうる反権力性や、この立場を継承し、かつ／あるいは、推進する発行者の慣習に結びついた長い歴史がある。十八世紀はこの点でとりわけ大きな意味を持つ数多くの事例を見せている。

＊一九三〇年パリ生まれ。フランスの批評家、文学理論学者。元社会科学高等研究院教授。邦訳書に『物語のディスクール』（書肆風の薔薇）、『パランプセスト』（水声社）など

筆名の使用は、アンシャンレジーム下では、姓の制約と比べてそもそもある種の屈託のなさに結びついた別の事柄だ。ルサージュやマリヴォーも、悪漢小説《ピカレスク・ロマン》や教養小説と同じように、その痕跡をとどめている。立身出世することは不変の集団幻想の対象だ。〈出生証書に記載されているもの以外の姓名を名乗ることを全市民に〉禁止する措置（共和（革命）暦二年フリュクティドールの政令）はこの

強固な社会階級制の時代以後のことだ。一五三九年八月のヴィレル＝コトレ王令で、教区司祭が、洗礼を授ける子どもの洗礼名を父親と母親の姓を添えて正確に記載しなければならない記録簿の管理が命じられたにしても、習慣から大いなる自由が認められていた。大革命、次いで帝政がこれに終止符を打とうと躍起になるだろう。ナポレオン法典第二五九条は実際、〈なんぴとであれ、身分証書が定める名を、正当性がなく、自らに栄誉を与える目的で、公然と変更し、改竄し、修正した者は〉、多額の罰金の対象とすると規定している。

分類学的配慮から十九世紀は自らを進んで〈辞典の世紀〉と形容したが、この世紀は定義し、明確にしようとする。筆名について、『十九世紀普遍的辞典』は次のように記している……

作家たちは、詮索好きな人々の追跡を逃れるために、あるいは、有名になろうと目ざすとき、自分の本名がそれに不可欠な格調の高さや響きの良さに欠けていると思うゆえに、筆名を採用する。

筆名の採用を説明するために、ここでは人目につかないことや格調の高さという動機だけが取り上げられている。ピエール・ラルース編纂の辞典は、たとえばポクラン、アルーエ、ルロン各氏の有名な筆名〔モリエール、ヴォルテール、ダランベール〕のいくつかを想起させながら記述を続ける。十九世紀の芸術家たちの中では、〈その筆名が本名を忘れさせた〉芸術家たち、つまり作家のヴォルネ、スタンダール、X・B・サンティーヌ、ジェラール・ド・ネルヴァル、画家のカム、ガヴァルニ、グランヴィル、ナダール、アンドレ・ジルが挙げられる（サンドの筆名はこの時代には本格的な疑念をどうやら呼び起こさなかったらしい）。

一方、エミール・リトレは〈厳密な意味での筆名の作品〉（〈好きなように作られた〉名で刊行される）、匿名（アナグラムの形で真実の作者の名を示す）、異根同類（〈別の人物の本名〉を使う）の存在を指摘する。ピエルカンは確かに知名度は低いが、用語に関してはよりいっそう発想豊かで、筆名のあらゆるあり方の一覧表を作成し、中でも、プスドジヌ pseudogyne（男性が女性名で署名）、プスダンドリー pseudandrie（女性が男性名で署名）、シンコピスム syncopisme（いくつかの文字が取り去られた名）、プレノニム prenonyme を区別している[4]。

匿名や筆名での作品辞典に関する研究で、モーリス・ロガは、こうした詳細な目録作成をつかさどる、動機と手法の混じり合ったものを示唆に富むやり方で解明した。彼は、自分の名を隠す作家に長い間、向けられてきた糾弾や、定義のあいまいさにもかかわらず名字の領域での嘘や偽りにともなう厳しい非難を想起させる。彼は〈テクストの中で謝肉祭や演劇の慣行を伝える〉[5]、仮面や変装と筆名との関係に言及する。彼は〈筆名という事象が流動的な仕組みの中に組み込まれる〉ことに注目して、次のように結論づける。すなわち、十九世紀初頭以来、洗礼名《プレノン》と姓《メゾン・ド・ファミーユ　パトロニム》が名字を構成し、厳密な拘束に従うにしても、〈二流の呼称〉（あだ名、ニックネーム、筆名）が容認され、こうした呼称のいくつかは法的保護を受けることができる[6]。かくして、断罪、変装、素性の否定が、禁止と違反の原則を中心にして築かれた、筆名の歴史に恒常的に現れる。

名字は家系の連続性を記し、父系の権威の永続を確固たるものにする。逆に、すべての筆名使用は断絶を意味する。それは〈人形《ひとがた》での殺人の最も残酷さの少ない形式〉だとジャン・スタロバンスキは記す[7]。それに頼る者は象徴的なやり方で父親や家族を殺し、一つの明確な連続と空間へ組み込まれることを否定する。社会的、家族的、感情的なもやい綱が解かれるが、それは最も明白な証拠となるしるしの拒否による。だが、そうすることで、筆名は逆説的な立場に置かれる――〈それは本名の変更であって、変更でない〉とモーリス・ロガは指摘する。〈それはもともとの名を保護もし、忘れさせもする〉[8]。換言すれば、それは変容を装うのであり（名字は、言ってみれば、いつまでも消去不可能だ）、鎧《よろい》の合わせ目から名が現れる。筆名がもともとのアイデンティティと関係を断つとしても、それは文学において、作家が読者との関係をそれにより調整する、見せたり隠したりする微妙な動きをも表すのだ[9]。それは〈動機と、効果（筆者による強調）の計算である手法の混合物〉を前提とするが、それが批評家たちの注意をほとんど引かなかったことにジェラール・ジュネットが驚いているのも当然だ[10]。

こうした考察は、個人とその名に対するあらゆる関係、それを変えようとするあらゆる意思が生まれる幻想の影響下にあることを忘れてはならない。名は重要な象徴的財産を担っているが、有意的な強い負荷をも持つ。両親は、その暗示的な、あるいは、こっけいな性格を強調する言葉遊びのきっかけをしばしばそこに見る（そして、子どもたちは担っているのが困難な名なり洗礼名が招く嘲笑のしばしばつらい思い出を持ち続ける）。このように名や洗礼名は誇り、契約的性格を持った感情（それにふさわしい態度を見せなければならない）、当惑や激しい抵抗、あるいは、無条件の拒否といったさまざまな強度の一連の反応を引き起こす。「私はわが国の外交に、私がもっているフランソワという この立派な名に似つかわしい性格を与えました[11]」とシャトーブリアンはレカミエ夫人に書く。「私の名はオノレ〔尊敬されている、の意〕です、この名に私は忠実でありたいと思います[12]」とバルザックは自分の洗礼名に真の計画表明を見出して、同じ意味でハンスカ夫人に書き送る。情動の性質が名と洗礼名を一つに集めもし、引き離しもする。名を変える作家もいれば、洗礼名を変える作家もいる。マルグリット・デュラスと同様、筆名を作りはするが、洗礼名を保持するマルグリット・ユルスナールは、この点に関して、「[…]洗礼名、それはきわめて自分らしい。なぜだかわからない。ほかの洗礼名ではうまく自分を思い描けないのだ。おそらく、子どもの頃、その洗礼名をいっそうよく聞いたからだろう。結局、姓は、小切手や公的な書類を扱う年齢に達するまでほとんど書かないものだ[13]」と指摘する。

文学における女性の立場はこうした考察全体と明らかに一致し、二つの指摘がなされる。第一の指摘は、現代もなおその名残をとどめている慣習に、より特徴的にはそれに結びついている想像領域にかかわるものだ。先に触れたように、洗礼名と同様に名が恣意的与件となり、その有意的性格はアイデンティティに深い影響を及ぼさずにはおかない。〈わたしたちはわたしたちにふさわしい名を持っている。わたしの名は棍棒の一撃であり、シモーヌ・ド・ボーヴォワールの名は繋駕《けいが》である〉[14]とヴィオレット・ルデュック*はこの意味で書く。

＊一九〇七年アラス生まれ（～一九七二）。フランスの女性作家。自伝的色彩の濃い作品。邦訳書に『愛の回想』『私生児』（二見書房）、『ボーヴォワールの女友達』（土曜美術社）など

いくつかの国では母親の名に、より高い価値を与えるが（名の二つの法的要素の一つをそうするからか、あるいは、アングロサクソン地域での事例のように、しばしば洗礼名としてそれを使うからか）、フランスでは名字はその語源に厳密に忠実だ。[15] それは父親の名字であり、それを名乗る者の嫡出性を保証する（反対に、母親の名は嫡出でないことを示す）。確かに、女性たちは今日、その戸籍上の身分にかかわらず、もともとの名字を維持する。それでもやはり、既婚女性たちにとって夫の名を持つ習わしは、相変わらず最も一般的に幅を利かせていることであり、十九世紀を通じて広く支配的だったことに変わりはない。男性の名字とは相違して、父親から受け継いだ女性の名字は、誰にも与えられず、結婚したり、修道女になれば、一般的に直ぐに失われる。[16]〈若い娘の名〉（女性の結婚前の姓（旧姓）の意）は、この美しい表現が想起させるとおり、仮の身分、したがって、失われるべきアイデンティティをはっきりと意味する。すべての要素が働いて情況はこうなっている（離婚は今日、女性がいくつかの名字を次々に持つことを可能にする。このことは目がくらむほどに、女性自身の名の恣意的な性格を際立たせる）。したがって、男性にとって自分の名を捨てることは、喪失の社会的可能性、さらに、その必要性を帯びている〈借り物の〉名字しか持つことのない女性にとってと同じ次元の行為ではな

い。一般的にこの名字は捨てられるが、時には持ち続けられることもあり、必然的に選択を前提とする不確かな地位（男性が知ることのない立場）の証拠となる。

あらゆる文学的考察を越えて、名字の不安定性を、女性とその名との関係の中に刻まれた一つの明白な事実にするこの特異な立場はジョルジュ・サンドが筆名を選択するときの立場だ。彼女は一八二二年にカジミール・デュドゥヴァンと結婚して以来、デュパンを名乗らない。書簡が証明しているとおり、彼女は直ちに、習慣どおりに、オロール・デュドゥヴァンか、カジミール・デュドゥヴァン夫人の名で手紙に署名する。[17] 実際には一八三〇年の暮れから、彼女はもはやカジミールの妻ではない、つまり、夫婦の間に突然、結ばれた取り決めに従って、彼女はそれ以後、一年の半分をパリで過ごすことになる（彼女が何通かの手紙にG.と署名するのはもう少し後のことだ）。何人かの文通相手（文壇に属していない人々）や、さまざまな出版者や雑誌の編集長に彼女を結びつける契約のために、彼女は変わらず自分の名を使い続ける。それから、しばらくの間、ジュール・サンドーの愛人でいる。そして、今度は、文学においてその（偽）名を受け入れる。まるで、生活を共にしている男性の名を名乗ることが相変わらず重要であるかのように。

十八世紀後半には、著作する女性たちはそれまでよりはるかに多く、一七四七年に出版されたフランソワーズ・ド・グラフィニーの『ペルー女性の手紙』のように、ときに途方もない成功を収めた。彼女たちは当時、先にざっと言及した理由から匿名で、あるいは夫の名で出版した。これが、ある程度、名声を得た女性作家たちにとって最も習慣化した事例のように思われる。きわめて有名な女性作家たちだけを挙げるならば、ジャンリス夫人、スザ夫人、シャリエール夫人、グラフィニー夫人、タンサン夫人、クリュドゥネール夫人、デュラス夫人、リコボーニ夫人、コタン夫人らだ。こうした女性小説家たちは、作家としての職業を実践するにあたって自分のものとしての名を持ってはいないし、ほとんどの場合、洗礼名さえ持たない。私生児のオランプ・ド・グージュただ一人が、実の父親ピエール・グーズの名から自分の筆名を作った。一方、タンサン夫人は、当時まったくの醜聞だと判断された行動のために、結婚前の姓をいわば〈ペンネーム〉にした。

ほとんどすべての場合において、こうした女性たちの立場は不安定なままだ。著作することはきわめて多くの場合、経済的必要性に迫られてのことだ。大部分の文学的冒険の立役者たちは、たとえば夫婦間の問題などさまざまな理由のために別居や感情的孤立といった、すでに疎外された状況にあるからだ。この点でジョルジュ・サンドの立場はこうした女性たちの多くの立場に、初めの間は、かなり似通っている、つまり、社会的非難をともなった孤立化をただちに引き起こす夫婦財産上の同じ問題であり、彼女自身が打ち明けているところでは金を稼ぐことの同じような必要性だ。十八世紀は女性文学者（次の世紀は〈女性作家〉の名のほうを好むが）に対して、活動するにあたって二つの重い制約を課した。第一は、書くことを自分の利益のために使うことだ。すなわち、女性は楽しみのために著作するのではなく、動機や理由、一般に、生活の糧を稼がざるを得ないという理由をあからさまにする義務がある。(18) しかしながら、多くの場合に現実のものである経済的な論拠は、ジョルジュ・サンドと、同時代の何人かの女性作家たちとの共通点が証明しているように、文章を書く〈喜び〉を女性に拒絶する手段だけではないと思われることを指摘しなければならない。文学はある程度の教育を受けた貴族の女性たちにとって収入を確保するためのほとんど尊敬に値する方法だ。[19]フランソワーズ・ド・グラフィニーの書簡は特別に興味深い証言を提供する。反面、(男性の)文学者たちは、軽薄であるばかりか非嫡出のジャンルたる小説をえてして軽視する。たとえこのジャンルが成長のただ中にあり、次の世紀の小説が大きく恩恵を受ける形式上の創造性を明示しているとしてもだ。したがって、女性たちはたいていの場合に自分たちの資質(感情、自然さ、想像力、等)を活用するタイプの表現法で名を挙げる。それゆえに、そして、理由はここでは結果と一つになるが、彼女たちは手紙を書くという、とりわけ馴れ親しんだ行為を反映する、架空の鏡である書簡体小説でとりわけ素晴らしいものを作り出す。彼女たちは、セヴィニェ夫人のあとを受けて、最も優れた代表者になるかもしれない。[20]おそらく、そういうことだ。もっとも、彼女たちが(彼女たちも)、男性たち以上に偉大な手本に囚われた、つまり偉大なルソー(あるいはコデルロス・ド・ラクロ)を模倣するよう強いられた従順な亜流でなければだが。

十九世紀初頭になっても、障害が取り除かれるには程遠い。スタール夫人は『文学論』でこの主題を論じた章で断固としてそれを想起させる。女性は本性の領域にも社会の領域にも属していない、と夫人は断言する。女性はいわばその中間、私生活を占めているのであり、自分の幸福のために、少なくとも、その平安のためにそれに甘んじることが望ましい。文学に対するなんらかの嗜好を公に明らかにしようとする女性にとっては、すべてが障害や抑制や苦悩となる。アンシャンレジームはこうした女性をこっけいだと判断するにとどめていた、そして、すべてが作法だったこの世界では言葉という恐るべきもので女性を締め出すのに十分だった。しかし、共和国は、〈彼女は異常な女性ではないのか？〉といった単純なレトリックの問題で〈女性を打ちのめす〉。その時から、女性文学者は〈詮索好きの、おそらくは羨望の対象となり、それでいて実際には憐れみにしか値せず［…］、インドの不可触賤民たちのように、彼女が属することのできないすべての階級の間で特異な生活を送る〉[21]。才能が授ける特異性に不幸あれ！　それはまっすぐに排除や絶望や死へと導く（本題の例証として、『コリーヌ、またはイタリア』*を参照されたい）。

＊スタール夫人（一七六六―一八一七）の小説（一八〇七）。才能豊かな女性即興詩人コリーヌの恋がローマ、ナポリ、ヴェネツィアなどを舞台に繰り広げられる。ヨーロッパ諸国の文化比較がなされる

ロマン主義は名や署名を、うぬぼれてもいるし十分に容認されてもいる特異性のしるしにする[22]。詩人の道はそうしたものとしてそれを望む。詩人は、有無を言わせず、勝ち誇って雷鳴のようにとどろくやり方で職業と名を、活動とそれに経済的、象徴的価値を授けるアイデンティティを結びつけるか、あるいは結びつけることを切望する。すでに指摘したように、文学はリズムと方法を変え、〈産業的〉になった。それでもやはり非常にしばしば、突飛で、自由で、あらゆる社会的拘束から解放された活動として思い描かれ、体験され、そして、記述される（たとえ現実がはるかに込み入ったものであれ）。

こうした芸術家の仕事は女性たちにとって容易に想像できないような生き方、考え方、愛し方、行動や振舞の自由を前提とする。女性たちは〈本性〉によって奪われなくても、〈置かれている立場〉によってそれらを奪われているのだ。

文学にあっては自分の名を獲得することが必要であり、この観点から、偶然に与えられたその名を維持すること、あるいは、ほかの名を自分に与えることは等しく意味深い。なんらかの名字を、読者に対して、職業と作品を誇示するような名に変えることが必要だ。[23] この点に関してはヴィクトル・ユゴーが自分の名を構成する文字や自分の頭文字に対して感じていた魅惑が思い出されるだろう。自分を映し出す文字の鏡として構成された彼のデッサンはそれらを幾度も再現し、飾り立て、縄編み模様に線彫りし、変形し、リボンで飾り、あるいは、ゴシックの廃墟を背景にして劇的に描写した。

新聞や雑誌に文章を書く女性たちは、男性の同業者たちと同様、ペンネームの流行に身をゆだねる。ロジェ・ベレは、とりわけ男性にあって女性的な響きの名がまれにしか見られないのに対して、男性的なペンネームが圧倒的に多いことを示した。有名な『クララ・ガスル戯曲集』はこの点で規則を確証する例外だ。[24] しかしながら、ジャーナリズムの領域を離れれば、筆名使用の原則は規範とは見なされず、いわゆる文学活動を考察する場合はそれにはほど遠い。[25] マリ・ダグー（ダニエル・ステルンの名で出版）とカロリーヌ・マルブティ（クレール・ブリュンヌ）はそれに従い、一方、マルスリーヌ・デボルド＝ヴァルモール、デルフィーヌ・ゲー（結婚後はジラルダン）、フローラ・トリスタン、オルタンス・アラールあるいはルイーズ・コレは、この自己との距離の必要性を感じていない。それは、女性たちは一般に、十八世紀文学が確立した習慣、つまり、夫との関係がどうであれ（一般的に問題があるが）、彼女たちの名は確かに結婚により与えられたものだから、象徴的な力が強力であり続ける保護をそれによって自分のものにし、夫の名で出版する習慣の継続を選択したということだ。[26]

サンドは、『アンディアナ』を執筆しているとき、母親に書いている。

［…］わたしの名は才気ある仕事に向くようにはできていませんから、共同執筆者に名［サンド］だけ加わってもらっています。[27]

この断言はいろいろな理由で興味深い。まず、『わが生涯の物語』で語った話と食い違っている。それから、名、小説に付す署名の問題が、変貌過程にある〈J・サンド〉の念頭からすでに離れないことを証明している。これはデュパン夫人を安心させるためのものだ。娘の名字が表紙に印刷されることはないだろう（自伝では笑いとばすだけになるが、作家は自分の家族がこの面で伝統的にあからさまに示すためらいを推しはかっている）。さらにこれは十八世紀の文学的言葉遣いを茶化すものだ。こうしたすべては、うわべは遊びにすぎないからか？　サンドはある点に関して少なくとも申し分なくはっきりしている、つまり、いかなる実際の名字も自分の手になる作品の発表に使用されることはない。筆名という仮面をつけて文壇に登場し、この作家はもとのアイデンティティに戻る意図も、かなりの成功を得ている〈名〉を放棄する意図もいささかもない。彼女の考えでは、文学と筆名はまさに切り離せない。

だがそこで止まることはできないだろう。名の変更のそれぞれの物語は、自己に、逆説的なアイデンティティの選択（というのも、最初からそれは同一のものとしても、異なったものとしても存在するからだ）に、他人向けの、目立たないか、あるいは飾り立てた自己の演出へ導く。それはとりわけ文学、一般に芸術的実践の場合だ。そこでは名は固有の活動のしるしであり、特性の極みを意味すべき過度のしるしでさえあり、類似した運命がまったくなく、似通ったもののまったくない資質、つまり天分を個人に付与するしるしだ。この観点から、ジョルジュ・サンドが取った行動を、文学に携わる女性たちに関するものであれ、あるいは、もっと一般的に、ロマン主義時代の作家たちに関するものであれ、この慣習についての一般的考察にとどめることはできない。それは確かに、サンドが明白に認めている特定の実践に従属してはいるが、時代や、やり方や、礼儀作法が今度はいささかも関与していない風変わりな物語をも語る。それは筆名の選択が必然的に混乱させる特性と同様、自己との関係、アイデンティティ、家族、私生活に立ち戻る。それはなんらかの規律に対する従順さを示さず、反対に、その放棄、距離を置くこと、変容を語る。仮面を選ぶことで、それは虚構（思いつきのアイデンティティの虚構）を見せ、不向きなものでふさわしいもの（名字の類似ではなく、考案したものが今後、アイデンティティを表す）[28]を作り出し、楽しみの原則と死の原則を競合させ、主観性を二分割し、また、倍加する能力において筆名の憂慮すべき奇妙さを示す。

サンドの二人の同時代人もまたこうした行為の可能性やその効果（自由、反逆、挑発、アイデンティティの隠蔽《いんぺい》、父親の規範への異議申し立て）に魅せられた。スタンダールはある地名をほとんどそのままの形で筆名とし、ジェラール・ド・ネルヴァルは、もっと因襲的なやり方で、自分の洗礼名を維持し、〈貴族的な〉いわば社会的、職業的名を自分のために作る。土地の思い出や、人為的な貴族化で価値を高めることはよく知られた策略だが、筆名辞典で予想どおり目につく種々のやり方以上にこの行為は両者の場合、特別な状況に立ち戻る。

スタンダールは非常に早くから変装に対する恐るべき嗜好を表明し、この点であふれ出る想像力を見せる。およそ二百におよぶ彼のさまざまな仮面は私的な文章や書簡ばかりか、イギリスの多様な雑誌でジャーナリストとして署名する記事に現れる。ナポレオンの軍隊に従って通過し、空想のhで飾ったつづりの、ドイツの小さな町の名が彼に主要な筆名を提供したにちがいない。最初は〈ド・スタンダール氏〉、ついで〈スタンダール〉（洗礼名はない）が、ごく少数の友人のためにだけ執筆するつもりだったこのヴォルテール愛読者の成功を確実にするだろう。偽名や変装を大いに愛好し、あらゆるジャンルの作者取り違えの巧妙な作り手たる、『アンリヤッド』の作者〔ヴォルテール〕は、おそらくこの点で手本を示したにちがいない。しかしながら、その間、アンリ・ベイルは、有給の官吏として彼を雇う行政機関（ナポレオン、ついでルイ＝フィリップの行政機関）にとって、また、彼が契約を結んでいた出版者にとっては、民事上、存在し続けた。

ジェラール・ド・ネルヴァル、本名ジェラール・ラブリュニーは一つの活動のために一つの名、つまり、著作しながら、よりよく同一人物であり、また別人であるために、偽名〈作り出されるこの〈地名〉は旅に誘《いざな》う〉を自分に与え、この点でスタンダールにかなり類似している。ジャーナリストとして、ある時は匿名を、またある時は複数の名を使用することを選び、彼もまた、時代の慣行に従う。詩人、散文作家、そして、〈旅行者〉として、ネルヴァルはもの悲しい状況を中心にして構成される作品のために幻想的な名を作り出した。(29) 父親に逆らって、偽名は無限の作り話のモチーフであり、そこでは何よりもまず、ドイツ、昔のフランス、そして演劇が交差する。むやみに書きたがるスタンダールは特定のジャンルよりごた混ぜの作品を好んで選択するが、ネルヴァルの方は翻訳の誘惑が頭から離れず、あらゆるジャンルを探り、絶えず調子や主題や場所を変える特異な能力を示す。そこには明らかな不安定さがあり、筆名を使う演劇作家たちが各自の流儀で順応している演劇への確かな魅惑をともなっている。文学における彼らの存在の特徴となる、絶えざる変容を強いられ、彼らは奇妙にも、一方は無限の分散に、もう一方は未完成に、そして両者ともに流動性や変貌に導かれているように思われる。作品とアイデンティティ、文学と筆名の使用が互いに呼び合い、呼びかけ合い、反響し合い、支え合う。筆名は法的な名字以上に明確に作者を作品として構築する。それだけがうまく合法化し、〈真実〉にすることのできる〈偽り〉を核にした作品。この鏡のゲームでスタンダールが少しばかり道に迷う〈自分が何者かを知ることに挫折した彼をその自伝が物語っている〉にしても、ネルヴァルがついには自殺するにしても、ジョルジュ・サンドはその代わりに、過度なまでに決然とした態度で構築した筆名の立場を時間の経過とともに、確固たるものにする。一歩一歩、彼女は非常に思いがけない細部にまで舞台装置を決めることで自分が作り出した他者になっていく。

ピエール・エマニュエルは筆名の精神分析的研究がないことを残念に思っていた[30]。この欠落の理由はおそらく、一見したところそれと思われるより、事例がはるかに少ないという状況や、行為の類似に隠された状況の多様性にあるだろう。確かに筆名辞典は、非常に多くの作家が筆名への嗜好やその必要性に従ったという印象を与える。それが現実だ。しかし、しばしば一時的に筆名に頼った、遊びの愛好者、非社交的反対者、信念を表明した抵抗者、さまざまに立場を異にする変わり者といった多くの人間を、真実の作品を書き上げ、その作品のために、また、その作品により、偽名を構築する作家たちと混同することは問題になり得ない。こうした作家たちは筆名による創作活動全体の中で少数派であるだけでなく、十九世紀の文学的生産活動の枠の中ではさらに少数派なのだ。『十九世紀フランス文学概要[31]』に記載されている、この時代の著名な男性ならびに女性作家の百三十ばかりの名の中で、筆名はわずかに十一、つまり、アロイジウス・ベルトラン（ルイ・ベルトラン）、ペトリュス・ボレル（ジョゼフ＝ピエール・ボレル・ドートリーヴ）、シャンフルリー（ジュール・ユソン）、アルセーヌ・ウーセー（アルセーヌ・ウーセ）、アンリ・ド・ラトゥーシュ（イヤサント・タボー・ド・ラトゥーシュ）、ロートレアモン（イジドール・デュカス）、エジェジップ・モロー（ピエール＝ジャック・ルリヨ）、ジェラール・ド・ネルヴァル、サール・ペラダン（ジョゼフ・ペラダン）、ジョルジュ・サンド、スタンダールだ。これらの作家たちの大半はあまり重要でない作家と見なされている。半分は固有名詞の軽微な変造（洗礼名の変更、名字の一部の削除、あるいはその軽微な修正）を選択した。大作家たちのものである四つの筆名が結局、存続し、その中の三人はロマン派時代に活躍している。この考察から、十九世紀にあって筆名の行為は月並みではなく、反対に、非常に例外的な特色を強調することができる。というのも、世紀全体で、合計で、女性一人を含む、四人の著名な作家にのみかかわっているからだ。自己と文学に対するあり方へ分析的なまなざしを向ける必要性が高まる。

他方、心的体験に対する筆名選択の影響は、文学領域での創造をともなっているにせよ、いないにせよ、非常に重要だ。名を変えることを決心した個人について実施された臨床研究に基づいて、R・ゴリとY・ポワンゾはそうした措置の利点を指摘した。偽名に頼ることは被験者が「父親の名」を排除すること（「法」とそれに伴う禁止事項の主要部分であり、それは今後、補助的なものと見なされる）、したがって去勢の規制から自ら進んで身を引くことを可能にする。筆名は家族の領域の外に、拘束の外に身を置く（あるいは少なくとも、身を置こうと努める）ことを可能にする。そうすることで、筆名は被験者を、絶えず遠ざかろうとする――筆名の構築により逆説的に支えられる逃避――アイデンティティの苦悩にみちた探索へと導く[32]。

昔の心的葛藤に現代的意味を与え、それを特異な運命に変え、〈必要な〉こととして体験された名字の変造は、文学において、あるいは、それが現れるなにかほかの領域で、結果と動機を一つにする。（それが現代的意味を与える明確な心的葛藤を）それは明かすものとしてと同時に、（運命としてその後、体験される生活上および職業上の選択を）引き起こすものの役目を果たす。ジョルジュ・サンドがその自伝の中で筆名の問題を取り上げるとき、彼女の回避はこの点で大きな意味を持ち、特別をありきたりなものに帰着させ、(個人的な)決定を下す選択を外見上、他者たちに託す。名はおそらく文学の道を決定する、そして、〈J・サンド〉の名はすでにある程度の評判を獲得していたように見えるが、それはとりわけ、職業と個人を、作品とひとりの男性なり女性を結びつける。筆名は「存在」と「作家としての存在」との隔たりをもたらし、ジャーナリズムや出版に必要とされるひけらかしの単純な効果を超えて、自己との差異化の過程を開始する。その生成過程を理解し、結果を測ることが望ましい。

オロール・デュドゥヴァンが〈選んだ〉筆名やそれが伝えるさまざまな意味を考察する前に、本章に続く二章でいくつかの基本的な問題に立ち戻るつもりだ。まず、家族、アイデンティティ、名字の間に、きわめてしばしば思いもつかなかった絆が作られるための必要条件、つまり、いくつかの要素が帰属と正当性の感情を弱くしたように思われる家族状況を子細に調べることが必要だろう。ついで、ここでもまた、『わが生涯の物語』の中に、名字と距離を置く最初の兆しを読み取り、一八三二年の筆名採用にいたるアイデンティティの緩慢な移動を、それが物語の中で観察される過程を追って考察することが重要だろう。

人は一八一七年のある日、突然、スタンダールになりはしないのと同様に、十五年ばかり後に、当時のジャーナリズムや慣行を口実に、突然、ジョルジュ・サンドになるわけでもない。自己とのかかわりや自分の名とのかかわりは徐々に通常の歩みから離れ、〈定められたもの〉として人生が提示したものからの隔たりが必然的に長期にわたって行われる。文学もまた、時間を要する。文学は、わずかな例外を除いて（ミュッセやランボーのように、この〈流れ星〉症候群はしばしば高い代償を払う）、天才のロマン派神話には気の毒だが、どれほど霊感を受けているにしても、一人のかぶとから全軍隊を取り出しはしない。事態が動き出し、オロールとその名が機能不全の兆しを呈し、別の論理、つまり、多少なりとも確信をもって、自己であることの認識と満足へと導く論理が通常の論理に取って代わろうとするのは子ども時代からだ。『わが生涯の物語』から理解できるように、非常に早くから、規範を疑い、家族装置の中心に非嫡出を置く筋書が配置され、呼応し合う。傑作が自己と世間の虚構化、アイデンティティと創造の間の複雑な関係を推測させるからこそ、筆名の選択は文学史の領域に属するだけでなく、自己の徹底的な変容の最も人目を引くしるしなのだ。少数の男性や女性（ジョルジュ・サンドばかりでなく、コレットや、マルグリット・ユルスナールや、マルグリット・デュラスもまた）が、ためらいや彷徨や失敗がないわけではないが、自分たちを文学の創造に導く道でそれが必要で不可欠だとさえ判断する。文学創造が彼らの目には自己の（再）創造と一つになるからにほかならない。

第3章　家族小説

われわれひとりひとりの素質は人種の混交なり同一がもたらしたものだ、[…] そこから、自然遺伝、つまり肉体と精神の遺伝が、われわれひとりひとりの間、その先祖ひとりひとりの間にかなり深い連帯を打ち立てているとわたしはいつも判断してきた。

『わが生涯の物語』[1]

筆名の採用は一般に家族や、家族を通して課されるあらゆるものに対する多少とも明白な反抗に結びつく。スタンダールがそのことを想起させる。自伝で、いや、すでに『エゴチスムの回想』の中で、彼は過去や家族やグルノーブルに対する拒絶と憎悪の物語を自分のために作り、この物語に、〈自己になること〉や、「美」の愛好者としての自分の資質の基礎を置いている。この視点は『わが生涯の物語』の中で取られる視点ではない。一見したところ、それはまさしく正反対だ。『アンリ・ブリュラールの生涯』は、どういう風に生きるかは（とりわけ父親像に）反抗することを意味する、と語る個人主義の一大宣言である印象を与えるが、サンドの自伝は反対に、初めから、熱心に、絶えず家族の絆を肯定し、ついで、そのことを直ちにあらゆる種類の祖先たちの正式の歴史で確認する。

本章の銘句はそれを繰り返し、一つの物語がこの点でほかの多くの物語（わけても祖母と母の物語）にならって再現する、遺伝や〈人種〉の混交という観念、家族の過去と自分との間の連帯という観念を強調する。サンドは断固として平等主義者として問題を考える。つまり、この態度は注目に値するが、彼女は階層の〈平等〉を宣言している。多くの当事者たちに一つの歴史を思い出させ、その偉大さと卑小さを説明し、遠いものと近いもの、多数のものとまったく唯一のもの（一人の少女の思い出）を把握することが重要だ。第一章からすでに力強くはっきり述べられたこの目標は、見たところ、全体の完璧なまでの一貫性を保つ信念のもとに維持されるだろう。〈ジョルジュ・サンド〉は、こうして並外れた文学的、社会的、政治的視界を獲得した作家として、社会主義的信条をけっして忘れさせることなく、過去と現在を自在に活用しようとする。それは、ひとりひとりの歴史の持つ興味はすべての人に価値があることを想起させる連帯の名においてなのだ。

それでも、人生の物語には、自己の存在や、時代と社会の中に自己が組み込まれていることの証《あかし》である歴史・家系・家族の考古学という準拠の予測される枠組みを、ないがしろにしないはずはない二つの要素が含まれる。これらの要素は全体の格調の高さや親しさの保証に資するわけではない。つまり、絶えず繰り返される楽観的で、〈連帯的〉な言説とは裏腹に、死と非嫡出が家族装置のただ中に、断絶とそれがもたらすあらゆる結果を組み込むからだ。ヴィオレット・ルデュックの有名な『私生児』のように、サンドはそこから始めることもできただろう。物語の初めから、父親と弟の死がもたらしたぞっとするような悲しみから生まれたものや、どの世代にも非嫡出子たちがいることに伴う気詰まりを語ることもできただろう。反対に、冒頭部分を特徴づけている和を重んじる言説は、そこで提案される読み方が、そうした暗黙の前提を特に意識した計画の結果であることを、十分示している。つまり、秩序や冷静や、適性の早熟なきざし、自己との距離を楽しむことが、まったく別のものになった女性の運命をつかさどるにちがいない。これらが、ジョルジュ・サンドが読ませようとする自己の物語、言葉の強く、かつ虚構的な意味での彼女の歴史の構成要素なのだ。

『わが生涯の物語』の第一章は著者の鳥に対する興味で締めくくられる。風変わりな(そして最初の)余談。[2] 人生の真実と一人の芸術家の伝記としての物語との間に、サンドはこうした音楽や色彩や動きの幕を置く。絨緞の中の控え目だが執拗に繰り返されるモチーフにも似て、死と非嫡出の——不気味な[3]——性格がよりはっきりと浮き出る。まさしく家族をその土台から崩し、親子関係や帰属を打ち倒し、最も内的で最も根元的なアイデンティティを脅かそうとするものに直面して悲劇的な死と私生がテクストの中で、投射影のように、極度の不安や深い動揺を映し出す。それらは自伝がそれでも賛美しようとするこの家族的調和や世代間のこの連帯への〈信念に投げられた強い否認〉[4]として機能する。

周知のことであり、テクストも強調しているところだが、ジョルジュ・サンドの身の上話は、最も華やかな階級と最もつつましい階級の二つに属し、したがって伝統的に対立し、敵対する二つの状況を結びつける一つの特殊性に律されている。〈いわば二つの階級に跨って生まれた〉[5]作家は祖先の中に、名高い貴族たち（中でも後にポーランド王アウグスト二世となるフリードリヒ＝アウグスト・ド・サクス）や無名の職人を数え上げる。混交と彼女は言う。自伝は、正真正銘の私的な伝説に仕立て上げられた対比を巧みに利用する。サンドは、その特異な嗜好や政治的信念の力を正当化するために絶えずそこに立ち返る(6)。

それにもかかわらず、名字の問題や秩序と法、家系と継承の問題を混乱させずにはおかない反復に読者は驚かされる。非嫡出は確かに大きな場を占めている。上流社会の魅力的な貴族たちと愛想のよい女性たちが、サンドの曽祖父（認知された私生のモーリス・ド・サクス）と父方の祖母（前者の私生の娘）の生みの親だった。

> ザクセン選挙侯にしてポーランド国王のフリードリヒ＝アウグストは、その時代きっての驚くべき放蕩者だった。［…］彼には数百人の私生児がいたと言われている。魅力的で教養のある美しい女性オロール・ド・ケーニヒスマルクとの間に［…］フランス元帥にしかなれなかったものの、貴族らしさでは彼を大いに超えた一人の息子がいた。［…］
>
> 彼［モーリス・ド・サクスのことだが］の最後の恋愛の一つはオペラ座の花形、ヴェリエール嬢とのものだった。［…］ヴェリエール嬢は彼との間に娘を生んだが、十五年後にやっとサクス元帥の娘として認知された(7)。

一七六六年に高等法院の判決で、〈サクス伯爵にして、フランス軍および野営部隊の総元帥モーリスの私生児〉と言い渡されたマリ＝オロール・ド・サクスは、この（遅まきながら）正式な認知のおかげで、申し分ない教育を受けた。彼女は二度目の結婚でルイ＝クロード・デュパン・ド・フランクィユと再婚し、一人息子モーリスを得た。

だが、非嫡出は、冒頭で強く主張した階層間の平等の原則を少々忘れて、この物語が高く評価する旧体制の何人かの大物たちの愛すべき放蕩に結びついているだけではない。未来のジョルジュ・サンドが誕生したとき、父親のモーリス・デュパンにはすでに、認知していない男の子、ピエール・ラヴェルデュールがいた。通称イポリット・シャティロンで、後に常にこの名で呼ばれることになる（捨て子に対して当時よく行われていたことだが、思いつきの名の後で、彼は母親カトリーヌ・シャティロンの姓をもらった）。一方、ソフィ・ドゥラボルドもすでに、父親の分からないカロリーヌの母だった。モーリス・デュパンと内縁関係にある間に何人かの子を産み、失った。息子の一人はオロールが二歳のときに亡くなるだろう[8]。同棲相手の新たな妊娠を知らされ、青年はやっと正式に結婚することを決める。オロールは嫡出子となるが、ぎりぎりのところだ。両親は娘の誕生三週間前に、モーリスの母親の同意なしに、パリで結婚する。息子は母親に庶民の出の女性との関係を告白できずにいた（彼女は軍隊についてゆき、モーリスの愛人になる前はとある将校に囲われていた。父親はパリで〈小鳥屋を営んでいる〉[9]）。結婚は秘密にされ、孫娘の生まれた状況は隠され、口に出せないと判断された多くの細部とともに周囲の大人たちの記憶の中にしまい込まれた。誕生や出身を秘密にし、恥を隠蔽に結びつける奇妙な状況。〈結局のところ、わたしは確かにわたし自身だ〉と作家は、かなり後になって、一八〇四年七月五日、パリで誕生した証拠を手に入れて、明言する。彼女は〈自分の名や年齢や祖国に疑問をもつことは常に気詰まりだ〉[10]と続ける。この気詰まりが以前の気詰まりを思い出させるだけに確かに気詰まりなのだ。自伝作家が断言するように、誕生の正確な状況を知らないことや、そこに私生の影が漂うのを見ることは、父方の祖母や曽祖父がそうであったように、デュパン夫妻の子どもたちがすべて、そして夫婦のそれぞれが現在までそうであっただけに、常に気詰まりなのだ。

私生はかくして、色好みの世紀の華々しい非嫡出に、十九世紀初頭の非嫡出より月並みで露骨な非嫡出を混ぜながら、サンドの家族史全体に縞模様をつける。モーリス・デュパンは彼の母の下女を誘惑し、下女は彼の息子を一七九九年に生んだが、認知されなかった。彼は次いで、〈節操のない〉過去をもつ女性と同棲し、長い間、私生児たちを認知しない。一方、カジミール・デュドゥヴァンの父親も同様のことをするが、後にジョルジュ・サンドの夫になる子を認知し、育てる[11]。このことは私生が厄介でもあり、習慣でもある事実としてどこにでもあることを物語る。サンドは非嫡出が背負う社会的非難や不評を無視するわけにはいかない。この点で彼女の言葉は率直で誠実であろうとするにしても、実際は両親の振舞を許し、誉れ高い祖先たちの身分、つまり認知された子どもであることを強調して、とくに私生を深刻に考えないようにする[12]。

家族制度の歴史は、非嫡出や同棲を終わらせようとして、あるいは少なくとも、好ましい秩序のために、教会や国家により繰り返されてきた努力を物語る。中世の追放措置（聖職者の身分は私生児たちには禁止されていたし、紋章学は〈私生の棒〉で紋章に刻印する）から十六世紀以降の同棲禁止（長い間、司祭に同棲を黙認してきた教会は、以後、それを行う者すべてに対して破門を予告した）まで、この歴史は権力が私生をいかに追い詰め、欲望と快楽を規制しようと努力し、結婚を奨励し、父親の義務を強化し、そして正当な家族政策を強力に擁護したかを物語る。それはまた、こうした状況（女性たちがその最初の犠牲者だ）がその後、引き起こした非難の結果として、十七世紀から、どれほど未婚の母の状況が劣悪化し、〈罪の子どもたち〉の大量遺棄を生じさせ、直ちに子どもたちの生存を保証するための公的、宗教的慈善機関が設立されたかを明らかにする。さらに、それは、多くの農民や職人にとってある程度の年齢に達するまで家族を維持する手段がほとんどない、十八世紀の不安定な経済的状況がどれほど結婚を減少させたか、そして、論理的に言えば、捨て子の数を増大させたかを想起させる。この増大は次の世紀の前半まで続く[13]。

ミシェル・ペローが指摘しているように、十九世紀には〈家族は資産であるだけではない。家族は名誉の象徴的資本でもある[14]〉。そうである以上、私生児の誕生をもたらす性的過ちは全員一致で排斥される。この強い偏見はゾラやモーパッサンの小説の中で相変わらず聞かれる。非嫡出は母親たちにとってとりわけ激しい羞恥心の対象となり、堕胎と嬰児殺しが増加する。すでに帝政時代から国家は捨て子たちを収容し、教育するために介入する。世紀の後半には孤児院が引き継ぐ。それでも恥辱が残ることに変わりはない。

私生児は醜聞なのだ。それは、娘たちの名誉を失われた処女性で傷つけ、女性たちの名誉を疑う余地のない不貞で傷つけ、家族の平安を脅かす。過ちを隠し、腐った果実を取り除くこと、それが女性たちの脅迫観念であり、周囲の人々の関心事だ[15]。

これは、正当な家族の重視が極度のものであり、法が監視しているということにほかならない[16]。こうした文脈では、認知された私生児と認知されていない私生児を区別することが必要だ。父親の法的奔走の結果として、前者は何らかの金銭的支援（教育費、娘の場合は持参金）を享受することができ、父親の名を名乗ることを許される（これはモーリス・ド・サクスについても彼の娘についても言え、サンドはこの点を大いに強調する）。それに反して、後者の運命は極端に不安定であり続ける。後者は母親の姓を名乗り、何らかのあだ名なり、思いつきで決められた名、つまり自分のものとする〈偽名〉を与えられることになる（たとえば、『捨て子のフランソワ』の中で、フランソワは腕にあるあざのためにラ・フレーズ（あざ）と呼ばれる）。捨て子は日常的に行われ、その運命は状況次第だ。孤児、次いで放浪生活の後はしばしば一気に教化院に送られる[17]。

集団的想像の世界は私生児に対して二重の言説を展開する、つまり、こうした〈愛ゆえの子どもたち〉が享受できる自由と、伝統的に彼らに与えられる〈幸運〉とに幻惑されるものの、彼らに対する大いなる警戒心を表さないわけではなく、彼らをすすんで軽犯罪者と同一視するのだ。判断のこの二重性はサンドの自伝に直接にこだましている。

ある階層では、愛ゆえの子ども、つまり私生児は大きな関心を抱かせ、家族の中にあって王様ではないにしても、少なくとも、家族中で最も大胆で最も自立した者、何事もやってのけ、すべてが許される者になるほどだ。これは肉親としての情が社会の遺棄を償う必要があるからにほかならない(18)。

しかし、サンドは、『捨て子のフランソワ』を紹介する一八五二年の解題の中で捨て子について次のように指摘する。

こうした哀れな子どもたちは一般に教育が与えられていないため、田舎では悪童になる道しか残されていない。極貧の人々に託され、付与される不十分な援助のゆえに、養い親たちのために、しばしば物乞いという恥ずべき仕事に従事することになるのだ(19)。

〈男女の捨て子を何人か育てさせ、子どもたちは身体的にも精神的にも良くなった(20)〉と明言するこの女性の〈社会的〉問題への関心、特定の家族のいくつかの思い出に直接結びついた気がかりがここに読み取れる。

しかしながら、この女性作家が小説の中に多くの捨て子を登場させた（数例を挙げれば、『若い娘の告白』の中のフリュマンス、『転がる石』の中のモランボワ、あるいは『アルビヌ・フィオリ』の中のジュスト・オドアール）にしても、すすんで明確にされているように、彼らの存在は、作家の個人的体験のみに拠っているのではない。問題はもっと複雑であり、必然的に特異性と小説の伝統が混ぜ合わされる。[21] 悪漢〔ピカレスク〕小説は、『ラサリリョ・デ・トルメスの生涯*』以来、確かに数多くの捨て子を数える。係累がなく、無法に振舞う彼らは、生きのびる本能と幸運に導かれた波乱万丈の人生の典型的な主役に見える。十九世紀の大衆小説、つまり、ウジェーヌ・シュー**やポール・フェヴァール***の小説は捨て子を好んで王族の息子や娘に設定し、そうすることでフロイトが叙述した〈家族小説〉の想像の世界に従っている。[22] この点でサンドの登場人物たちはルールにほとんど背かない。彼らを好んで登場させるジャンルの伝統的な主人公たちは、人生に次々と翻弄され、やがて誠実な人々に愛される。彼らは、捨て子と同じく、突如、後悔の念に駆られた親戚から何がしかの金銭を受け取ることもある。それでも、小説の主人公たちの大多数は嫡子であり、実際に、世襲財産を維持するなり、手に入れることを気にかけ、しきりに結婚の中に愛や、結婚が約束する経済的な安心を見出そうとする。サンドの作品にあって、何人かの主人公が愛する女性の貧困を結婚の条件にする（『シモン』、『アンジボの粉挽き』、あるいは、『アントワーヌ氏の罪』）にしても、相続問題を扱った、この点で意味深い小説もいくつかある（『モン＝ルヴェシュ』、あるいは『ジェルマンドル一家』）。策略がないわけではなく、小説の題材は金銭・家族・嫡出性・社会問題に対して、考えられるほど予想されたようなものではないが、個人的体験から離れたものでもない、いくつかの解決法を提案する。[23] 文学的伝統と、これらの問題を深く感知する能力とが、道徳的確信を背景にして、心ゆくまで主題をもつれさせるのだ。

＊スペインで最初にピカロ（悪漢）を主人公にした自伝体の小説。作者不詳。一五五四年出版

＊＊一八〇四―五七。フランスの作家。海洋小説、歴史小説、風俗小説、プロレタリア小説など多岐にわたる創作。また、新聞小説の技法を確立。『パリの秘密』、『さまよえるユダヤ人』など

＊＊＊一八一七―八七。フランスの作家。多数の冒険小説。『ロンドンの秘密』、『せむし男』など

『わが生涯の物語』と同様、書簡が明らかにしているように、両親の私生児たちとサンドの絆は非常に緊密であり続ける。作家は自伝の中で、カロリーヌ〔母ソフィがモーリスと結婚する前に生んだ、サンドの異父姉〕と引き離されたやり方にとりわけ憤慨している。オロールを祖母に託した後、母親はカロリーヌを修道院に入れ、次いでパリで独りで育てた。イポリット・シャティロンは、彼女がノアンに到着したとき、気取らずに紹介され（〈イ、ポ、リ、ッ、ト、だ、よ、。キスしなさい、子どもたち〉）、少女時代の厄介な遊び友だちになるだろう。それでも、彼の真の素性は、父親の身元と同様、長い間、秘密にされた（〈わたしは兄だと知らずに何年もの間、一緒に過ごした。それは小さな家の子どもだった〉）。[24] 彼女に教えるのは好ましくないと判断されたのだ。〈イポリットは〔…〕すでに九歳だった。彼はわたしの父が彼の父だということをまだ知らなかった〉。[25] 祖母は（認知されていない）子どもに、城館に住むことも、

出生の真実を長い間、知ることも許さなかったが、彼がノアンから離れることのないよう気をつけていた。

カロリーヌに対すると同様に、イポリット、さらには、彼ら二人の子孫に対するサンドの態度は、明らかに個人的な選択と、彼女がこの時期、自らのものとした人道主義的、社会主義的信仰で確かにいっそう強固になったこの問題に対する感受性に由来している。彼女の断固とした決意は、ほかの多くの点でと同様、この点でも時代の偏見、とりわけ彼女の祖母の偏見から一線を画させる。それに、兄弟も姉妹もいない将来の作家は、この近親関係の、正当な結婚によらない〈自然の〉家族の中にやはり家族のようなものの要素を見出している。この家族は彼女を母親に近づける。彼女は父親の行動と同じく、母親の行動に審判を下したくないし、非難するつもりもない。ソフィ・ドゥラボルドが亡くなった一八三七年から、カロリーヌとイポリットがきわめて劇的な運命をたどった家族の生き残りだ。

最後に、サンド自身の事情を想起しなければならない。彼女は、不義の子にほとんど間違いない娘、つまりステファヌ・アジャソン・ド・グランサーニュとの間の娘ソランジュをカジミール・デュドゥヴァンに押しつける。不義の子は私生児ではない。法律的見地からは夫の子だ。この点に関してバルザックが『結婚の生理学』の中で〈夫の名が妻の失敗を救う〉と、面白おかしく指摘している。[26] 家族は権利の侵害者を恐れ、法は侵害者を追い詰める。一方、道徳は妻の行動や、妻が夫を裏切るために弄するにちがいない術策を非難する。サンドは、人妻に恋しているフランソワ・ロリナに宛てた手紙の中でこうした立場を厳しく裁く。

あなた方はお互いにとって一体どうなれるというのでしょう？［…］わたしは率直にあなた方に与《くみ》することはできません。父子関係の巡り合わせを夫に按配するこの卑怯で不正直な関係に入ることは、どちらにも嫌悪感を覚えさせるにちがいないとわたしは思います。避けられない不幸から逃れるために、モーリスが言うように、あなたが受胎させたわき腹を夫の愛撫に進んで任せる（ああ嫌です！）ような女性をあなたが一週間も愛することができるとはわたしには思われません。[27]

サンドが、こうした行動が抱かせる嫌悪感を表現するのに、当時ごく幼かった嫡出子の息子の言葉を借りるのはかなり奇妙だ。他人の振舞を激しく非難することで自分自身の行動を経験に基づいて断罪する遠回しのやり方なのか？〈不正直な〉行動の苦い思い出（『ジャック』の中にその反映が見られる）。いずれにしても、そこには絶えず付きまとうが、念入りに抑えられた感情的で性的な混乱がある。

過去の非嫡出に関してであれ、あるいは現在の非嫡出に関してであれ、サンドは、すでに見たように、祖先の栄光、両親に払うべき尊敬、自分自身に対する品位を考慮して、これらの行動に判定を下さないという選択をする。それゆえ書簡や自伝的物語は、嫡出でないことについて見せかけの率直さと、恒常的な隠蔽が繰返し現れる言葉を作り上げる。特定の家族と、それを代表する名との関係の中でアイデンティティを鉛で封印するこの現実をジョルジュ・サンドは示し、同時にそれを念入りに隠したままにする。彼女がすすんで誇示する誠実と見せかけて、まったく同じようにすすんで見せびらかす平等主義的信念と見せかけて、騎士道的行動（十八世紀のそれ）の〈粋〉を賞賛し、母親の行為に多くの弁解を見つけ、父親としての感情についてありそうもない言葉をモーリス・デュパンの口から言わせ、彼女はこの現実を偽装し続ける。

それでも、困惑が残ることに変わりはない。嫡出でないことはサンドの家族史に深く刻まれ、彼女自身、私生（そしてそれに伴う名字の黙秘）をわずかのところで回避し、秘密がその出身を特徴づけた。階級の有名な混交の中よりもはるかにここにこそ、おそらく、普通でない振舞と婚外で生まれた子どもたちで際だった物語の特異性がある。名字については、〈必然的に〉獲得されることはめったになく、それは欠けていた（イポリットにもカロリーヌにも）か、遅れて付与される（法定認知の形で）対象となり、その恣意的性格が強調された。それゆえ、ちぐはぐな要素と付け加えられた部品で構成された家族に属する女性が、五十年経て強く主張する必要を感じる、驚くべき〈わたしは確かにわたし自身だ〉という言葉を、われわれはよりよく理解できる。

サンドの場合、家族的世界に伝統的に結びついた価値基準を非嫡出が繰返し乱したにしても、別の要因がアイデンティティと、家族により構築される自己との関係をより確実に危うくしたにちがいない。実際、不幸が正当な家族の核心に打撃を加え、打ちのめす。一八〇八年七月にマドリードで生まれたルイ・デュパンは九月八日、生後わずか数か月で亡くなる。父親のモーリス・デュパンはその一週間後、落馬事故で死亡。驚愕は極限に達し、悲嘆は極度のものだった[28]。こうして家族の核から、名の継承を唯一保証できた者たち、つまり二人の男子の構成員が突然、切り取られた。同時に、この二つの死は母のデュパン夫人と息子の妻のデュパン夫人から、男子の後継者を奪った。家族は夫と、父親と、息子と、弟を失って、涙に暮れる三人の女性たちだけになった。

それ以来、状況は奇妙に混乱する。祖母は、落胆と息子の妻に対する激しい嫌悪からやがて、オロールにモーリスの代理をさせ、孫娘に息子の位置を占めさせ、彼女自身、父と母の役割を一手に引き受けるという、狂気じみた計画を温める。一八〇九年一月、デュパン夫人は目的を遂げる。つまり、息子の妻はオロールの後見を夫人に正式に託し、パリに戻って暮らす。かくして父方の祖母は家系の指標をひっくり返し、性別や世代を混同し、さらに、有無を言わさず引き離した母と少女の悲しみに動じず、まとまりのある家族構成のあらゆる可能性をゆがめる。息子が残した孫娘の中に息子を所有したいという明白な渇望で増大した夫人の絶望は、すでに何度も脆弱化した家族状況を決定的に混乱させる。

この決定はオロールに、本質的に（颯爽とした青年ではなく）一人の少女であり、（祖母の娘ではなく）母の娘であることを禁じる。事実上の非常識な行為（母親の追放、すでにその半分の構成員を失った家族の最終的な崩壊）に、息子と孫娘の間で一種の置換をし、一方が、死者である他方の代わりをするという常軌を逸した考えが加わる。〈わたしのすべてが祖母に幼い息子のことを思い出させていた。

祖母はわたしが遊ぶのを見ながら、時々一種の錯覚をし、しばしばわたしをモーリスと呼んでいたし、わたしについて話しているときにわが息子と言っていたほどだ[29]〉と自伝作家は回想する。〈祖母はわたしを所有していた……祖母は息子の幼少時代を思い出していたのであり、それをわたしと一緒に繰り返すことができると思い込んでいたのだ[30]〉。

家系図におけるこの位置の変更の危険はすぐに明らかになる。モーリスの位置を正確に占めるには、連続した二つの死亡が示すように、占めるべき位置の正当性を死が保証する以上、今度は彼女が死ぬ必要があるだろう。祖母から、非常に従順でおとなしくしているよう、執拗に求められる作者は〈祖母はわたしに死んでいなさいと強く勧めているように思われた〉と語るだろう[31]。〈絶えず本性を束縛する、〈幼い子どもに対する老婦人の絶対的規律〉への反感がたちまち生まれる。テクストはその激しさを隠そうとしない。過度に愛した一人息子の死を受け入れられず、反復と繰り返しの倒錯したシナリオに巻き込まれ（モーリスの幼少期を繰り返すことは、息子を奪った女性に復讐することでもある）、祖母は孫娘が死んだ息子に似ていること、そしてこのことが絶えずかき立てる苦しみを必ず口にする。孫娘が乗馬のために男の身なりをしているのを見て、〈おまえは父親に似過ぎているね……わたしが昔と今をごちゃまぜにして、どの時代にいるのかわからなくなるほどだよ[32]〉と言う。それからほどなくして、夫人はオロールをはっきりと息子の代用にする慰めの協定を孫娘と結ぶだろう[33]。

母親の方にしても、オロールに添い寝をしていると知った義母の非難が示唆するように[34]、しばらくの間は娘を亡き夫の感情的な代用にしなかったとはおそらく言い切れない。逆に母親は少女の欲求の中で父親の位置を占めることができた。父親と弟が唐突に姿を消したことで生じた悲劇の周縁で、自伝作家は漠としたままの知覚を一瞬よみがえらせるにとどめる。ともかくオロールは、周囲の女性たちの目には、モーリス（その分身、影、思い出）なのだ。それが、彼女が熱烈に愛され、母親と祖母から同じように熱烈に争われる理由なのだ。彼女そのものよりも、彼女が思い出させ、連想させるもののために。

こうした状況で一体どのような正当性を持ち出し、自らについてどう考え、自らを何者と考えるべきか？　死んだ息子の位置を占めるようオロールに強いるために、いかなる卑劣な行為も止めはしない祖母が念入りに増大させるこの類似に直面して、また、嫡出子を死の側に置いて成立するこの等式に直面して、救いは逃避の中にある。生きた状態で存在するには、立ち去り、その存在をいわば移し、死に結びつけられた嫡出性を拒否する必要がある。ほかの場所で、おそらく私生児ではあるが、生きている別の存在に自分を仕立てる必要がある。ただ一つこの動きだけが生を保証し、他の場所では脅かされたアイデンティティを作り直すことを可能にする。この抵抗の力学は、それが生命に不可欠なために、また真のアイデンティティ（少女のそれであり、強制された代替による、成人男性のそれではない）の感情を可能にするただ一つのものであるために、必然的に固有名詞の移動を経ることになるだろう。すなわち、モーリスであることを強く要求され、モーリスと呼ばれ、モーリスの代わりとして価値を認められ、愛されるのだから、オロールはもはやオロールではない。変身が始まるのはこの時だ。自分自身であり、自分が自分自身の所有者だという意識にとって最重要条件の、固有名詞の移動が始まり得るのはこの時だ。

自伝の中で死がまとう特異な性格を強調せずに、こうした出来事の影響について論じることはできないだろう。死が引き起こす極度の苦しみは、ゴシックロマンス*に直接由来し、対をなすものとして作り上げられたような、二つの奇妙な挿話と釣り合っている。[36] それらはどれも同じ感情、つまり、不可解で、想像を絶し、理解できない現象を前にした、生きている者たちの疑念の感情に関係する。この疑念は二つの事例において死を直視しに行く決意へと導く。ためらわず遺骸を掘り起こす、あるいは、遺体を安置した地下納骨堂へ下りて行き、遺体を凝視するために棺を開ける。それはかなり奇妙なことだが、愛する者の死を確認することであり、死が訪れるときではなく、死後、すでにしばらく時間が経った時点での確認だ。最初の行為は理解可能だが、二番目の行為は明らかに理解が難しい。今度は、それまでけっして目にしなかったこと、つまり、腐敗が進行している愛する人の遺体の目撃者になることだ。

＊中世の（ゴシック建築の）古城や僧院などを舞台に、超自然的な怪奇を主題とし、読者に恐怖や戦慄を与える小説。M・シェリー『フランケンシュタイン』、ラドクリフ『ユドルフォの謎』など

最初の情景は幼いルイにかかわるものだ。〈高ぶった苦悩〉の中でソフィは埋葬したばかりの子どもがおそらく死んではいないと夫を説得する。[37] 夫はそれを確かめようと決意する。彼は夜間に墓地に赴き、掘り起こし始める。掘り返されたばかりの土の中から彼はまもなく子どものものとしては明ら

かに大き過ぎる棺を引き出す。それから彼はすぐ傍を掘る。彼が〈村の男〉の棺にぶつかり、空隙に倒れるのはその時だ。

……［父が］傍らに作った深い空隙の中に引きずり込まれるこの棺が、父の前にまっすぐ立ち、父の肩を打って、父を墓穴に落とした。この死者に押され、地中の息子の亡骸《なきがら》の上に倒されたことに気がつくと、一瞬、恐怖と言語を絶する不安を感じたと父はあとで母に話した。［…］一週間後、父は息子の遺体を取り上げるために自分が掘り起こした、この同じ地中で農夫の傍らに横たわることになったのだ。(38)

物語の中の物語（母親は父親から聞いたことを娘に語って聞かせる）であるこの情景は巧妙に構成されている。それは異常な物語の中で一時死を忘れさせ（戻って来ると、ソフィは小さな遺体に最後の化粧をしてやり、まる一日、揺りかごの中に置いておく）、次に起こることの前兆とする。ルイはそのあとで埋葬される。より正確には、庭の梨の木の下に隠される。予告のしるしとして、死が生きている者を時期尚早に墓の中に押しやるこのグロテスクな急展開。

率先して死との二度目の対面をするのは、母親と同じように〈高ぶった〉と形容されるデシャルトル〔父モーリスに続きオロールの家庭教師〕だ。オロールの祖母の葬式が近づき、すでに息子の棺がある墓穴を掘り返す。この状況を利用して家庭教師はそこに降り、生徒に言う。

〈あなたの父上の棺はまだ傷んでいません。ただ釘が外れていました。私が一人だったとき、そのふたを開けようと思いました。私は骸骨を見ました。頭蓋骨はひとりでに離れていました。私はそれを持ち上げ、接吻しました……明日、墓穴は埋め戻されます。再び掘り返されるのはおそらくあなたのためだけでしょう。そこに降りなければなりません、遺骨に接吻しなければなりません。それはあなたにとって生涯の思い出になるでしょう。いつの日か父上の物語を書かなければなりません[39]〉。

〈今度は〉オロールが〈ひどく心を動かされ、高ぶって〉言われたとおりにする。月明りの寒い夜、午前一時に起きたこの行為は同じ論理を満足させる、つまり、死の仕業を見、すでに一瞬、〈先の挿話の中の父親と同じく、父親とともに〉敵地にあること。〈現実離れした〉と形容される、デシャルトルの考え出した実践は、この訪問が当然導くはずの自伝的物語と同じように、思い出を呼び起こす。

作り上げられたものにしろ、そうでないにしろ、こうした常軌を逸した死の直視はゴシックロマンスや、たとえばドラクロワに見られるように、ハムレットと髑髏《どくろ》との対話をすすんで描くロマン派的版画を想起させる。これらは、死の恐ろしい性格を緩和し、死を月並みなものにし、慣らす意図がある。息子、父親、次いで祖母を殺した死は、場所や穴や墓穴の問題に、あるいは物質的状況〈棺、釘、屍、骸骨〉に、あるいはまた、生きている者がすでにその効果を測ることができた何らかの決定的な変化に帰せられる。この墓地への訪問、死者たちが彼らの休息の場から出た夜の光景の〈現実離れした〉舞台装置の背後で、サンドは、死を前にして目を閉じない唯物論的思考を勝利させ、〈死者となった愛する人々と直接に話すことができる〉という希望を永久に打ち砕く。(40) 死者たちは記憶にはかくも悲劇的に存在するが、二度死ぬ必要があり、そして、生きている者たちは、激しく動揺し、死者たちがもはや存在しないことを実際に見て確認する必要があるようだ。

筆名の選択は、それが真剣であり、なんらかの偶発的な状況(例えば、役を演じたり、書くという一時的な態度)による単なる〈束の間の熱中〉でなければ、相当な時間をかけて行われ、最も本質的な意味で、自己とのかかわりや、はっきり異なる存在、自立した人格としての自己認識を促す、歳月を経た作業の帰結として現れる。精神生活、その変容、運命のしばしば悲しいいたずらに直面してその防衛の構築、感情が取ることを迫られる立場に対するその抵抗、その対応は持続の中で機能する。別の存在になる必要性がはっきりし、避けられなくなるのは、父親が姿を消し、オロール・ド・サクスにより、また、別のやり方でソフィ・ドゥラボルドにより声高に言われた、死者になるというあの逆説的な勧告のときにだ。(オロールからジョルジュへ、デュパン/デュドゥヴァンからサンドへの)変容が真に完了するのはおそらく自伝を書くときだ。つまり、(自分を他者のように見ることができる)自制心が円熟に達するゆえに、物語を作ることができるのだ。ジョルジュ・サンドと署名された自伝的物語は確かに、このジャンルのすべての物語と同じように、自己の素晴らしい祝賀であり、適度に作り上げられた自己の歴史だ。だが、それはまた、この点で、『アンリ・ブリュラールの生涯』よりもはるかに洗練され、複雑なやり方で、筆名の宣言書でもある。それは〈自己〉の変更、その理由、その方法をつかさどった状況を物語る。それは、勝利を、自分自身を完全に所有し始めた一人の人間の勝利を見せつける。

他者になろうとするサンドの衝動、創造活動に結びついた自己を形作るという困難で情熱的な仕事に身を投じようとする衝動は独自のものではない。エリザベート・ビズアールは、精神分析学者としての自らの仕事に関する考察の範囲内で、自己生成により存在するという、特定の人々に見られるこの強烈な必要性を〈五番目の幻想〉と呼んだ[41]。〈この幻想はわけても、自らが存在していると感じられないことに苦しむような人々にかかわる。彼らの幻想のねらいは、別の人間に生まれつくために自己を作り出すこと[42]〉と彼女は指摘する。それが彼らの仕事の所産なのだ。こうした行動の神話的モデルは、ここではオイディプスやナルシスではなくプロテウス*だともこの精神分析医は指摘する。ナルシスは、統合された主体として自己を把握することを可能にする自己自身の像を獲得するが、プロテウスは反対に果てしない変容を強いられている。こうした変貌の前提条件は最も一般的に見て、極度に破壊的なものとして知覚される非帰属の感情、家族あるいは家族の一成員との未分化の感情だ。自己は無として知覚される。

＊ギリシャ神話。ポセイドンの使者。予言力とあらゆるものに変身する能力を持つ

〈分化全能性〉（生物学から借用した用語で、一つの細胞がそれだけで個体のあらゆるところに再生

する能力を意味する〉を夢みる主体はまず、〈ここでない〉ところ、他者が手にすることも近づくこともできない場を作り出す幻想をまず抱く。主体はそれへの同化を拒否する。その生はそうしたことに左右されているように見える。そして、固有のものとして自分が存在していると感じられない苦しみに終止符を打ち、父親や母親、あるいは、家族とともに形成している融合する全体から逃れるために自己を作り出すよう専念する。完全に作り出される別のアイデンティティを形成するというこの特異な力学が、分析でとりわけ明らかになる。激しい自体愛の段階を経た後、こうした人々は、自らをその真の創造者であると誇りやかに考える世界の一存在の能動的主体として、他の所で力を傾けることができる。動きや分散や散在が、彼らの特徴であり続ける。そして、〈父親と名字は、プロテウスにとって手にすることが不可能なもの〉[43]であるゆえに、かなりすすんで表明された名字に対するある種の攻撃性がその特徴であり続ける。身近であり過ぎるゆえに耐えられないと判断される強制的な家族構造が個人に受け入れるよう強いる、生まれや父子関係やアイデンティティに対する拒否が似かよった立場の特徴なのだ。自己生成は、筆名に頼ることを必ずしも必要としない(その逆だけが真実だ)。たとえ、明らかに、後者が最もよくそれを見せてくれるにしても、そしてこの点で、先に言及したR・ゴリおよびY・ポワンゾの指摘が、同じような過程の理解を完全に補ってくれるにしても。

自己を作り出すことであり同時に作品を作り出すことになるだろう創造のために、家族のすべての枠組みから自由になり、完全に独立した主体としての自己形成の力学は、文学で確かに一度ならず繰り返される。ジュリア・クリステヴァ*は『黒い太陽――抑鬱と憂愁』[44]の中で、憂愁がさまざまな程度、さまざまなやり方で、芸術創作の根拠となることを示した。論証には説得力があり、論拠は議論の余地がなく、文学創作が、えてして偉大な人物や偉大な〈名〉での自己（再）創出を伴うことや、何人かの作家たちが並外れたやり方で劇的に物語ることができると指摘するのも同様に正当だと思われる。極めて暗示に富んだヴォルテールの場合は脇にほうっておいて、十九世紀に限るならば、ロートレアモンと同じく、筆名を作家としての自己の真の姿としたスタンダールやネルヴァルにおいても、また、フロベールあるいはマラルメのような作家においてもこの過程が認められる。後者の人々はともに、もっぱら文学に没頭する文人として生まれ変わるために、かつて彼らを主体として形成したものと訣別することに腐心した。自らそうありたいと願うもの（〈牡蠣〉、〈白熊〉、不動の作家）にフロベールを凝り固まらせることになる一八四四年の発作で予見された〈他覚的神経症〉に、マラルメの一八六七年の象徴的死――アンリ・カザリス宛の手紙の中で見事に描写されている虚無へのこの旅(45)――が相応する。多かれ少なかれ意識的なこうした態度は、激しい個人的気詰まりと文筆業に対する特異な認識との相互作用を前提とする。すなわち、文学においてよみがえるために自己と訣別することは、確かに文学の場が、とりわけ強い個人的価値づけを可能にすることの前提である。それはこの可能性がおそらく時代的に限定され、およそ一七五〇年から一九五〇年まで、自らの存在の中で文学により〈聖別され〉、認められるという気持ちを個人に与えるような時代に固有であるということだ。

＊一九四一―。ブルガリア出身のフランス文学理論家。哲学者。著述家。パリ第七大学教授。とくにフロイト、ラカンの精神分析、ロシア・フォルマリスム、ヘーゲル主義から影響を受けた。邦訳書に『初めに愛があっ

た——精神分析と信仰』（法政大学出版局）、『プルースト——感じられる時』（筑摩書房）など

自伝のおかげで、オロールの〈ジョルジュ・サンド〉への緩やかな変容は部分的に再現できる。三つの時期が認められ、それらはことのほか大きな意味を持つと思われる。『わが生涯の物語』の基盤をなす大がかりな否定作業——後に考察する——とは別に、先に言及した家族の〈痛ましい物語[46]〉が孫娘に見事に達成するよう促す自己再生の苦行が示される。確かにサンドにとってそれは、他の者たちが自分たちの利益のために実行するアイデンティティ奪取（そして、それに伴う象徴的死の脅威）に抵抗し、自分自身として存在し、そのために、他の者たちが近づけず、自分のために存在する欲求と喜びとが強烈になるようなほかの場所で自らの基礎を築くことなのだ。

　こうした段階のそれぞれは、その必要性がおのずから認められる一つの要素、つまり想像力に基づいて、さらに、その豊かな必然的帰結である虚構に基づいて、それぞれのやり方で入念に作られる。第一段階はコランベという名で〈理想〉を作り出すことだ（それはオロールが自分自身に物語を語り、自分の相手をすることを可能にする）。第二段階は、最初の小説の出版で、新たな名を認めさせる（今度は、ジョルジュがオロールを追い払い、小説の大道を突っ走ることが可能になる）。第三段階は〈自分の名になった〉（仕事で自分用に作り上げた名だ）女性に、変容を具体化するよう促す。自分の歴史を書く（書き直す）ことによる贖罪と呼ぶ方がおそらく一層ふさわしいだろう。虚構は、自分の声と人生を可能にする創作活動の基礎だ。それはまず初めに、情愛の深すぎる祖母とあまりに激しやす

い母親に束縛されたこの少女に、息が詰まるほどの二人の情愛から離れ、拘束もなく、まったく独立して、別の所で存在する可能性を提供する。虚構は俳優の――男優や女優の――人物像が中心的な場を占める大規模な、現実離れした題材を形成することで、成人にその存在を表現することを可能にする。つまり、個人のアイデンティティはややもすれば可動性や変容ばかりか、『アンディアナ』から早くも、分身や二重性の影響下に置かれる。要するに、虚構は、自伝的物語の伝統的な持ち札（作者と語り手と登場人物の同一性）に細工をし、父親の書簡の出版という、最も意外な導入部を選択することで、この著名な作家にその生涯の特異な歴史を語る機会を与えているのだ。

いずれにせよ、結局、ジョルジュ・サンドとなった女性が驚くべき根気で物語を語る。この語りの手品師の力は、表現する力ではなく、人生を物語に変える並外れた能力に全的に拠っている。前者の行為は写実主義者たちに任せられ、後者のそれは文学を〈移動〉手段にする夢想家たちにゆだねられる。彼らとともにこの力は別の所に、幸か不幸か、実人生では導かれないところに連れていく。

第4章

コランベ　あるいは欠けている文字

……コランベ、そして、コランベとともに、毎日、楽しい取りとめのない話でわたしの心を慰めてくれていたあの無数の存在。透けて見えるベールの後ろの動画のようにわたしの周囲に漂っているはっきりとは見えないそれらの顔、はっきりとは聞こえないそれらの声。

『わが生涯の物語』(1)

自己変身の初めに、サンドは、提示されるアイデンティティの激しいジレンマに対応して、ついたてのように機能する白昼夢を見る。それは、幼い少女が考えることを拒んだり、現実のものとしようとしない二つのことがら、つまり、父親の死（まず母親が説明の中で巧みに避ける(2)）と、母親との別離（母親に対して少女は〈不幸な情熱のようなもの(3)〉を抱いている）とを隠してくれる。人生を前にしてオロールは確かに、後にサンドがそうするように、言葉や、それが表す喜び（現実から自分を引き離し、想像界の漠然とした、安堵させる題材に没頭すること）を自分の性格の根本的な与件としながら、夢想にふけっている。

コランベについて話し始めるにあたって、わたしはこの人物がわたしの数々の夢の秘密の中でかくも長い間、満たしてきたわたしの詩情に満ちた生活だけでなく、それと一体となっていた精神生活についてまず話すことにしよう。実を言えば、コランベは小説の単なる登場人物ではなかった。それは、わたしの宗教的理想が取った形であり、長く取り続けた形だった。[4]

かくして少女オロール・デュパンには、好みの文学作品がいくつかあるように、いくつかの生活がある。少女の好んだ作品の中には、福音書や宗教史が提供する物語以外に、『イリアス』や、ジャンリス夫人*の小説（たとえば、当時の児童文学の支柱ともいうべき、『お城の夜の集い』や『バトゥエカス』）や、『オルランド狂乱**』、『エルサレム解放***』が雑然と混じっている。時代の趣味に合致した型どおりのささやかな蔵書だ。コランベは、（ユリシーズの毅然とした態度をごく少しばかり加えて）イエスの純真さ、天使ガブリエルの美しさ、オルフェウスの優美さを備え、女性の服（母の服）を身にまとっている。コランベは神であり、姉妹であり、友であり、虚構の人物なのだ。[5]

＊一七四六―一八三〇。フランスの女性作家。ルイ＝フィリップ王の幼年時代の家庭教師をつとめた。『青少年のための芝居』など、子どもの教育を目的とした多数の著作

＊＊名将オルランドをめぐる、アリオストの長篇叙事詩（一五一六、一五二一、一五三二）

＊＊＊第一回十字軍を題材にしたタッソの長篇叙事詩（一五七五）

見ての通り、人物像はまったくさまざまなものの混合だ。それは、あらゆる物語（宗教や神話や文

学の物語）をごちゃ混ぜにし、物語の主人公たちに似ていると同時に、〈それまでわたしが最も愛し、最も理解したもの[6]〉、つまり不在の母親に似た、ありそうもない存在を結局は生み出す、いわば子供の物置から取り出されたものだ。それは、たぶん〈詩的〉で〈宗教的〉（人道主義的ロマン主義や、同じように形容されたラマルティーヌの有名な『詩的宗教的諧調詩集』を感じさせる型にはまった連想）であるよりも、本質的に感情的性質のさまざまな願望の間で必要な絆の役目を果たしている。

この少女はだれに愛を求めればよいのか分からないように見えると同様に、自分の愛をだれに話せばよいのか分からないようだ。したがってコランベはまずその点で少女の役に立つ。自分の愛を語り（そして、その代わりに、愛を受け取る）、うっとりする（そして、報いを受け取る）。宗教から（ほかの目的のために？）提示された手本にならって、想像力による以外には体験されることのない感情関係の模範的な無言劇[7]。〈コランベは絶えず慰め、埋め合わせをしていた[8]〉。こうしてオロールはいわば崇拝の対象を手に入れるが、それは威信と力、勇気と美の規準になるイメージに、死ぬほど辛い不幸を一緒に切り抜けた家族のただ一人の構成員である母の、大好きな特徴を結びつける。父－母の幻影（両性の属性を備えているあのインドネシアの小立像のように）、五月や聖母月の祭壇といった型にはまった宗教的実践よりも祖先を崇拝し、一連の儀式によって祖先の恩恵を得ることにある、はるかに古代的な宗教的実践を想起させるやり方で崇拝される偶像。まさしく〈一種の崇拝[9]〉と彼女が名づけるものだ。

すべての崇拝は場所や暦や典礼を必要とする。模範は明らかに信心深いが、精霊にしきたりを与えるだけでいい。（オロールの目には）宗教的実践をまねているように見えるが、おそらくより深く、死者たちの崇拝と精霊の和解という太古からの宗教の実践に類似したその礼拝条件に少女は喜んで従う。コランベのために作る祭壇は入念に選ばれる。少女はほどなく、好都合な林間の空地を見つける。そこは近づくのが困難で、見事な苔で覆い尽くされている。装飾のための材料はたちまち拾い集められる（花の冠、ばら色と白の貝殻で作ったロザリオ）。すべての準備が整ったとき、何か〈犠牲〉を考え出すことが残っている。ここで、少女はプロセスを反転させる。つまり生命を奪わずに、返すのだ。コランベの崇拝は、彼が〈住んでいる〉林間の空地でなんらかの罠に落ちているすべての動物たちに〈生命と自由を返す〉という、明確な儀式を経る――

……わたしの神秘的な崇拝が続いた間、わたしは毎日、コランベに敬意を表してツバメやコマドリ、ゴシキヒワ、さらにスズメまで解放することができた。[10]

かくしてオロールは〈母親と母方の祖父の思い出として〉〈鳥の娘〉を気取る――後に『テヴェリーノ』の中で見事に再現し、[11]『勇気の翼』でもう一度立ち戻ることになる人物。いずれにしても、それは〈自由と庇護の良き精霊〉[12]とここで名づけるものを持ち出す彼女のやり方だ。コランベは、文学の漠とした領域に彼女が近づくことを可能にするものとなる前に、とりわけ、心の底の願望、つまり、自分であるという正当な権利に最も緊密に結びついている願望の、いわば吐露の役割を果たす。〈この感情は愛ではなかった〉[13]とサンドは後になって言明する。確かに小説や詩に登場する男女の恋人たちとは似ても似つかぬ（もっとも、少女はその行動について説明しない）し、青春前期のなんらかの衝動がそこへ導くこともあるあの両性具有の美青年ともまったく関係がない。この〈不変の夢、眠りの中の夢のように支離滅裂な、取りとめのない夢〉[14]は、実際には、存在している、という感情に不可欠な要素である情愛や自律性を補充する。このことをコランベへの崇拝があきれるほどの天真爛漫さで思い出させる。[15]

代理によるこうした熱望、失われたもの（〈親への愛あるいは兄弟愛、共感、最も純粋な愛着〉[16]）を精神に倦まずに示すこうした想像上の感傷的一体感の危険はそれでも存在する。それはあからさまに自体愛的な、この夢に等しい関係の中にすべての心的エネルギーを投じさせる。[17] これはときどき今にも起こりそうに見える。

> ……わたしの心も想像力も完全にこの空想の世界にあった。そして現実世界でわたしが何かに、あるいはだれかに不満なとき、証明済みの真理に対して抱くのとほとんど同じくらいの信頼と慰めをもってコランベのことを考えていた。[18]

そのとき現実は、少女が目を大きく見開いたまま見ている夢と一つになる。現実世界はその境界が半ばかすんでしまうと、彼女は言う(19)。遊びはこの移行に、次いでときどきそれに取って代わる空想世界での滞在に仲介の役を果たす。こうして、オロールは、あの有名なアリス(現実世界の論理をより良く解き明かそうと鏡の反対側へ行く)の祖母というよりもおそらく、自らに欠けているものをいつまでも切望し、自分たちだけが占めているこの場所、自分の物語を守るのに打ってつけの空間である想像世界に形を与え続ける、親の情愛を知らないすべての孤児たちの、悲しみをそそる姉なのだ。

オロールが想像世界(同じ年頃の多くの子どもたちに共通だろう)のこうした幻想の中に登場させるのは自分ではなく、逆に、自分を後退させ、悪人たちを闇の中に残して、とりわけ世界の善意を出現させる仲介者、だれか別の〈理想的人物〉であることが指摘されよう。感情的代替物(それは慰め、そして保護する)であり、生命と自由の象徴であるコランベは、別の人物の中に、すべての望ましい特質を結合させる。彼は完璧の高みから借りた人格を投影する。それは消え去ることのない悲しみの名残り(父親の死、母親との離別)であると同時に、完全なアイデンティティの約束でもある(彼女は別の人間でありながら、彼らに似るだろう)。これは確かに、欠落になんらかの根拠を与え、空虚をいっぱいの充満に替えること、両親の文学的美辞麗句で覆われたトーテムを情愛のこもった仲間にすることだ。

種々の熱望と共感を混ぜ合わせる偉大な虚構的人物像の構築は、サンドがまだごく幼かったときに〈小説〉に対する好みに気づいた後で、その原因を見出そうと腐心する説話行為への原動力の役割を果たす。彼女が真に自分の話を聞かせる最初の相手はコランベだ。

こうした幻覚の影響を受けながら、わたし自身のために無数の小説を創作していたとき（もっともそれらは完成することなく虚無の中に戻るのだが）、わたしがたどっていた断片的な筋書には固有の論理があった。全能ではないが超自然的な能力を授かった一人の不思議な人物が、すべての状況に介入し、それらを思いのままに手直ししていた。[20]

コランベは〈中心に位置し、その周りで作り出され続けたあらゆる虚構は［サンドがもっと成長しても］いつもこの主要な虚構から発していた〉[21]。彼はいずれにしても極めて創意に富み、活発な物語の人物像なのだ。代わる代わる作家や人物になり、異なったアイデンティティとそれに伴う活動をもった虚構、彼女が（冗長さとありそうもない事柄を組み合わせるという）言葉の否定的な意味で〈小説〉と呼ぶものの創作を初めのうち具現するのは彼だ。

サンドが、新たなプロテウスとして、少しずつ作り上げる才能の起源神話であるコランベは、エリザベート・ビズアールが、自己生成の作業に身を投じた個人にとってその構築の必要性を明らかにした[22]専有の空間、〈ここではない〉の役割を果たす。自伝的な記憶が〈芸術家としての自分〉という建造物の基礎部にするためにそれをとらえる前に、それは明白に、すべての強制、つまり、死んだ父親との一体化の強制、母親との一体化の強制、さらには、その威圧的な表情ゆえに父親の属性を捨てて祖母の属性を持つ「掟」の強制から一度に逃れる手段なのだ。

一つの短い挿話がとりわけ鮮明にそれを強調する。ノアンの寝室の壁紙の模様の中に、オロールは〈踊るフローラ〉〔ローマ神話。花と豊穣と春の女神〕と〈恐ろしいマイナス〉〔ギリシャ神話。酒神ディオニュソスの供の女〕を見るような気がする。ある晩、その登場人物たちがタピスリーから出てくる。

髪を乱したニンフがカーテンの下に隠れようと、わたしの寝台に飛び降りた。怒り狂ったディオニュソスの巫女がわたしのほうに来て、その杖でわたしたち二人を突き刺した。杖は鋭利な刃となり、その一突き一突きが傷となり、わたしはその痛みを感じていた(23)。

この夢は男根的性格の女性とその二人の犠牲者からなる女性三人組を登場させる。それは恐怖の響きを聞かせ、〈傷〉の痛みを激しく感じさせる。この夢幻的光景は現実を移し変え、変化させ、脅威を書き直し、死を繰り返す。祖母は恐怖を引き起こし、その権威や行動の仕方は、それに対して為術のまったくない破壊と同一視される。母親はそれから娘を守ってやらず、娘も母親を守らず、両者はこうして区別しにくい一体となる〈祖母は父親の位置を占め、母親と娘は祖母に対してむなしく、死ぬほどに抵抗しようとし、エディプス・コンプレックス的三人組は奇妙にゆがめられているように見える〉。かなり奇妙なことに、オロールはそのうちこの情景に〈喜びのようなもの〉を感じるに至る。このサディズムの筋書きが暴力の表象化、したがって距たりを置くことを可能にするからだろうか？　それとも逆に、マゾヒズムがこれで強化される（この運命は母・娘二人一組に〈ふさわしい〉からだろうか？　おそらくこれら二つの理由からだろう。とにかく、こうした〈心配事は非常に長い間〉繰り返し現れると、自伝作家は言明する。

このサド・マゾヒズム的な情景の繰り返しは、オロールの日常生活を決め、その振舞を教え込む二人の女性との少女の関係を強化する。祖母は父親になり、孫娘は息子になる。異質物である母親はしばらくの間、部外者として黙認されるが（それは二人の〈子どもたち〉の融合が極度になっている時だ）、やがて、厄介者として排除される（その時から幻滅が始まり、母親に対するオロールの極度に相反する愛と憎しみの感情が生じる）(24)。男性的なものの不在を背景として、（男性的属性を備えた）強い女性的なものと、（かわいらしく寛容で、衝動的で気紛れな）弱い女性的なものの間の分裂が、子どもの頃からすでに、その構成要素を自分のために和解させずにはおかない性の思想を構成する。それは、サンドの生涯と作品を通してずっと観察され、ナオミ・ショアが女性のフェティシズムに関連づけたあの両性具有の本来的な母体をおそらく構成している(25)。

この考えは過去、臨床的に十分に考証された。それは、ラカンの行った男根を〈持つ〉と男根〈である〉の区別を援用し、去勢の否認と、この男根が欠落していながら男根でありたいという母親（あるいは、家族の女性成員のだれか）の欲望への対応を前提とする。すなわち、それは結果として、性差の意識と同時に、その継続的な否認、つまり、徹底的にかき混ぜられたものとして知覚される性的な場に自分自身を位置づけることの明らかな困難を、もたらす。性に関して女性のフェティシズムは男性のフェティシズムのように、判断を下さない。それはさまざまな姿勢を識別するが、それらの外観を当てにしない。したがって、それは、固有の経験を作り上げたものに性的特徴の決定不能な性格を与えるが、女性の肉体的特徴にもかかわらず男らしい属性〈であれ〉とする厳命がしばらくの間、とりわけ強く感じられたゆえに。

そもそも病的なフェティシズムの傾向がエスカレートするこうした姿勢は、文学的想像界の中に昔から存在しており、それは美しき女戦士たちの人物像——たとえば、『エルサレム解放』のヒロインたち、クロリンダとエルミーニア——が多く見られる叙事詩的小説からすでにそうなのである。類似関係は偶然ではない。タッソの作品は確かにロマン主義時代に再び成功を博す。演劇作品やオペラや絵画がそのことを雄弁に物語っている。戦士に扮装したエルミーニアは、タンクレーディにより捕虜にされ、彼に叶わぬ恋をする。タンクレーディはクロリンダを愛しているが、彼女と分からず決闘で殺してしまう。彼女の方も戦いを挑み、女性の服を脱ぎ捨て甲冑をつけていたために見分けられなかったからだ。美しく繊細で、勇気があり毅然としたクロリンダとエルミーニアは、能動性と受動性を兼ね備える理想を表している。力強さと弱さのこの結びつき（男は外見で、女は心の中で）は、スタール夫人が〈卓越した資質〉を持つ女性たちの傷つきやすい性格を強調するとき、まさしくその手本となった。女性たちは〈武具を身につけたエルミーニアに似ている。戦士たちは、兜や槍やきらめく羽根飾りを目にして、強さとの対戦であると信じ、激しく攻撃し、最初の一撃で心臓を突く[26]〉。

こうした二重の性質とそれがもたらす恩恵や、それが表す両性具有の幻想から、〈決然としたクロリンダ[27]〉に魅了されるサンドは、小説のヒロインを創造するときに思い出すだろう。いわば明白なこととしてしばしば強調されるサンドにおける女性たちや女性的なものの表現の問題は、慎重に把握されるべきであり、少なくとも三つの領域――そこに文学的領域も入るが――での考察からその複雑さを明らかにすべきなのだ。というのもサンドの創作は、彼女が心ゆくまで再現し、はぐらかし、変更する実在の表象なしで済ますことがないからだ。

物語の原型であり、中心に位置しているコランベの人物像が、文壇に登場したばかりのサンドに痕跡を残していると彼女自らが断言し、そこでは明らかに、虚構の懐妊作業や、それを産み出す時代と同様に過剰で純粋なその思春期が問題であるとき、批評家たちは一般に、過去の再構成（したがって、その必然的な不整合性の隠蔽）にきわめて巧みな自伝作家の過去に足を踏み入れるにとどめた。〈これら慣れ親しんだ光景は、まさしくインスピレーションの前兆だった[28]〉と自伝作家は言明する。しかしながら、もっと進んで、この種の架空の解読の中に、現実と制約（とりわけアイデンティティにかかわる）を取り消し、虚構（まず自己の虚構）の方へ移り、夢みた文学的創造による新たな自我の一種の〈鏡像段階〉を築く非常に効果的なやり方を見ることができる。『わが生涯の物語』における再構築は見事な力業を見せる。

フロイトに先立って、[29]サンドはコランベの人物を中心に作られる〈白昼夢〉と、作者が好奇心をもって行動したと明言する文学創作との間の明らかな結びつきを提示している。

その生涯でわたし以上に夢想し、わたしほど行動しなかった人はいない。一小説家に対してほかの何が期待されただろう[30]？

この態度は、上述した特異な事情により自分自身を奪われた少女に他の所での生活、想像世界の幻想に包まれた生活を約束する。彼女は母の姿や宗教や文学のまわりに結晶した過去のあらゆる幸福を無秩序に引き寄せる。コランベは、力強さと情愛、男性的なものと女性的なものを結びつけ、筆名の採用と文学的創作が確立することになる最初の自己の分散を実現しながら、彼女が別の姿に自己を投影することを可能にする。自己生成、（別の）自己を作り出すことの衝動がかくしてはっきりと理解されるのはコランベのおかげだ。筆名による変装が思い出させることのない、本質的に両義的で、分裂病質で、両性具有的態度[31]。

コランベの名は、〈ジョルジュ・サンド〉という名の選択が繰り返すことになる、〈音節の偶然の組合せ[32]〉の意味を熱心に汲み取ろうとする批評家たちの好奇心を掻き立てずにはおかなかった。彼らの中のある者たちは、そこに〈シャトーブリアンのメシャセベ Meschacébé〔ミシシッピ川のこと。『アタラ』

（一八〇二）に登場）に倣って）〈良き未開人たちに関するなんらかの短い物語から借りたもの〉との解釈を提案し、ほかの者たちはある種の銘、〈cor／ambo〉[33]〔cor（心、感情、勇気など）ambo（両者の）〕を提案した。この種の銘はその役割を完全に象徴化するかもしれない。

……幸福感に浸って行き渡らせた［父親や母親への］愛のただ中で穏やかな結びつきを約束し、すでにそれがあることを、家族の無秩序でひどく心を乱された人物に刻み込む。[34]

しかしながら、ラテン語から着想を得たこの創作になんらかの信を置くことは難しい（サンドは成人した後に、苦労してラテン語を学ぶことになるからだ）。癒しの効力と非凡な虚構力が結びつけられたこの謎の言語的創作に直面して、自伝作家の提案をすぐさま、字句通りにさえ受け取る方が好ましいと思われる。精神分析のあとでその力すべてと意味づけの効力を回復させなければならぬ字句。[35]

すでに見たように、筆名の行為は、実際は、〈名〉（より正確には洗礼名）の選択から始まったのではなく、自伝作家の断言にもかかわらず、すでに一八三一年三月から控え目にではあるが、Gの文字だけの使用から始まったらしい。若い女性がベリー地方を離れてパリに向かうときに始まる新たな生活、彼女が望み、そしてついに実現されるそれまでとは違った生活は、〈別なもの〉により、手紙の書き手がそれまで自分の手紙の中で利用できていたものとは異なった署名により、当然示されるべきだ。換言すれば、場所と活動の変更は、言葉と紙の上に現れるにちがいないアイデンティティの変更を具体化する。彼女がGと署名するとき、オロールはもう明らかにA.D.（デュパンあるいはデュドゥヴァン）ではない。頭文字の変更により変身が始まり、はっきりと示される。

なぜこの文字なのか？　答えの一端は、おそらく『わが生涯の物語』の中にある。サンドはダム・アングレーズ修道院の寄宿女学校でメアリー・G＊＊＊（想起しなければならないが、初版ではこのように示されている）の強烈な個性に魅惑されたと記す。

> 十一歳のアイルランドの少女で、十三歳のわたしよりずっと背が高く、たくましかった。彼女の響きのよい声、はっきりとして大胆な表情、独立心が強く、一徹な性格から、少年（garçon）とあだ名されていた。確かに女性であり、後に美しくなったが、性格的には女性ではなかった。[36]

一つの文字（男性を意味する名の頭文字と一体となった名字の頭文字）と特異な性格が完全に符合するのが見られる。メアリは男性的なものと女性的なものを調和させ、女性の外見を〈独立心が強く一徹な〉性格や男性的な〈はっきりとして大胆な〉様子に結びつけている。サンドは次のように続ける。

> 彼女は高潔さと誠実さそのものであり、本当に立派な性格、男性のような体力、きわめて男らしい勇気、稀な知性に恵まれ、媚びたところはいささかもなく、旺盛な活動力、社会に見られる

あらゆる偽りと卑怯に対し深い軽蔑を示していた。

サンドはここで彼女の（両性具有の）理想を述べている。反復的ではあるが、さまざまな特質、最も本質的に女性的なもの（伝統的な媚び）の否定から、力（そこでは女性が男性と同等だ）、次いで勇気（この点では女性は男性より優れている）の賛美、男性より優れ、おそらくもっとよいものとして男性のような女性の賛美に及ぶ、性差の指標の明らかな混信が指摘されよう。モニック・ヴィティグの言葉を借りるならば、それは間違いなく自分自身以外のものを探し求める少女の羨望実現を確かに助ける女戦士の美しい姿なのである。〈デュパン、それはわたしだった、G＊＊＊、それは別ののだった〉[37]。このように捉えられた女性的なものは欠落であり弱さだ（当然ながら、美しさを除いて）。異性に属する美点を取得することで欠点を補うことが必要だ。女性的なものは男性的なものの特徴を与えられ、さらにそれらを超えることではじめて何らかの価値を獲得する。オロールの目に、そしてそれを思い出すジョルジュの目に、アイルランドの美しい少女の極度の魅力は、外見のあいまいさに、つまり、男性的な性格とまったく月並みな要素からなる女性としての身体特徴に由来する。

従って、少年に〈なり損ねた〉少女の名字の頭文字G.は、この少女の性格を表して、少年（garçon）のG、たくましい男（gaillard）のGだ。ロール・ドゥセールに宛てた一八三二年七月七日のあの有名な断言がそれを思い起こさせる。

パリではデュドゥヴァン夫人は死にました。でも、ジョルジュ・サンドは屈強な男（gaillard）として知られています[38]。

（オロールがとうとう死んで、ジョルジュの名で再生する、はるかに昔からのプロセスを認める、象徴的な死刑の）前段階で、コランベの挿話はおそらくすでに類似の意思による。上に言及した理由から自己を喪失させられた少女は他の場所に移り、想像界の中で形を取り始める。そして、現実が拒むように見えるこの避難場所を提供してくれる、混合した最重要の人物像を作り出す。コランベという風変わりな人物の創造により、オロールは自分の洗礼名や、それを要約し、代表する頭文字（伝統的に肌着や銀の食器の上に繰り返される）の束縛を離れて、言葉の中にすべり込み、次に続く文字に達することができる。おしゃべりの影絵芝居を組み立てるために空想が次々に沸きあがるとき、AはBの形を取る。かくしてコランベの創造は変容の第一段階、メアリー・G．の場合のように、男らしさと女らしさのしるしを結びつけ、同時に両性を表す決定的な変装の架空の舞台裏に刻印する。

Aに付き従うという留保つきで、Bは見かけは特別なことは何も示さない。『わが生涯の物語』の中で語る奇妙な抵抗を彼女が想起させない限り。ごく幼いころ、Bはオロールが頭に入れておくことのできなかった文字であり、アルファベットの中で欠落していた文字、彼女が〈知って〉いないと言い張った文字だ。

アルファベットの課業を受ける気になれなかったある日、わたしは母に口答えした。〈Aはちゃんと言うことはできるけど、Bは言えないわ〉。わたしの抵抗は非常に長い間続いたようだ。わたしは二番目の文字を除いてすべての文字の名を言うことができた。なぜそれについて口をつぐむのかと聞かれれば、わたしは平然と「Bを知らないからよ」と答えたものだ。(39)

この文字が欠落したままでいるには、彼女の精神の中でどんな連想がなされていたのか？　どんな慎重さが示されていたのか？　表明された抵抗はどんな性質のものだったのか？(40)　テクストはこれらの疑問に答えることを可能にする材料をほとんど与えてくれない。しかし幼少期のアルファベットの中で欠落している文字は、これら言葉にならない小説や、これら空想の領域を離れない冒険や、コランベの人物を中心にして作り上げられた語られることのない物語の中にはっきり現れている。この文字は虚構を告げるが、それは夢想された虚構であり、話し言葉も書き言葉もそれをまだ具体化していないが、それでも言葉に依存している虚構だ。(41)　口頭ではっきり発音される境界を超えない小説的構成に最もふさわしい文字である限り、Bは言葉から欠落した文字のままであり続ける。

Aはオロールを意味する（彼女は祖母と曾祖母オロール・ド・サクスと同じ洗礼名を持つ）。BはAの無言の裏面（深層の抵抗の無意識的な記憶の痕跡。言葉の中ではそれは死語のままだ）、Dは姓が大いに集中した文字（これは父親のデュパン、母親のドゥラボルド、そして夫のデュドゥヴァンの文字〉、Gは、オロールがあれほど似たいと願った〈少年〉ギリブランドを鏡に映したようなたくましい男のジョルジュを示している。かくして、いつの日か、作家、より正確には、彼女が好んで言っているように、小説家になるだろう少女の逆説的なアルファベットが少しずつ、並んでゆく[42]。それは現実への拒否を表し、言葉の中で別の場所への移住を表し、変更を求め、ついに変更を生み出す筆名の衝動的力を表す。

　コランベの虚構は、『アンディアナ』の作者がジョルジュ・サンドになった瞬間に消える運命にあった。

　［これら大切な幻影は］残酷にもインク壺の底に隠れ［…］、半幻覚のこの現象は［…］完全に、そして突然、消えてしまった[43]。

　想像力と語り聞かせる才能とその物語の見事な技量。作者はこの挿話を申し分なく読みやすいものにし、また、挿話に多義的性格をしっかりと有する一つの意味を与える。コランベは、彼女の目には生き生きした才能の最初の兆候、一人の少女の夢想的な活動にすぎない。少女はずっと以前から頭の中で創作している無数の物語をいつの日か、紙の上に書き記すことになるだろう。この点で驚くべきことは何もない。四つの椅子に囲まれて〈際限のない話〉を作ったときから、非常に早く〈小説に対する愛が情熱的にわたしを虜にした[44]〉ときから、彼女はその兆候を示していた。それにテクストはコランベの名に〈いかなる意味もない〉こと、それは〈ある夢の偶然の中で寄せ集められた音節……からなる名〉であることを明言したところだ。自伝作家はこうして、なぜ彼女が生活と文学において名を代え、ジョルジュ・サンドと名乗ることを選んだのかと問い続ける人々や、独自の考えを持つ才人たちを断固として出し抜くのだ。

第5章　作家の名

わたしが何らかの名を持つとしたら、それはわたし一人のみに負うものでしょう。どんな友人もわたしに与えることはありませんし、どんな小説家もわたしからそれを奪うことはできないでしょう。

シャルル・ディディエへの手紙[1]

一八三六年六月十三日付

サンド、それはまず、二人に属する筆名だ。後にウィリーとコレットがやるように、サンドー＝デュドゥヴァンの二人がいくつかの小説の習作を共作した際に世に出す作品の目印の役を果たしたからだ。次いで、ジュールが愛人に彼の筆名の半分を譲ることを承諾し、それは女性作家だけの名となる[2]。オロール・デュドゥヴァンは自分のために名を考案しない。偶然の出来事、思いつき、一貫性のなさ、彼女は愛する男性からその一部を借りる。見たところ、彼女は十八世紀の女性作家たちが習慣的に従っている名字のしきたりからほとんどそれていないが、実際には、さまざまな点で異なっている。すなわち、〈サンド〉、それはまず、（「フィガロ」紙編集長ドゥラトゥーシュの提案で）ジャーナリスティックな性格をもった活動のためにサンドーと共有したペンネーム。これは一つの異根同類語だ（コッツェブーの暗殺者の名でもある）。それでも（意味深い）偶然が見事にことを運ぶ。デュパンとデュドゥヴァン、そして、わずかな程度で、母親の娘時代の名のドゥラボルドの名字の後で、作家の〈選択〉（フランス語の発音規則に挑んで、自分の筆名の語末の文字を発音し、皆もそれに従うだろう）[3]は、家族の問題とそれに付随する束縛や義務に決然として背を向ける。この若い女性は、実際、すすんで聞こうとする者にはそのことを声高に語る名字を名乗る。彼女は sans d と名乗るだろう。かくして家系と名字は象徴的に捨てられ、選ばれた筆名がそのことをはっきりと意味する。

〈サンド〉の名を引き受ける際の見せかけの安易さも明白な事実を覆い隠すことはできない、つまり、かつての愛人同士の間で早々に始まった競争だ。確かに、ジョルジュ・サンドは、初めのうちは喜んでいたこのペンと所有権の融合を長く維持するつもりはない。一八三四年六月二十六日、フランソワ・ビュロに書く。

> サンドー氏が前述の雑誌［「ルヴュ・ド・パリ」誌］に記事を発表していると聞きました［…］彼がサンドの名で署名することのないようにしていただきたいのです。この名は、頭文字のJ、あるいは洗礼名のジュールも含めて、わたしのものですわ。なぜってこのJ・サンドの名で発表したわずかばかりのものの大方はわたしが書いたからです。彼には文学上の署名を変えるだけの理由と誇りがあると思います。でも、彼が誤った忠告を受けるような場合には、あなたが彼と何ら

かの関係をお持ちでしたら、彼にそのことを気づかせてください[4]。

帰属を考慮して〈名〉を作品に緊密に結びつけ、その効力をサンドーとの共同で書いた作品にまで広げようとさえし、攻撃は直接的だ。ほんの少し前に彼女が〈わたしの弟の非常に見事な作品〉と呼んだことからは遠い[5]。単なる署名として、そして、習慣的な名字として使われる前に〈サンド〉は、ジュールの背後に隠れていたあとで、今後はジョルジュと名乗る女性の文学上の署名になった。一方サンドーは、筆名をもはや使わぬよう求められる——確かに、彼は自分の名に戻り、一八三九年、『マリアンナ』で、〈サンド〉として一人とどまった女性との関係を小説化するだろう。

思いがけない筆名の選択の過程や、それが引き起こす困惑や思い違いを考察する前に、その考えられる意味に立ち戻る必要がある。ジャン゠クロード・ヴァレーユは、サンドーの名字の語末の三文字がドゥラトゥーシュによって削られ、このeau〔フランス語で水を意味する〕の削除が筆名を採用する女性により継続されたことが重要だと指摘した。サンドの小説世界では、この要素は確かに明らかに象徴的な力を保持している[6]。水はしばしば自殺への心を乱す誘いとなる。『わが生涯の物語』は、青春期の彼女がある日、それに負けた深い水の危険な魅惑を想起させる(間一髪で家庭教師が引き上げたが[7])。そして多くの小説がこのような入水自殺の衝動に言及している。『アンディアナ』では、ヒロインが、水面に浮かぶ乳姉妹ヌンの死体を発見する、そして、ヒロイン自身、セーヌ川に飛び込むことを考えた後、愛する男性とともに滝に身を投げようとする。『少女ファデット』では、〈双子〉の一人シルヴィネが川の方へさまよい歩きながら、命を絶とうとしている。『アントニア』では、ジュリが庭の池に身投げすることを考えているとき、ジュリアンは同じやり方で死のうと決める、等々。

水は母性的だと、ヴァージニア・ウルフに関する研究の中でモー・マンノニは指摘する。[8] 水は包み込むゆえに、母親との融合を表し意味するゆえに恐怖心を与えることができる。水はこの融合が常に可能なことを（比喩的に）示唆するゆえに、反対に魅惑することもできる。『ダロウェイ夫人』の作者が選択することになる入水自殺は、このプレグナンツの強さと、母親との死別が作り出す悲嘆を終わらせる能力のなさを証明する。サンドの小説の題材の中で、水がその不気味な魔力を失い、不安をかき立て、破壊的なその性格が象徴的に和らぐよう、彼女が危険な川を水源や泉や池といった恵みをもたらす姿にするまでには長い時間を要するだろう。[9]

偶然にもコッツェブー暗殺者の名である最初の音節が残る。[10] 作家はこの名字の保持により〈政治的暗殺に賛成の立場で〉抗議しようとしたことを否定する。もっともミシェル・エケは、強い政治的信念のシンボルである〈サンド〉という名が、この名を採用した女性に気に入られる十分な理由があると指摘した。[11] それにこの若い女性は『警視』の中で若き暴君殺害者の肖像をすでに描いていた。『アンディアナ』も同様に〈圧政一般に対する抗議〉[12]として構想されるだろう。反逆の原理、ロマン主義が称揚する政治的抗争のイメージ。他人の名を明らかに借用した、異根同類のサンドという名は眉をひそめられるはずもない。

他方で、作家はダム・アングレーズ修道院の寄宿学校にいる間に学んだ言葉や、とりわけ自分の名のことでメアリー・G＊＊＊にからかわれたことを覚えているに違いない。

この方はデュ・パンと言う名なの？　いくらかのパン some bread ですって？　オロールという名なの？　日の出ですって？　可愛い名だこと！　それに美しい顔だわ！[13]

サンドは流暢に英語を話し（書簡が証言する）、彼女が断言するところではバイロンとシェイクスピアを原文で読み、ラルフ・ブラウン卿を最初のヒロインの申し分ない愛人に、バトラー一家を『ジャン・ド・ラ・ロッシュ』の主人公たちに、マック＝アランを『若い娘の告白』の名あて人にする。sand がフランス語では何も連想させないにしても、それはメアリー・シェリーの言葉の中では意味をなすこと（さらに、そこから直接に派生する言葉、sander　砂まき機、sandy　砂だらけの、sandiness　砂で覆われていること、to sand　砂をまく、など）を彼女が知らないはずはない。

なぜこの名なのか？　どのように？　確かに、これらの疑問は、モーリス・ロガが指摘しているように、〈推論が合理的であるかぎり、子どもたちはどこからやって来るの？という出生に関する本来の好奇心を避けられるものではない〉[14]。それでも、作家を指し示し、名づける一音節の筆名が、少なくとも意味ありげな何らかの意味の偶発事をちらつかせるよう作用することに変わりはない。それは――すでに言及したさまざまな道筋を辿ろうとすれば――かつての名字秩序の拒否を表し、水に対する恐怖を取り除き、反逆の確かなしるしを集め、よそで、つまり外国語で、刹那的なもの、無限に軽いもの、非常に多様なものを示す一語を選択する（あるいは課せられるが、それは問題ではない）ことを可能にする。コランベは同じ特徴を有していた。

一方、彼女にとって〈ジョルジュ〉の使用はいくつかの理由で複雑だ。この点に関して、アルフォンス・フルーリと妻のロールに宛てた一八三四年六月二十五日の手紙の中でサンドは動機を語る。

息子さんがお生まれになれば、ジョルジュと呼んであなた方の友情を示してくださいな。ジョルジュはわたしの好みの名です。もしお嬢さんなら、オロールと呼んでください。もっとも、このこっけいな名を時代遅れに過ぎるとお思いにならなければですが。［…］哀れにもこの名はそれ自体ひどく醜いので、あえて提案はいたしませんわ。(15)

この言葉は競合する二つの洗礼名に、情緒的にして審美的な判断を下すものだ（オロールという洗礼名は、それでも、モーリスの娘の一人に付けられることになるだろう）。すでに触れたが、ジョルジュの使用は、『わが生涯の物語』が信じさせようとするほどには唐突ではない。この〈好みの名〉は、第一歩として、獲得した自立に署名する手紙に現れ、そして対応する性格を具体化し（以後、オロールは自由に〈気ままな一人暮らし(16)〉をする）、やがてｓを付け、それから、数か月後にはｓなしで、綴られるからだ。

語末の文字の消失については、多くの解釈がなされた。フランス語での固有名詞の奇妙な創作をそこに見ようとした。それによって作家に男性でも女性でもない、本来の領域[17]、あるいはまた、両性具有の立場がはっきり示されただろう。読者にとって一時は謎だった彼女の本当の性が分かり、女性作家の立場と同時に男性作家の立場を力強く引き受けることが可能になる時に、サンドは〈ジョルジュ〉になる。[18]しかしながら、これは作家サンドのイギリスびいき（しかも、当時、非常に広まっていた）を無視し、明らかにより複雑な立場を不適切な用語で呼ぶことだ。次章で考察するように、この立場がはっきりした形をとり、意味を持つまでに相当の時間を要するだろう。文字 **s** の消滅は、作家が間もなく別れることになるジュール・サンドーからはっきりと区別される一つのやり方、換言すれば、ジュールとジョルジュで勝負をするときは終わったことを明らかにするやり方なのだろうか？　いずれにせよ、この借り物の洗礼名が書簡の中で十分に利用されていることに言及し、さらにニコール・モゼに倣って、『ある旅人の手紙』以来、それがどれほど文学における新たなアイデンティティのしるしとなっているか、強調することが必要だ。[19]

なぜジョルジュなのか？　『わが生涯の物語』の中で、サンドはベリー地方を連想させたかったと語る。〈語源に準拠する必要があると考えられる。ジョルジュ Georges、それは大地の男である（『農耕詩』参照）〉と、この点に関してジョルジュ・リュバンが記している。[20]おそらくこの説明は少々学術的にすぎる（それに、ジョルジュがなぜブルゴーニュ地方やノルマンディー地方よりベリー地方の洗礼名なのか問題にすることもできる。小説にはこの洗礼名を持つベリー地方の農民は一人も登場しない）。もっとも、民俗研究によれば、ジョルジュとベリー地方の間にはなんらかの関係が確かに存在する。息子のモーリスが挿絵を描いた『田園伝説集』の中で作者が報告しているように、黒い渓谷の悪魔ジョルジョンはその悪事で恐れられている[21]。しかし、その洗礼名がベリー地方の〈伝説〉（そしてダム・アングレーズ修道院の寄宿学校の少女が〈悪魔たち〉の仲間であった時期）を一瞬、連想させることができるにしても、それは奇妙にももっと名高い、別のこだまを呼び起こさずにはおかない。一八三三年からジョルジュ George だが、ジョージ George は実際、とりわけ有名な何人かのイギリス人の洗礼名だ。わけても、一八二〇年以降、父王ジョージ三世を継いだ英国王ジョージ四世。それはまた、ロマン派のヨーロッパの寵児であり、輝かしい将来を約束され、一八二四年、勇壮な死を遂げた伝説的人物、あの有名なバイロンの洗礼名でもある[22]。

以上見たように、探求の道筋は多数あり、筆名は豊かで、多様化した手がかりの一つだ。断定したり、一つの解釈を他の解釈に優先させてもむだだ。これらの要素すべてが同時に作用する。そして、現実原則*を文字の意味の意味深い彷徨に、激しい感情を存在の偶発事に混合して、〈ジョルジュ・サンド〉という名に複雑な、意味のざわめきのようなものを付与する。初めがどうだったにしろ（明らかにためらいが見られる）、由来が何だったにしろ（少なくとも漠然としている）、「プレス」紙で『わが生涯の物語』の掲載が始まる一八五四年の筆名は確かに、ひとかどの人物の名、そして有名な作家の名になった。

＊精神分析の用語。人が快楽原則を修正して現実との適合を図りながら欲求を充足させようとする傾向を持っていること

『わが生涯の物語』の中で自身の筆名の由来に言及するとき、サンドは自問する。

変革された、革新的なわれわれの社会で名とはいったい何であろう？　何もしない人々にとっては番号、働く人々、あるいは、戦う人々にとっては旗印あるいは標語。(23)

問いは歴史的であり、彼女は革命的断絶と歴史を考慮に入れていた（一八四八年は遠くない）。旗印と標語、答えは旗のように風にはためく。サンドは、社会を働く人間と働かない人間に分け、後者にとって名は、何一つ利用することのない巡り合わせ、偶然にすぎない、それに反して、前者にとって名は仕事と精神状態のしるしだと言う。〈変革された〉社会にあって、名は活動に参加した個人を指し示す限りにおいて意味を持つことを作家は思い出させる。『シモン』の中のド・フジェール氏の感嘆が想起させるものだ。

名とはいったい何かと、おたずねしたいものですな。これ以上に妄想的な、あるいは、不要な

所有物がありますかな？　トリエステで自分の店を開いたとき、私はまずは自分の名と肩書きを棄てましたよ。そして、ラブロス氏を意味する〔ブラシの意〕シニョール・スパツェッタの名で財を再び築いたのです。それでどうでしょう！　私の商売は繁盛し、私の名は尊敬すべきものとなり、最大の信用をもたらしてくれましたよ。どなたかスパツェッタという名がフジェールの名に値しないと私に証明してもらいたいものですな！(24)

したがって、無為を楽しむためであれば、仰々しい名や、土地や、見事な家系などどうでもいい。名はそれが端的に示し、その仕事と思想を伝える個人と一体であり、それ以下でも、それ以上でもない。名字のこの概念は根本的、個人主義的、理想主義的なものだ。この概念は家族へのいかなる帰属も拒否し、個人を時間の中で孤立化させ、歴史から（彼を生み出し、彼に先行し、彼の家系を構成する人々から）引き離す。個人はその仕事なり戦いで作り上げられるもの以外の何ものでもない。個人は他と異なる生活と、それを特徴づける営みとの一致を示す。新しい名は、〈相続人〉であるとき、根本的なことを示す言葉であり（相変わらず『わが生涯の物語』の中で）彼女の祖先や家族が語られる多くのページを読み通したとき、また自分自身が、のちに、譲渡と相続の論理のなかに組み入れられるとき、おそらく両義性を持って発せられる言葉だ。しかしながら、一八三二年の決意は十分に受け入れられ、歴史的にも政治的にも正当化されているゆえに、すぐれて正しく発せられる言葉となる。（新しい）名は断絶を、つまり、固有の仕事につくこと、したがって、十分に同意された別の存在になることを承認する。それ以降、この名は、アイデンティティに通じ、それを生み出す活動、戦いだけを示す。これが、理想的に、名字なのだ。

こうした解釈の結果が直ちに認められる。このように定義された名はもはや受け継がれず、相続されることはあり得ない。人はその名をもって生まれるのではなく、それになるのだ。それは、人が自分を仕立てるように、それは作られる――働くことで。筆名の採用が実現を可能にするのは理想郷であり、それは自己生成の幻想と軌を一にしてだ。新たな名は過去の重荷を取り去り、個人を〈自然のままの〉子どもの状態に立ち戻らせる。空気のように自由な、一から十まで思うままに作り上げられる、そうした事柄は小説の題材として非常に多い。彼らが進んで芸術家であることは理解できる。サンド（そしてロマン主義）にとって、芸術は自律と自由、時間と人生の中での挑戦、賭けなのだ。自分の才能を唯一の誇り、唯一の存在理由とさえしている音楽家たちや役者たちがそれを証明する（『転がる石』や『美男のロランス』が、『歌姫コンシュエロ』以上に、とりわけ力強い言葉でそのことを想起させる）。その時から、歴史とその束縛や、両親と、彼らが子どもたちに関して抱き得ただろう計画のすべてが消える。家族の絆が消滅するのを見るのでない限り固有のものとしての存在はない。いずれにしても、厳密に個人的な体験を一般的真実と思わせようとするサンドが強く主張するのはそのことだ。

［この名を］わたしは自身で、そしてわたし一人で、わたしの仕事で作った。［…］わたしは毎

日規則正しく、わたしの仕事を保護するこの名で生活した。［…］わたしの安らかな良心はそれを示し、具現する名を変更するつもりは少しもない[25]。

活動により自己を作り上げることや、名が具現する（従って保護する）感情は、言葉を存在や、存在を明示する活動に調和的に結びつける適切な名字の証拠だ。名や仕事やアイデンティティの創造から二十年あまりを経て、この作業は成功したとサンドは判断する。つまり、彼女は自らが作った名に確かになった。彼女はその名を使用し、名は彼女を指し示し、彼女はそこに自分を認める。今やジョルジュ・サンド、それは確かに彼女だ。

とはいえ、名の虚構は確信の表明だけでは現実の中で具体化し始めない。それは言葉に過度の力を与え、〈言う〉ことは〈行う〉ことだと常に望もうとしているサンドに顕著に見られると感じられる遂行的力を授けることになるだろう。現実では事態はより複雑だ。しるしを誇示しながら、現実においてサンドになること、それはとりわけ、策を用いてその名を名乗る法的義務を切り抜けること、署名を身につけることだ。

書記法による唯一の符号や、言葉とイメージの性質を受け継ぐ折衷のしるしに単純化される前に、署名や個人識別のしるしは多数あった。紋章、花押、印璽、旗印が長い間、それと競合していた。法的措置により名字体系の危機を解決しようとするヴィレル＝コトレ王令*のように、名の領域で認められていたことは、署名についても同様に認められる。つまり、同時代の王令が、唯一の公式の署名に固有名詞の自筆を添えさせる。一五五四年の法文は論理的に署名の恒常性、はっきりしたしるしとして現れるその可能性、その同一、ないしは、ほとんど同一の再現の義務をもたらす。その提示としての性格や指示的効果がたたえられる。今や、それはそれだけで個人を表示し、その法的責任を約束する。(26)

＊一五三九年、フランソワ一世の出した王令。公式文書、法律文書でラテン語に代えてフランス語の使用を定めた

十九世紀に状況は変化した。とりわけカルロ・ギンズブルクの研究やミシェル・フーコーの研究が明らかにしたが、個人の識別装置が強化される。すべては指標、痕跡、しるしとなる。(27) 顔の特徴と同じ資格で、署名は、世紀後半の科学的方法がとりわけ識別の目的で合理化する傾向にある記号学の性質を帯びる（署名はとくに裁判に役に立つだろう）。筆跡学による研究が生まれ、増加する――最も有名なミション神父の『筆跡学の体系』は一八七一年のものだ。(28) すべての研究が、筆跡と署名の特異性の秘密を突き止め、そこに性格の指標を追跡しようとする。医学のように権威を持って決定できる組織体があますところなく暴き出そうと専念する、個人の時代に賛美される内奥の神話。これ以降、個人は〈言葉と視線の仮借ない分析〉(29) の対象にされると、ミシェル・フーコーは指摘する。このような研究が可能なのも、個人の大方が、多少とも意識的に、自己の鏡として筆跡との関係に専心するからであり、社会で占める役割と立場がなんであろうとも、彼らのしるしとする筆跡と署名に磨きをか

けるからにほかならない。確かに、署名は慣用的なアイデンティティのしるしだ。〈わたしがそこにわたしの筆跡の特徴的な痕跡を認めるゆえに、それはわたしを識別する〉[30]ことに変わりはない。この点でサンドは、法律上の署名（通常、縦の長い線で終わっている）と、際立った明瞭さと読みやすさを付与するよう努める作家としての署名について時代の指示に従う。つまり、dの文字は優雅にまくり上げられ、しばしばnの上で輪を描くように左方に下ろされている。

それでも、一八三二年から一八三五年まで法律上使われるのは常に〈オロール・デュドゥヴァン夫人〉の名だ。書簡集に転載された出版社と彼女を結ぶさまざまな契約がそれを証明する。この名だけが契約書に法的価値を付与（女性は法的に夫に従属している）する一方、契約の条項には常に〈著作はジョルジュ・サンドと署名される〉が含まれる。〈文学的署名〉はしたがって、作家名たるサンドと読者の間の契約関係を示し、その契約は筆名の場合の困難さ、つまり、同じ人物に二つの名があるという困難さを想起させる。それでも、出版社との契約書は、〈ジョルジュ・サンド〉の力の増大をわれわれに気づかせる。筆名は、初めのうちは、法的署名に続いて括弧に入れて表されるが、やがてそれは〈A・デュドゥヴァン、ジョルジュ・サンド〉に代わり、次いで、〈ジョルジュ・サンド、A・デュドゥヴァン〉に代わる。カジミール・デュドゥヴァンとの別居後、サンドは娘時代の名に戻る（彼女はそれに法的に拘束される）[31]。その後の契約では、四〇年代以降、〈ジョルジュ・サンド夫人〉が交渉を始め、同様に署名する（オロール・デュパンは、その際、括弧に入れられる）[32]。三つの語の入替えの操作が名字の実践全体の特徴であることに変わりない。それはここに複写した一八四七年の遺書の異文字の署名が明示するように、「法」の名において女性筆名作家の頭上に置かれるダモクレスの剣〔絶えざる危険の意〕だ。

それでも多少の逸脱は可能だ。作家が第二帝政以降、公式の機会に現れるのは、〈ジョルジュ・サンド夫人〉の名においてだ（招待状や通知状がそれを証明する）。もしこの文人が女性であることが周知でなければ、マダムをジョルジュ・サンドの夫として通すことになる奇妙な呼び方。同じくサンドはノアンの館の布類や銀食器にSの文字をしるさせる。[33] 記号の真の変更を別にすれば、この名字獲得の行為は、貴族の習慣から直接に継承され、そのあとでブルジョア階級が模倣した完全に慣習上のものだ。主として結婚を機に得た布類や銀食器には、伝統的に夫と妻の頭文字が刻まれる。サンドはここで、作家が主婦に復帰し、作者の名が社会的再生産の月並みなしるしとしても現れる逆説的な自由を誇示しているのだ。かくして彼女は多くの実際的務め（家を機能させ、家族の社交を準備する務め）を負わされた女性であり、同時に、資産収入を確保する男性でもある。彼女が後者の活動のために前者の活動をいかなる時も放棄しないことは大きな意味を持つ。彼女はそれどころか、従兄のヴィ

ルヌーヴに宛てた手紙の中で述べているように、これら二つの活動を同時に実践できる真の誇りを表明する。

> ……わたしは子どもたちの父親と母親であり、家庭の外のことを采配する男性であり、家庭内のことを取り締まる女性でなければなりませんでした。これは活動的というよりもむしろ夢みがちなわたしの性質にとっては離れ業でしたわ。(34)

彼女の書簡は家事の喜びや心配事を心ゆくまで長々と述べ、絶えず手仕事の価値を高める。『わが生涯の物語』でも、攻撃文としての価値から引用に値する一節でそれを隠してはいない。

> わたしはしばしば、才能ある女性たちが、家事、とりわけ針仕事は思考能力を失わせ、面白味がなく、われわれの性が余儀なくされた隷属状態の一部をなすと言うのを聞いた。この隷属状態の理論はわたしの好むところではないが、これらの仕事がその結果であることは否定する。〔…〕こうした仕事の影響は、それらを軽視し、すべての中に存在するもの、つまり、技量を追求することができない女性たちだけを愚かにするに過ぎない。畑を掘り起こす男は、裁縫する女より辛く、そして、同じように単調な仕事をしてはいないだろうか？　それでもよき労働者は〔…〕骨折りが好きだと微笑みながら言うだろう。(35)

したがって伝統的に女性に割り当てられたこうした活動がそれに不可欠な訓練や〈面倒な技術[36]〉に変わってしまわない限り、そこにはいかなる〈隷属状態〉もない。すべてをやることができ、文学のみに限定されない才能ですべての役割を一人で引き受ける女性の満足感が見事に示されている。家の外でも内でも、公衆の前でも個人的にも、〈ジョルジュ・サンド〉は、文学が作り上げたこの男性／女性であり続け、そのどちらの役にも迎合せず、女性的な活動（料理、針仕事、楽しみ、家事の管理）も男性的な活動（金銭、計算、資産や収益性への配慮）も同じように熱心に実践しようとする二重の存在であり続ける。

一方、〈サンド〉は、ただジョルジュ・サンドであるだけの場合には〈父親の名〉の明白な代替物としては機能しない。確かにこの作家の筆名は娘や、息子、そして孫のマルク[37]や孫娘のガブリエル、オロールといった家族の他の構成員にも及ぶ（カジミール・デュドゥヴァンとのすべての家族的絆が今度こそ崩れる）。しかしながら、この名を出版のために利用する問題が生じるとき、事情は複雑化する。サンドは息子と娘に対して公的行事――それぞれの結婚など――の際に、彼女がペンで自分のために作った名を名乗るよう勧めているように見えるが、それに反して、小説家の道を進むことを一時夢みたソランジュに対しては、モーリスにはそうすることを強く勧めているにも拘らず、作品にこの名で署名することを拒否する。そのことに驚くエミール・ド・ジラルダンに、彼女は、〈あなたにお話するには長すぎる理由から、わたしは望まないのです[38]〉と断言するにとどめる。彼女の考えでは、筆名は真の名字にならって、男性から男性へ伝えられるものであり、女性はいったん結婚すれば、実際上奪われてしまうからなのか？　確かに、愛する息子であり、嫡子であるモーリスがただ一人の真の相続人とみなされているからなのか？

要するに、作家と彼女が一体化した筆名との関係は奇妙なままであり、文学史上、まったく例がない（おそらくこの点で男性とライバル関係になることにあまり熱心でないコレットもデュラスも、小説を書くために作った名を自分の子どもたちに名乗らせることは少しも考えなかったように思われる）。筆名は、家族や過去や父の遺産との正規の断絶に署名すると同時に、その更新に署名する。というのも、それはいくつかの点で完全に合意されたやり方で（それは息子、子孫に継承され、その頭文字は日常的な事物の上に再現される）機能するからだ。それでも、まったく本質的な二つの細部がある、つまり、後世に残されるものは仕事（そして、一つの身分を作り出すことが必要とした名の虚構）であり、伝えられるもの、名字の本来の論理によって時間と世代の中に刻み込まれるものは父親の名ではなく、母親の名であり、母系家族名なのだ。

第6章
彼 それとも 彼女？

あなたがわたしにどんな資格を与えるべきかと当惑なさっておられることにとても驚いています。わたしの名はジョルジュで、変わらずあなたの友人、あるいは女友達のようです、あなたのお望みのままに。

アドルフ・ゲルーへの手紙
一八三五年四月十二日頃[1]

ジェラール・ジュネットは、彼が〈筆名効果〉と呼ぶものについて検討し、そのためにジョルジュ・サンドやジョージ・エリオットの名を挙げながら、〈命名の表す内容が女性であるということが、命名表現の「男性性」を完全に消し去っている〉と指摘する[2]。実際はまったくそんなことはない。記号表現（シニフィアン）と記号内容（シニフィエ）との間で、男性の名と女性のアイデンティティとの間で、緊張が存続しており、しかもその緊張は、名前をめぐるこの〈欺瞞〉が知られていることを前提とする、ちょうどプルーストが『スワンの恋』の中で構想した次の逸話が想起させるように。

再び黙したまま瞑想にふけっていた［…］サニエットは、沈黙からやっと抜け出して、ラ・トゥレモイーユ公爵とともにした晩餐を笑いながら話した。ジョルジュ・サンドという名が女性の筆名であるのを公爵が知らないことが判明したのだ。スワンは［…］公爵の教養について、こうした無知は絶対に不可能なことを示す詳細を話すべきだと考えた(3)。

かくして、ヴェルデュラン家の人々に気に入られようと、サニエットはスワンが付き合っている〈退屈な〉ラ・トゥレモイーユ公爵の無知の証拠をでっち上げる。したがって話題は知識のことであり（この知識は純粋に文化的なものだ）、他国でと同様にフランスでも、ジョルジュ・サンドが女性であるのを知らないこともあるのだ。

筆名効果は性別に関してカードをかき混ぜ、男性の名字をついたてのように現実と自己との間に置くことにある。存在を巻き込み、よそで再創造し、男性（その位置を占めるほどに一体化する必要があるだろうあの死者）と女性（自伝はこの点について強調しているが、何よりも母親に非常によく似ている）を危うい均衡の上に保ちながら、策略がまったく別の作戦を明らかにしなければ、それは単なる名前を売り込む広告に帰せられるかもしれない（サンド自身が主張するところだ）。コランベは想像界の中で、少しの間、安心させてくれる調停役だったが、筆名の採用は母親（母親に似ることはもはや問題外だ）と同様に父親とのすべての絆を断ち切ることにある（その名字は捨てられる）。消滅（そして自らそれを改善する必要性）と過度な愛（母親への激しい愛情がこたえる母親のあの熱情）

が重くのしかからせる死の脅威は、想像の領域ではなく象徴的なものの領域で今度こそ、払いのけられたように見える。ちぐはぐに折り畳まれた平明な事実、雑多な要素の混合素材である〈ジョルジュ・サンド〉という筆名は、この死者たちの物語の結果であり、彼女の自己超越の明らかなしるしであり続ける。

困難がないわけではない。『わが生涯の物語』の中で、サンドは文章を書くようになることを最も自然なことと見ている——下地は、早くから、絶え間なく現れる才能のゆっくりではあるが確実な育成を体系的に（そして月並みに）強調することで準備される。作家はこうして、初めは混乱や彷徨や散乱に似ているものの再構築を注意深く行う中で、事後に初めてその意味と一貫性を持つ過程を入念に定着させる。『アンディアナ』の出版時、コランベの消失（〈この現象は［…］完全に、しかも一挙に消えた〉(4)）を確認することよりも、その喪失を乗り切ること、つまり、小説的な雰囲気の中で自分の想像界の幸福な安らぎに包まれて体験した非現実の融合を断念するほうがおそらく必要だ。実際のところ、サンドが事後に思い出すより、事態は緩慢で、はるかに緩慢で、また苦しいものだ。〈苦悩〉という言葉と〈苦しむ〉という動詞が絶え間なく現れ、人格と活動を混同して徹底的な自己の過小評価が際立っている特徴の、この時代の書簡がその間の事情を明かす。〈意気消沈させる〉状況、サンドを疲労と悲嘆の、実存の寂しさと嫌悪の表現の中に閉じ込める、乗り越えられなかった喪のしるし。一方、彼女の感情生活は、彼女自身が〈小説〉(5)と意味ありげに呼ぶもので特徴づけられる。かつての自分（コランベに付き添われたオロール）との訣別を決定的に承認して文学の道に入ったことが、ややもすれば過去を振り返らせ、長い嘆きをかき立て、募らせる。それによりサンドはかつての苦しみを思い出し、きまって自殺を思い浮かべる。

筆名の採用が以前の心的葛藤——後に『わが生涯の物語』が独特のやり方で語り、それをかき立てながら、認め、乗り越える(6)——を思い出させることは理解できる。この意味で、筆名の採用は一つの〈試練〉、後に続く長い苦悩、深い不安、自殺の夢想が特異な力で想起させるものを再び現実化すると同時に、その終わりを示す。ジョルジュに身体と一貫性を与えることと同じくらい、オロール（いつまでも死のうと努める）を忘れることは難しいように思われる。だれか（ほかの人間）になりつつあるときにも、サンドは、どれほど自分を愛さず、自分に愛着を覚えず、何の関心も、いかなる種類の価値も認めないかを、文通相手たちに繰り返す。

わたしは疲労と悲しみで憔悴するにまかせました。わたしは人生が好きではありませんでしたから。(7)

こうして、わたしは無関心に包まれて何年も過ごしましたから、わたしたちの個性がどれほど取るに足らないものか、人間が一人多かろうと少なかろうとこの世でどれほどわずかな場しか占めていないか、そしてだれも他人の生命を気遣っていないのに、死を恐れることがどれほど凡庸で愚かなことかを理解したのです。(8)

〈わたしは人生に疲れています〉と彼女は相変わらず記す。〈みなさん、わたしのことを忘れてください、ちょうど人々が死者たちを忘れるように〉[9]。死にかかって、いや、すでに死んで（父親と同じく）、時折、奇妙な必然のように不可欠に思われる死の衝動に付きまとわれて、サンドは、多くの男性関係と〈軽薄な友情〉を咎めるジュール・ブコワランに書く。

わたしたち皆がほんのわずかな価値しか持たないことについてわたしは正常にすぎる意見を持っていますから、自分を重視することなどまったくできません。［…］ですから、人々は思いのままにわたしの価値を低く評価できます。わたしは彼らと一緒に笑う心構えができています[10]。

自己軽視や、自分に対する周囲の極端な豹変ゆえのユーモアとマゾヒズムの結合[11]によって、軽薄さや感情の散逸に向けられた糾弾に応える巧妙なやり方。この自己愛の不足がアイデンティティの真の不足を倍加する。

自分のためにしか生きず、自分だけを危険にさらして、わたしは人目にさらされ、いつも犠牲になりました。まるで自由で、孤立し、他者には無用なもの、そして気晴らしから、またすべてに退屈して自殺したくなるほど思いどおりにできるもののように（…）。今では、わたしは自分をこれほどまで哀れに思っているのです[12]。

家族がなく、絆がなく、自分があるところのもの（少なくとも自分について作り上げているイメージ）を、この〈自由で、孤立し、無用な〉ものを絶えず破壊することを切望せずにすむだけの十分な自信（自分への何らかの信頼）もない、いわば自由電子のように、自己が把握されるのだ。おそらくこの物憂げで自殺志向の態度が、かつての愛、いつまでも忘れられない太古的な前対象期〔自我と対象との区別ができない時期〕のつらい自己喪失の不安のしるしの役目を果たしている[13]。おそらく彼女は、さまざまな点で非常に女性的でもあるのだ[14]。サンドは、自己否定に固執する主体の自己満足のしるしとして、戯画化された自画像を（手紙の中で）何度も試みて時間を過ごす。〈わたしはひどく人づきあいが悪く、ひどく愚かで、考えを口に出すのにひどくのろまで、ひどく不器用で押し黙っています[15]〉。かくして文壇へのデビューは、破壊と、存在の要請に望ましい活力で応じることの不可能性とに付きまとわれた、非常に古くからの苦痛を津波のように浮上させるように思われる。心底から自己に不満なサンドは、エルヴェシウスの有名な比喩を繰り返して、立派な体つきの男性たちの間でせむしのように感じている[16]。一八三〇年代初頭は、名や活動や存在や生活を変える誘惑が明らかに最も強い時期だ。これに応じようと、サンドは、文学の領域でも愛情の領域（一時期、彼女は両性具有をあからさまにする）でも、いたるところで、途方もなく消費し、すさまじいまでに自己を分散させる。愛情は裏切り続け、この感情一般、とりわけ自己についての厳しい言葉（〈わたしはもう小説で戯れる年齢ではありません。

わたしは年を取りすぎていますし、苦しみすぎました〉を生じさせるにしても、その代償に文学が自己とのなんらかの和解の場として少しずつ重きをなしてゆく。サンドは――馬のように、牛のように、と彼女は言う[18]――懸命に仕事をする（小説の制作がそれを証明する）。ヴェネツィアからイポリット・シャティロンに書き送る。

本当に社会は愚劣なものですし、人生は、下痢をしたくなければ持ち歩かなければならない浣腸のようなものです。仕事への愛がすべてから救ってくれます[19]。

格言や一般的真実（あるいは、そのように思わせるもの）に対するこうした好みは書簡の中できまって吐露されるし、小説の題材はそれを大きく反映している[20]。これは、本質的に不安定で、不満があり、見たところ不可避の〈鬱々とした気質[21]〉から、人生に対する本当の無関心ゆえにしばしば自己破壊の誘惑にかられる自分に直面してある程度の安定を熱望するためのようだ。〈愚か者〉、〈愚かな女〉、〈愚かさ〉が自己や自分の活動に関する話に頻繁に出現する。作家は自らを〈愚かで、不具の骸骨[22]〉と形容し、自分の活動については純然たる〈三文文士のつまらぬもの[23]〉と断じる。文章を書くことで躁鬱病は増大し、サンドは次のようにエミール・ポールトルに説明する。

幸せの方はどうなっているかとおたずねになるのですね。数週間、数か月間、幸福を馬のお尻に乗せていることもありますが、後ろを振り返ると、幸福が突然、わたしの後ろ百里のところにあるのに気づくこともあります。そのとき［…］わたしは地面に横になり、犬のように転がり、牛のようにおいおい泣き、人生は耐え難いもので、終わりにすべきだと口にします。［…］ささやかな幸福がやって来ます［…］、するとわたしはアトリのようにとても陽気になります。［…］わたしは言葉遊びをし、精神病院にふさわしい幻想的な詩を書きます。本当に、わたしがこんな風なのは気まぐれからではありません、［…］でも、この二年来、わたしの慢性的な病気はとても重くなりました。(24)

これこそが、自己をきまって〈存在しないもの〉として知覚し、特に不安定で、いらいらさせ、苦しい行動を助長する心の病の重症化から、二年前に『アンディアナ』の出版を導いたものだ。職業と（別の）名のおかげで生きることは、作家の自我が自分を知ろうとし、しばしば、けりをつけることを夢みる〈病気〉の時を前提とする。この観点から見れば、文学の道に入ることは、自伝が示そうとするように、オロールが母親のそばで果てしなくおしゃべりしていた頃、すでに幼少期から見せた物語に対する嗜好の論理的結果ではない。反対に一八三二年のかなり前から始まり、別の名の採用が、苦労がなかったわけではないが、決定的で取り返しのつかないものにした自己との決裂を意味する。病んでいる、確かにサンドは精神的に、心理的に、心底から病んでいる。彼女が創造するヒロインたちに、彼女は、身体が束縛や過度に強い感情の重圧に屈し、活動的な生活の道がより力強いことに心が気づく前に、休息せざるを得ない休止時間を課すだろう。

彼それとも彼女？　筆名の選択により示唆されるこの問題は些細なものではない。文学かぶれの女性たちについての話題を踏襲した際限のないコメントを友人や知人や男性作家、女性作家たちの側から生じさせる前に、サンド自身が数々の考察の対象としているだけになおさらだ。バルザックは『ベアトリクス』の中でこの間の事情を鮮やかに伝えるだろう。(25)初めは取り違えが実際にあった。『アンディアナ』の新人作家は、自分がかき立てる好奇心、次のようなやり取りを引き起こし得る自分への訪問を大いに面白がる。

ジョルジュ・サンド氏はどちらですかな？　――こちらです。――お話できますかな？　――なんなりと承ります。――で氏はどこに？　――あなたの前に。――なんですと、マダム、G・サンド氏はあなたというわけで？　――あなたのお許しがあれば。(26)

こうした芝居の台詞は、サンドの好んだ笑劇の形で、男性の筆名の採用が一時引き起こした混乱を強調する。だが、とりわけ断固とした手紙がこの喜劇的な会話に対応している。この手紙は、サンドの男装に対するアドルフ・ゲルーの攻撃に続くものだ。作家は反駁する。

わたしの考えは〔…〕わたしの性格から生じたものですし、またさまざまな点で非常にうまく折り合いをつけているわたしの性別は、大いなる努力なしでも行いを改めさせてくれます。結局のところ、わたしは、宇宙でわら一本動かさずに、世界で最も優れた天才ということになるでしょう。そして、男性的で好戦的な熱情がいくばくか沸き起こることがなければ、わたしは、攻撃や体制にまったく関わりない、詩情豊かな生活に容易に戻ります。もしわたしが男子であれば、すすんであちこちで剣を抜き、残りの時間に文章を書くことでしょう。男子ではありませんから、わたしは剣を取らずに、ペンを持ち続けるでしょうし、この上なく無邪気にこのペンを使うことでしょう。わたしが机につくために着る服はこの問題にとってどうでもいいことです。わたしの友人たちは、わたしがジャケットを着ていようと、ドレスのときとまったく同じようにわたしを尊敬してくれると思います。

〔…〕どうぞご安心ください。もとよりわたしは男性の威厳を切望してはいません。女性の卑屈さよりずっと好きになるには滑稽に過ぎるものにわたしには思われます。それでもわたしは、あなた方だけが享受する権利があると信じておられる立派で、完璧な自立を、今日、そしていつまでも、持っていると主張します。わたしはすべての人に自立を勧めるつもりはありませんが、なんらかの愛が、わたしのために、どれほど小さなものであれ足かせになることには耐えられないでしょう。愛がなければ、断じて。わたしの境遇を引き受けようとする果敢な、あるいは卑屈な男性が一人も現れないほど、それを厳しく、明快なものにしたいと思います。

［…］ですから、わたしを男なり女なり、お好きなように、みなしてください。デュテイユはわたしがどちらでもなく、一人の人間だと言ってくれます。それはすべての良いこととすべての悪いことの両方を、好みのままに、意味します。いずれにしても、わたしを兄弟であり姉妹でもある友人と見なしてください。男性のように役に立つためには兄弟だと。あなたの言葉に耳を傾け、あなたの心の繊細さを理解するためには姉妹だと。[27]

この一節から、まず、手紙の受取人の見解を行間に読み取ることができる。それは女性作家たちについて習慣的に語られる言葉を伝える。すなわち、おそらく、女性たちのものでない考えを横取りすることの危険（思想は男性的なものだ）、だが、とりわけ、男性を演じるあまり、その物腰や服装を取り入れ、女性としてのアイデンティティを失い、かくして両性を同時に〈堕落させる〉ことの危険。このような警告に対して、サンドの答えは巧妙だ、そして、いつものようにユーモアに濃く彩られている。彼女はまず、女性として、自分の性格に結びついていない考えはいささかも持ち合わせていないと主張する。この性格を変えることはできない。男子であれば、彼女は文芸の近衛騎兵として、剣とペンを自由に使いもしよう。女性としての立場と〈非常にうまく折り合いをつけている〉が、彼女はペンだけを使う――〈無邪気に〉。男性の威厳に対して、彼女は女性の卑屈さを対立させるが、感情領域を含めて完璧な自立を選択していなかったとすれば、女の卑屈さのほうを好んだだろう。[28] 彼女は、直ちに自分が同時に両方の性、厳格で、完全に伝統的な役割分担に応じて兄弟と姉妹（兄弟には助力、姉妹には心の理解を）であると断言するために、何らかの性のしるしに対する関心を、結局、否定しているように思われる。

ここで形を見せ始める二重の立場は、実際、多少の微妙な違いを別にすれば、サンドの作家としての生涯を通じて、またその作品に見られるものだ。それは性差の表現に関して作家の特異な立場を明確に示す。両性具有ではないが、筆者は、すでにその理由――両性愛の理由をこれまでの章で概略的に示そうとした。サンドは二つの性を混同しない。彼女はそれらを一つの存在の中で結合するために専有することを夢みてはいない[29]。彼女はこの点でスタンダールでもボードレールでもフロベールでもない。ルーヴル美術館の有名な古代彫刻が見事に表現している（男性の）夢。つまり、うつぶせになった青年がヘルメスの性的特性（男性性器）とアフロディテの特性（乳房）を持っている[30]。ところで、サンドは、想定し得るすべての欠点とともに女性の本性と、文学の実践が事実上、与えるように思われる男性の立場をはっきりと要求する。もっとも、この世紀が、婦人科学と産科学での医学的研究に導かれて生理学に変えることになる、この名高い本性は、サンドの目にはその〈弱さ〉によって特徴づけられる。真の教育の欠如がもたらした論理や教養や良識の少なさ、サンドが否認するどころか逆に主張する弱さ。この観点で、彼女はオルタンス・アラールに書く。

わたしは、無知や思考の一貫性のなさや論理の絶対的な欠如から、過度なまでに女性です。［…］これはわたしの貧しく、脈絡のない本性の弱点です。わたしは何一つ学びませんでしたから、何一つ、自分の言葉さえ知りません。［…］わたしにあるのは感性だけ、意思はまったくありません。[31]

こうした言葉が書簡の中で述べられるのは一度だけではない。一線を画するのではなく、それに自らを含めるために、世間に認められた見解を踏襲するいたずらっぽい喜びがサンドには明らかにある。一八六八年九月十日付の手紙の中でフロベールが示唆しているように、彼女は〈人〉ではもはやなく、〈第三の性〉のようなものに属しているのだ。[32] この呼び名は〈傑出した〉女性作家を、その同胞から孤立させ、彼女に〈本性の外の〉、離れた場を与えるために、よく知られた術策となる。[33] それゆえ、サンドは文学における女性の立場のために戦うことはないし、卓越した地位、つまり名声を得た「女性‐作家」の地位にただ一人就くために戦いはしない（おそらくそのためには特に、彼女が所有していない自己との強いナルシシズム的関係が必要だ。時が部分的に修正するだろう態度）。彼女がこの時代にマリ・ドルヴァル*、それからマリ・ダグー**、後にポリーヌ・ヴィアルド***に書き送る言葉はこの点で意味深い。[34] ためらわずに、しかも最初の手紙から、サンドはこれらの女性たちが自分よりはるかにすぐれていると評価する。彼女がこの時になって、〈女性たちの中で一番の女性〉[35]と評価する威圧的な祖母の思い出としてだろうか？

＊一七九八―一八四九。ブールヴァール演劇を代表する、フランスの女優。サンドとの親密な友情は噂を呼んだ

＊＊一八〇五―七六。フランスの女性作家。ダニエル・ステルンの名で哲学的著作、回想録を発表。自伝的小

説『ネリダ』、『一八四八年革命史』など。半世紀に及ぶそのサロンには当代の著名な芸術家、学者、政治家が多数集まった

＊＊＊一八二一―一九一〇。スペインの著名な歌手マヌエル・ガルシアを父にパリに生まれる。オペラ歌手として輝かしい生涯を送る。サンドの最高傑作と評される長篇音楽小説『歌姫コンシュエロ』のモデルとなった

認めなければならないが、サンドは文学と女らしさを一致させようとしない。女性であり、同時に小説家なのだ(36)。文学は男性的なものを強いる。仲間や同僚や同業者の世界であり、サンドが男性的なものとしか考えない率直さと友情だ。〈わたしは女性として、そして、文学における同業者として心からあなたに感謝します(37)〉とロジェ・ド・ボーヴォワールに書く。〈わたしの女性としての人生は終わりました。わたしの方でも、青年の仕事に従事することもおそらくあるでしょう(38)〉と、ミュッセとの別離をほのめかしながら、アドルフ・ゲルーに書き送る。シャルル・ムールやほかの数人に送った手紙に〈あなたの仲間ジョルジュ＝オロール(39)〉と署名する(40)。さらに、〈サンド夫人は、あなたを死ぬほど退屈させ、知合いにならないほうがいいとわたしがお勧めする愚か者です。でも、ジョルジュは素晴らしい若者で、真心に満ち、愛してくれる人々への感謝でいっぱいです(41)〉。分裂は残っている、一人の、同じ人物の中での対立するものの和解、融合はないと言うだけで十分だ。サンドの態度は革新的ではない。その急進性や奇妙さは固有の経験に起因する特異な状況の結果だ。だが、彼女は時代の影響もとどめている。どれほど自立していようとも、この世紀は、さまざまな程度で規範や思想や行動の限界を押しつける。一個の人間はだれしも、サルトルもそうした意味で述べることになるが、〈歴

史的局面から逃れることはできないが、それに耐え、自分のやり方でそれを全体化する、還元できない一つの微生物なのだ[42]〉。

この問題に関するサンドの発言は、実際の体験と論理とか、また個人的感情と一定の歴史的状況の明晰な分析とかが入り混じって生じたもののように思われる。サンドは独立した文学観を持ち、メアリー・G＊＊＊の中ですでにサンドを魅惑していたこの〈ほかのもの〉〈である／を演じる〉ために、すすんで男性的なものの方に向かう。矢継ぎ早に創作した多数の作品のおかげで彼女のものになった文学は、彼女にとり、自己同一的なものと他者が体験される場だ。〈青年共和主義者風の服[43]〉を着て、彼女は一つの性に、異なる生き方、考え方、ふるまい方のある種のやり方に、また、芸術家の資質に帰属することを示すための変装を楽しむ。

だからといって女性が忘れ去られているわけではない。女性作家ではなく——この呼び方が〈長い間〉軽蔑されていたことは後述する——女性一般、つまり同じようなものとしてのすべての女性であり、それぞれの女性だ。書簡の中でサンドは常に、名あて人の性別に関係なく、女性としての自分の立場や視線や感受性を強調する[44]。ほとんど改善されない立場の卑屈さや隷属状態を休みなく告発し、考察と活性化に値する唯一の領域は、女性には他がないゆえに、私生活の領域だと強く主張する。家庭、結婚、出産は、女性の領分を形成する要素であり、さらに、貴族であれ、中産階級の女性であれ、あるいは農婦であれ、家事がある（ごくわずかな例外を除いて、サンドの見解では、女性のための職業がない、時に、自分の生活費を稼ぐ厳しい必要性があるばかりだ）。おそらく歴史的には完全に時代遅れになった見方[45]。だが、特に当時の女性たちを定義し、拘束していることに対する鋭い知覚でもある。サンドはこの趣旨にそってマリ・ダグーに書く。

さあ、お書きください。女性たちの境遇と権利についてお書きください。大胆に、そして控え目にお書きください。あなたならそれがおできになるでしょうから[46]。

サンドはしたがって私生活で男性と女性を結びつけている関係の変更や修正を呼びかける。奴隷なみの立場を離れ、女性に真の権利が認められなければならない。だが、社会の中での女性の立場は男性のそれと切り離せない。トランモール〔サンドの小説『レリア』の登場人物〕はそのことをレリアに繰り返し言う、奴隷も主人も解放しなければならない、奴隷だけでは何もすることができないと。批評家たちが進んで強調したように、多くの点でより大胆な同時代の女性解放論者たちとは相違して、サンドはこの点で常に大いに慎重な態度を見せるだろう[47]。フランソワ・ロリナに宛てた一八三五年十月十六日付の手紙の中で弁明しているように、彼女の目には、時代はまだ成熟していない。

今日の社会はこの社会に挑む人々とまだひたすら敵対しています。自由の必要を感じてはいるものの、未だそれに値しない女性という種族には権利がありませんし、女性たちをまさしく見捨て、それ以上言わないまでも、惨めな境遇に追いやる社会全体と闘う権力もありません。

これこそがあなたの若い恋人に見せるべき社会の情景です。わたしたちに続く女性たちにもっとよい運命を準備しているこの過渡期の女性の状況を、おもねることなく彼女に見せてあげるべきです(48)。

女性のこの未熟さの理由は知的なものであり、また同時に社会的なものだ。今のところ、劣等性は残っているが、自由と平等により適した時代を信じることができる(49)。これらにサンドは期待をかけている。平等が個人相互の関係を律さなければならない（階級の差異が消滅し、法の前で男性と女性が平等でなければならない）。自由については、これこそが、サンドがどうしても夫婦間と家庭で望む、私生活の枠の中での両性の関係を規定すべきものだ。書簡にそって注意深く跡づけることができるこの態度は、全体的に見てほとんど変化しないだろう。小説が、後に見るように、ぼかされ、理想化された形でそれを伝える。作品の中でサンドは、思考し、話し、はっきり性別化された立場——男性的なものと女性的なものの間で、純粋な幻想ではなく、力関係の中でのみ意味をもつ立場を表す人物たちを念入りに作り上げる。恋愛を主題とする小説は男女を登場させ、彼らの間に起こることを想像するという以外の目的はない。とはいえ、サンドは、スタンダール、バルザック、ミュッセあるいはラマルティーヌの物語とは明らかに異なる物語を書く。彼女はなすにまかせておきはしない、彼女は態度を明確にする。彼女は〈描写する〉ことで満足せず、実際、非現実的と呼べる筋書きを提案する。すなわち、いい、いい、いい——それらは、起こるかもしれないこと、いつの日か起こって欲しいと作家が望むことを描写する。すなわち男女間の平等、理想的な伴侶の選択の自由、再構成された共同体の家族だ。これに関して、『わが生涯の物語』は、かつて『ある旅人の手紙』第四信の中で述べた言葉に断固として立ち戻る(50)。

こうしたいくつかの考察の最後に、〈書くことを職業〉とする人間をサンドがどう呼んでいるかについて手短に検討したい。どのような名を彼らに与えるか？　この仕事を男性形で指し示すなら、問題は真に提起されることにはならない。サンドは一般に auteur 作者、homme de lettres 文人と言い、écrivain 作家は稀だ。もっとも、彼女が〈homme de lettres〉〔homme は人間、男性の意味〕に与える意味は一様ではない。つまり、時に賛辞であり(貴族とアンシャンレジームの芳しい香りがする)、時に非難だ(投機をにおわせる)(51)。

問題は、それに反して、男性形の言葉にがんじがらめになった女性形について提起される正当な理由がある。当時、優雅とはとても言えない auteures, autrices, auteuses, autoresses を押しつけようと（すでに）むなしく試みられた(52)。驚くにあたらないが、彼女は自分のためにいたずら好きで、軽蔑的な呼び方を積み重ねる。一八三二年一月から一八三五年十二月までの三年間にその書簡は優に六つを提示している。女性作家？　文学に携わる女性を指し示すために当時最も頻繁に使われたこの名称は、しかしながら、サンドが文壇にデビューしたときから拒んでいるものだ(53)。彼女がオルタンス・アラールをそう呼ぶにしても、それはとりわけ、オルタンスの気取りやわざとらしさや知識のひけらかしを軽蔑していることを強調するためだ。ロール・デセールに宛てた一八三三年四月一日のよく引用される手紙の中で書いている。

かなり大げさな文体で、かなり高尚ですが退屈で、筋の運びのまずい本を書いている女性の文人アラール夫人にも会います。夫人はその著書に値しません。知ったかぶりをする人のように学者ぶり、断定的で、政治的で、男のようで、まったくひどい女性作家です。[54]

ついでながら、この話は文学において取るよう専心しなければならない態度と同様、美学的次元のいくつかの考察を明示する。文体とおそらく〈気高さ〉（文学は道徳的なものだ）、だが、小説の題材は心を捉えるものであり、巧みに運ばれる必要がある。作品の真の質はここにある（サンドにとって文学は真の技量を前提とする、これは彼女の〈職人〉的側面だ）。作品の背後に男性か女性がいる。オルタンス・アラールの場合にサンドを当惑させるものは、アラールがアラール自身でないことだ。アラールは女性作家というタイプと一つになっている。[55] サンドは、アラールが態度や知識や意見を真似ていること、一言で言えば、見解を自分のものとして持っていないことを非難する。（彼女は『わが生涯の物語』の中でその判断を修正するだろう[56]）。このように女性作家は一つの反モデルとして機能するが、これは関連し合う二つの理由からだ。つまり、サンドは、文学で女性的なるものに強要されるなんらかのモデル化に従うことは考えない（すべてが彼女を不快にする男のような女、あいまいな中間になるつもりはない）し、この領域でどのような種類であれ、一つのモデルを自分に課すことは考えない。[57] この領域での彼女の唯一の信念は、絶対的自立という信念だ。

反面、彼女がその活動を形容するために、〈書く〉という動詞のあいまいな派生語である、大まかな言葉しか使わないのを見るのは意味深い。その由来には触れたが、もったいぶらず、〈言葉におけるこの自由の証拠〉を獲得し、レッテルのどれもが役に立たず、最善は男性形か女性形のいくつかの思いつきの言葉をしのぐことだから、レッテルを増やすことが必要であり続ける。たとえば〈écriveur、écriveuse 筆まめな人〉、〈écrivassière へぼ作家〉、〈poétaillon 半人前の詩人〉、さらにまた〈小説家〉、〈作家〉、〈女性の文人〉。これらの言葉は褒め言葉というよりも揶揄だ。たとえば彼女は、〈ア〔ラール〕夫人のような筆まめな女性と思われるかもしれませんが、わたしは短い手紙であなたに悪態をつきたいのです[58]〉とサント゠ブーヴに書き送る。

非常に早くから、サンドは文学界の制度に対してある種の敵意を表明する。何よりも職業が与えてくれる思想や意見の自由のために、また、想像をほしいままにする可能性のために、選択した職業が課す責務や厳しい規則の中に閉じ込められるつもりはない。書簡の中で彼女はこのことを、耳を傾けようとする人々に繰り返し述べる。彼女は、〈栄光、つまり文学的虚栄心というランプの灯りの下にひれ伏す[59]〉という考え、あるいはサロンに（作家として）姿を見せるという考えを拒む。彼女はゴンデュイン・サン゠テニャンに書く。

わたしの自由、それに［…］芸術家としてのわたしの貧弱な評判のおかげで、わたしはサロンできまって見られるある種の礼儀作法の外にいます。サロンでは［…］わたしの取るに足らない人格を見せることを拒みました。まるでわたしのためにに取っておかれているように相変わらず差し出される、芸を仕込まれた動物の役目を好みません[60]。

彼女は自分のために、〈名誉欲、芸術への愛、名声欲[61]〉といった野心の一般的な根拠も主張しない。こうした断言は文学をやる女性たちのありふれた否認と見なされ得る。つまり、あからさまな物笑いの種にならぬために、才能なり霊感を前面に打ち出せず、彼女たちは、上述したように、より卑近な理由を誇示するよう強いられる。しかし、彼女はまた、作家であると主張することにある種の遠慮（今度は、非常に低い自己評価に起因する理由から）と、作品だけでなく作家の人格も包含する宣伝システムの中に入ることへの真の抵抗も口にする――当時の芸術家たちがすでに巻き込まれた大衆効果であり、当時の大部分の新聞や雑誌がそれらに一欄を割いている。

ヴェネツィアの挿話的な出来事からすでに、サンドはこの点できわめて激しいためらいを隠さず、文通相手の何人かに、彼らがサンドの愛人であるとの噂を止めさせるよう促す[62]。ずっと前から、女性と公開性はしっくりいかない。独身と芸術家の生活もうまくいかない。私的領域から出ると、女性は〈途方に暮れる〉。一人で生活費を相応に賄いきれないとなれば、必然的に妾として囲われる。女性にいかなる自立も認めない（法的に女性は生涯、後見下にある）当時の道徳は、この点で例外のない論法を作り上げた。〈娼婦〉と彼女は言う。[63] サンドはしっかり記憶する。つまり、彼女は自分の私生活に関してどれほど些細な情報も提供することを拒否し、公的生活への参加も一切拒む。一八三五年、アルフレド・ド・モンフェランの『当代女性作家列伝』はサンドの激しい抗議を呼び起こす。[64] 彼女が一八四八年に自らの立候補を不可能と考え、後に一八六三年、アカデミー・フランセーズへの女性たちの立候補に反対するのは私生活の保護の名においてだ。[65]

女性たちの場が元老院、立法機関、そして軍隊にないと同様に、今日、アカデミーにはない。こうした場は、女性たちに実現するよう強く促している類の進歩の発展に適切な環境ではけっしてないと彼らは認めるだろう。[…]その旗が戦旗であるような軍団に加えられて、女性たちはいったい何を得るだろう？ […] 彼女たちは社会の外で詩的理想郷をなお夢みるか、あるいは、実践哲学の問題に果敢に取り組まなければならない。[66]

夢あるいは実生活の堅実な管理、ユートピアあるいは私生活の現実、これはジレンマだ。ほかのことはまだ時期尚早だ。男性読者と女性読者に向けた小説家の作品。すべての人々に向けた一人の女性の言葉。彼女は、数多くの問題について世論の注意を引くための原動力として新聞雑誌を利用しようとするにしても、私生活と読者の間の境界を乱すつもりはない（そして、苦い経験を通じてそうなったことを嘆く）。時まだ到らず。この見解はロリナへの手紙以来ほとんど変わっていない。女性たちの大義のために遂行すべき戦いは私的な次元であり、結婚制度を主要な標的としている。社会的生活のかなめである結婚（独身者と社会の周辺に生きる人々に定められた境遇は周知だ）[67]は名と屋根とパンを保証する。それは秩序を保証する。しかし、あらゆる形の専制と隷属を排除し、愛を〈人間的偉大さの最も神聖な要素〉[68]としなければならない。

サンドは大革命により承認された公／私、男／女という古典的対立を継承している[69]。

サンドにとって、考えられたことがないものではなく、考えられないもの、それは女性が（男性と同様に）二つの領域［私的と公的］を隔てる柵を飛び越えることだと、ナオミ・ショアはこの意味で指摘する。サンドにとって、領域の区別は神聖であり、自然本性の中に刻まれており、社会秩序がそれに依存しているゆえに、維持されなければならない[70]。

したがって、両性間の関係についての理論的、政治的、小説的な争点が位置するのは私的領域だ。しかしながら、サンドは相違と平等が相容れないものではなく（これはとりわけ『マルシへの手紙』の主題だ）、法律が離婚を許し、奴隷状態に類似する状況にあまりに頻繁に繋ぎとめられた女性たちの不公平この上ない状況に終止符を打つべきであることを示そうとする。私的領域を離れずに、サンドが実際に一つの考え方に凝り固まっているにしても（彼女はそれでも部分的ながら調べ、動かそうと努力する）、彼女の戦いは徹底的に平等を目ざすものだ。すなわち、例外的な地位（代議士職、アカデミー会員〉に達することができるような何人かの女性エリートの境遇は、社会的、経済的、地理的状況の区別なく、女性たち一般の境遇ほどには彼女の興味をおそらく引かない。〈人間の諸権利〉[71]について彼女が語るとき、変らず想起させることだ。

確かに、文学をやる女性であり、時代の思想が閉じ込める一つのタイプの罠や計略や、ほんのわずかな歩みにも避けようもなく結びついたその特徴、つまり、〈男らしさへの傾向〉、〈むなしかった女らしさの否認〉、〈野心と嫉妬のしるし〉[72]を回避することは容易ではない。サンドにとってその立場は、ジレンマが存在に関わるものだけにいっそう徹底的だ。虚構の実践と想像力の行使はある種の営利的暇つぶしとしてではなく、存在するための唯一の方法として企てられる。それはさておき、サンドの立場は時代の刻印であり、かつ個人的価値喪失の軌跡であるゆえに、まったく両義的だ。確かに彼女は、自分は作家ではない、気晴らしをしている、〈戯れに書いている〉と言う、屈託のない姿勢を誇示する（したがって、彼女は女性作家を滑稽でむなしいうぬぼれと判断し、その真剣さに賛同しない）。その一方で文学が何にもまして重要なのだ。文学はオロール・デュパンの死とジョルジュ・サンドの誕生を承認し、別の存在による新しいアイデンティティの場と証拠なのだ。こうしたものとして、文学は真の野心の対象となる。もっとも、さまざまな理由からサンドはしばしば反語的に遠回しに表明するだけだ。たとえば、主要な同時代人バルザックと同等の人間、偉大な作家たることというように[73]。こうした両面性はフロベールとの書簡の中にまで見られる。彼に対し、サンドは多少格好をつける。

わたしには時間があります。ペンを取るための一、二時間があるときには、毎年、ささやかな小説を書いていますよ。小説のことを考えるのを邪魔されても、不快にはなりません、それは小説を熟成させますから。[74]

そうは言ってもだ。作家サンドは同業者として、卓越したやり方で『感情教育』を評価したばかりだ。ここには二重の姿勢がある。なんだかよく分からない〈両性具有〉〈彼女の中に〈自然の誤り〉を見るアレクサンドル・デュマからレオン・ドーデにいたる人々には気に入らなくとも[75]〉の名において反対するものを調和させず、男性的なるものと女性的なるものを結びつけず、対峙している二つの項をあくまで維持する。〈このわたしは弱い心の持ち主です、年老いたトルバドゥール*の中にはたえず一人の女がいるのですよ[76]〉と、フロベールに書き送る。彼女がどちらの性もなしで済まさないゆえに不安定で、不均衡なこの立場は、生涯を通じたサンドの立場だ。彼女はそう考え、〈書簡の〉言葉もそれを示す。すなわち、体系化するのは可能でないにしても、形容詞や分詞をある時は男性形に、ある時は女性形に一致させる。この領域でも、ほかのすべての領域におけると同様に、オロール＝ジョルジュは決断を下さない。彼女は性差を解消することなく、それを超えることなく、性差の言葉を緊張状態にしておく。

*サンド、フロベールはともに自らを〈年老いた（老）トルバドゥール〉と呼んだ

第7章　小説

わたしは一介の小説家に過ぎません。詩人と画家を寄せ集めた取るに足らぬ人間です。心を動かされたものから着想を得ますが、生理的に感銘を受けたものしか描くことができません。

ジュゼッペ・マッツィーニへの手紙[1]

一八四三年二月十日付

小説。この言葉は書簡や大部分の物語に添えられた前書きの中にたえず出てくる。明らかにそれは、虚構の漠とした領域に入って、そこに想像のアイデンティティ（導き手であり、打ち明け話の相手であり、分身であるコランベを伴った、夢みがちな語り手のそれ）を作り上げ、次いで、アイデンティティ、活動、名といった最も重要な点にかかわる変更がやがて承認することになる変容を続行する前に、書簡や、一人称で書かれた何篇かの物語がその発端となる文筆（オロールがいつかG.と署名するのはこの枠組みの中でだ）へ向かう以外のなにものでもなかった。今度は、自己生成の幻想が現実の浜辺にたどり着いた。サンドがそう考えようとし、またのちに好んで語るほどには容易に文学に目覚めはしなかったが、彼女は間もなく、そうであるもの、つまり、〈文章を書く女性〉[2]と見なされる。厳しい非難がないわけではない。小説作家として彼女は、のちにジョルジュ・サンドの物語に新たな意義を見出し、この世紀最長の作家たちの一人として、四十年を少し超えるその創作活動を通して、虚構の作品を全部で九十篇ばかり書き続ける。すべては虚構だ。いかなるものも、家族的、社会的、そして名字の規範に再登録するように見える行為さえも、その事実を忘れさせることはできない。サンドのすべてが、彼女の存在もその職業と同様、虚構なのだ。彼女自身の物語は、書くことを、かの有名なサルトル的救済（フロベールにおいてすでに理解される）よりはるかに決定的な何かにする一つの征服の物語だ。はっきり異なる存在になり、文学的創造により文字通り別のものとして存在する可能性。いずれにせよ、これが、『わが生涯の物語』がその構成の中に持つ寓話、やがてジョルジュ・サンドと名乗ることを選ぶ女性の名と状況を変えようとする衝動の性質を理解しようと試みるために再現可能な寓話なのだ。

文学に手を染めるこのやり方は、ただ単に野心の結果や、ロマン主義に特有の命令に従って詩人になるために世界の拒否、社会やその規範の拒否の結果ではない。それはアイデンティティの問題を沸き出る泉とし、死と自己喪失の脅威——『レリア』、あるいは、別のやり方ではあるが、『歌姫コンシュエロ』や『ルードルシュタット伯爵夫人』の中でかくも強く響き渡っているのが聞こえる——を基盤とする。適性や、想像力や書くことを享受する権利はまず、かの文士たちがさまざまな形で体験した不安や熱望や欲求不満とほとんど類似するところのない、まったく個人的な必要性にしっかり根をおろす。サンドにとって問題は死活にかかわり、答えは非妥協的で、いわば二重に虚構だ、つまり、自己を奪われ、すべてを新たに作り出さなければならない。死んだ息子であるよう強く促され、一体感を求める母から溺愛され、この要求に対して遠回しの手段をとり、策を弄し、仮面をつけることを選び、変容の過程を開始し、自己生成に専念することが必要だ。よそで、別な風に存在することが必要だ。行動することで初めて存在する。虚構の存在たる〈ジョルジュ・サンド〉は、小説を特に好みの領域とし、(多くの場合)演劇を小説の派生物とする。いわば文学のウルガタ聖書が少々安易に断言するように、十九世紀が、作り出すというより、前世紀の成果を存続させ、充実させ、増大させるジャンルの実践での遊びの対位法だ。それは彼女がさまざまな僥倖で、政治問題に関心を抱き、この世紀の大論争に積極的に参加することを妨げはしないだろう。すぐさま社会に対する確固とした見通しを持ち、それを活用するすべてを心得ているサンドは、〈新しい思想〉を擁護し、促進することに熱意を燃やすだろう。例えば、「アンドルの斥候兵」誌創刊のようにその生涯の多くの挿話がこの点で大きな意味を持つ(3)。だが、とにかく、行動し、自分を見せ、公開状や記事を書き、財政的に行動を起こす人間、それは文学により、また文学のおかげで創造された〈人物〉、書くことと小説の出版が存在させ、世界に広げた人物だ。

　小説の題材をどのように把握するか？　題材は多様で、種々雑多で、数多い。こうした形容詞はジョルジュ・サンドの作品を性格づけるためにしばしば用いられた。それらは全体を捉えようとするとき常に便利な引立て役だった（伝記作家たちだけがこの試みに手をつけたが、一般に題名と出版年月日の長いリストを作成したにすぎなかった）。この（あまりに）広範な題材の中に指針のないことが分かる。秩序がない。整合性以外の規範も、理性以外の規準も、分類の可能性以外の測定器も持たない、文学のある構想が途中で生まれる。『人間喜劇』は誇張され、ゾラの作品（イデオロギー上の理由から長い間、怪しいとされてきた）をはるかに超えて所々で相当に疑わしいことが知られているが、その規範は、今日なお、古典主義の痕跡を明らかに引きずっている文学教育の基礎を作った教師たちの第三共和政的幻想にかなう[4]。バルザックは一八八九年以来、アグレガシオン（教授資格試験）の試験科目に出題される作家（サンドは一度も名を連ねていない）であり、規範となり、加えて、読みやすさの模範となる。評価基準を考案する古典主義の最後の段階である、身体的心理的レアリスム、空間と性格のレアリスムが勝利したのだ。

　この点について、フェルディナン・ブリュンティエールの見解が範を示し、ほとんど今日まで続くことになるものを予告している。『フランス文学史』の中でこの批評家は、サンドにおける〈清澄さ、豊饒さ、ラマルティーヌ風流暢さ[6]〉を褒める前に、サンドの小説を〈現実離れした、あるいは理想主義的な[5]〉と形容する。作家サンドはこうして伝統的に女性の文体（本質的に饒舌らしい）に結びつけられる特質、量と流暢さを付与される。もっともこの点で、サンドは、ラマルティーヌ（この時代の評価は哀れなものだ、つまり、この〈女のような[7]〉作家に見られる過度の詩句、過度の涙）を繰り返しているゆえに、模倣したにすぎない。何人かの大作家を真似することがまさに得意な女性たちの作品に対して下される判断に付きまとっているもう一つの陳腐な考えだ。そのあとで、小説の題材のかなり骨の折れる六つの範疇への分類――〈叙情的小説、社会主義的小説、実生活小説、キリスト教的小説、田園小説〉[8]――がなされる。第二帝政期に書かれ、明らかに著者が無視した小説をまったく考慮していない分類。そしてブリュンティエールは結論づける。

> [ジョルジュ・サンドは]反抗精神を理想化した。彼女は欲求を空想的な栄光で飾った。[…]彼女には思想家や芸術家としての確固たる意図がなかった[9]。

褒め言葉ではない同義語反復的性格を持つ形容語の〈空想的な〉(現実を誇示する描写の中にしかこの名に値する小説はない)という言葉の反復と、意図の欠如の名において計画全体の評価を落としていることが注目されよう。そもそも、提案された分類と矛盾しないわけではない。

打撃が加えられ、文学についてと同様、小説についてある種の見解が承認される。まず写実的であり、次いで〈実験的〉、最後に心理的(ブールジェ風)だ。これは教科書、概説、選集において、その後、再評価の対象となることはほとんどないだろう。文学作品に向き合って〈まじめな〉アプローチ(〈膨張する〉作品にあって〈はっきり〉見ることが必要だ)の持続が、サンドの場合には、苛立たしさ、つまりそうした仕事が不可能であり、作品が分類不可(暗黙の排斥がにじみ出た形容詞)なことを認める苛立ちに結びつく。今日の高校生用の選集ばかりか、大学教育用の『十九世紀フランス文学概説』に至るまで、その痕跡をとどめている。

この概説書は徹底的に作家の人生と文学作品を混同する。サンドについては、〈女性の抗議の小説〉を〈円熟〉と〈和らぎ〉の小説から区別する。〈空想的なもの〉の方は、〈悲劇的にして雄弁な〉、〈哀調を帯びた〉、〈散文的な〉あるいは〈優雅な〉といった形容語を付される。[10] 真の詩学の論述は、バルザックあるいはスタンダールの場合のようには存在しない。現存する多くの概説書、物語、選集から抜き出された一文に要約される、第二帝政下での文学活動の報告と同様に。[11] 次に、こうした状況は、理由はまったく分からないが、サンド、ネルヴァル、フロマンタンやゴビノーをごちゃごちゃに結びつけ、〈理想の方へ〉と題する章で再び取り上げられる。〈第二の円熟〉をテーマに、政治活動、恋愛、作家の出版物が再び混じり合う。〈サンドの小説の創意はおそらく『笛師の群れ』より〉はるかに深まることはないだろう。確かに作品は増加する、だが、すべてが独創の驚きを与えるものではない[12]〉。それでもやはり、これらの作品は〈紀行文〉、〈イデオロギー小説〉、〈歴史小説〉といった分類の最後の試みの対象になる。

サンド作品のこうした読解はきわめて型にはまった考えを継続するものだ。それは抵抗の時代から円熟期に至る心理分析の枠組み、一つの総体(たとえ不均質であれ)としてではなく完全にちぐはぐな、必然的に質的にも不ぞろいな一つの全体としての小説の題材の把握を前面に打ち出す。それは五〇年代初頭の田園小説以後に出版された作品について否定的な評価を下す。おそらく〈最も優れた作品〉は依然として短篇小説だ。同じような言葉が、文学史便覧の中でジョルジュ・サンドについて語られる言葉の全体を動かし続ける二重の力を示している。つまり、スタール夫人とともに、十九世紀のただ一人の有名な女性作家であるゆえに彼女について話す。(あまりに有名な)田園詩を別にして、作品は雑然とし、時代への問いかけの、結局、かなり漠とした兆しの域を出ないと断言する。特例、おそらく。だが、時代後れの言葉だ。古典主義とレアリスムの名において賞賛されるが、警戒心がにじみ出る。検閲の効果を推しはかる必要がある。対象の考察に苦労する文学史にあって、サンドの作品はとりわけ厄介であり続ける。

この点について三つの指摘をすることができる。その第一は、全般的なものだが、文学史の枠の中で分類の基本方針を考察するよう促し、作品を論じるにあたって、その起源、必然性、適用を項目別に熟考すること。第二に、分類する行為は出版界に無関係ではなく、また、これは全集出版の現象が現れてからであるのを想起すること。この点で、文学史はおそらく、(ボーマルシェがヴォルテール全集の出版を目論んだ)十八世紀末からすでに出版が確立した、総体としての作品把握や読書法を取り返す。最後に、一八七五年、出版者ミシェル・レヴィはジョルジュ・サンドに全集の新たな版を提案する(すでに幾つかあり、最も古い版は一八三四年のものだ[13])。サンドは直ちに次のような分類を提案する。①感情の研究 ②幻想小説、短篇小説、空想的作品 ③自伝 ④演劇 ⑤農村研究と風景描写[14]。小説に関する呼称の不明確さ、〈空想〉小説を再編成する項目の存在、ふさわしいとは言い難い(そしてバルザックを想起させる)〈研究〉という言葉の繰返しが注目されよう。全体をジャンル別に分類する——以後、避けられない——困難さではなく、大きく合致する主題と下位区分の間で引き裂かれた、小説の題材を考察する困難さが残る。

どうすればよいか？　二つのアプローチが本書で試みられよう。それが以下に続くページと次章の対象である。第一は、あれこれの伝記上の出来事に関連させながらではなく、そこにいくつかの反復的な作用を理解し、そこに一つの手法が生まれ、持続し、確立するのを見ようとしながら、一八三二年から一八七六年までの小説の主題をその全体、あるいはそのほとんどを考察すること。伝記的データと解釈は両立しないことを想起する必要がある。[15] 作品は、さまざまな程度で、さまざまな意識の水準で、人生の出来事や遭遇した人々の痕跡をとどめているという考えは分かりやすく、明確に述べられれば、一般に重大な結果をもたらすことはない。『概説』が躊躇なくやっているように、サンドの人生と作品を結びつける批評家たちの反復される意思を見ると、人々の考えの中で自伝的読解は、当然のように、女性－作家を取り巻く状況に結びつけられるおそれさえある。伝記にそのすべての意義と、そこから着想を得る批評的行為にすべての力を与えるには、真実のダイナミックな範囲をそれに与えることが必要であり、それは、表現という観点から作品の中に影響を見極めながら、また、適切な理論的手段を使って意識的、無意識的な過程を詳細にしながら、さらに、一個人が信じる目的だけではおそらくない目的で生み出された豊かな全体として作品を考慮することによる。

第二のアプローチは、明確な実例に基づいて、状況や立場や教訓や形式を結びつけること。これはサンドの詩学を定義し、彼女が作り出すことに成功した小説世界の独自性や、彼女が、とりわけ男性的なもの、女性的なもの、両性間の関係に関して、そこで前面に打ち出す表現の性質を明確にしようとする。

筆名が〈始動させる〉小説制作は、後にあれほどの力を与えることになる、あのゆったりとして、偏見にとらわれず、自信に満ちた様子をすぐには見せないだろう。筆名の採用から始まるアイデンティティに関わる決意は一気には生まれない。すでに指摘したように、筆名は、先行することを示唆し、次に来ること、つまり、サンドがその新しい名に意味を与え、それに化身することを可能にする、小説の豊かな題材の創出を開始する役目を同時に果たす。

初期の小説のヒロインたちは結婚制度の中で居心地よくあろうとする（もっとも、男性の主要人物たちも同じだ。感情に関する彼らの理想主義的立場を過小評価してはならない。ラルフ卿なりジャックを想起しよう）が、さらにいっそう、社会が提案しているように、自分たちが（夫婦）愛によってしか存在できないのであれば、自分たちが何者なのか、何を欲しているかよく知らないゆえに自分自身を知ろうとする。一八三三年に出版された『レリア』はさらに一歩進む。根源的な感情の悲痛な告白、つまり、生き、適応し、考え、他人の感情に反応する能力の欠如の告白として現れる。〈知的であることの悲劇の具象化〉(16)である『レリア』は、欲望を拒否する肉体と知性の喜びに抗う精神とを引き離す深淵を示す。身体の経験として女性的なものが、伝統的に男性的なものに与えられた知的活動とまったく同じように遠ざかる。だが、ある時は女性的な姿勢に惹かれ、またある時は男性的な姿勢に惹かれ――等しく耐えがたい姿勢――、それらを分離させて生きることの極度の困難、さらには不可能を作品の中で強調するやり方だ。ある時は分離を、またある時は分身を必要とする、女性の〈状況〉はまさしく耐えがたいもののように見える。

サンドが法的保護者を持たず、一人になったとき以来、この問題は彼女の関心を引く。欲望は心をとりこにし、それが前提とする自由も同じように。開放された欲望は（それが女性のものであるとき）、社会からの決定的な糾弾を呼ぶ。容認しがたいジレンマがある、つまり、多様な楽しみ、複数の男性への帰属、悪評、世間に対する無関心（これは『レオーネ・レオーニ』のジュリエット・リュイテルの立場）、あるいは、自由が呼び覚ますものの、くじけていく欲望を前にして感じる突然の激しい恐怖（サンドは『メルケム嬢』でさえもそれを思い出す。ヒロインがまったく自由に、結婚式の前に愛する男性に身を任せることを夢みるが、逢引の場所で突然病に倒れる）。『レリア』では衰弱は広がる。それは生命への道を塞ぎ、偉大な哲学的体系の中にむなしく解決を求め、結局、人間精神が獲得したものの無価値を確信して、分散し拡散する自我を窮地に陥れる性的、感情的、精神的不感症の隠喩なのだ。この〈形而上学的小説[17]〉における幻滅は全面的であり、疑い深さは痛ましい。

『アンディアナ』以上に、『レリア』は、オロール・デュパンの身に起こったすべてのことの痕跡をとどめる。彼女が文章を書くようになったこと、ジョルジュ・サンドの名で名声が生じたこと、新しい生活を自由に、異なって生きることの極度の不安。虚構はここでは、本質的な不満に対する答えをむなしく探す、指針を失った自我の問いかけに反響箱の役目を果たす。『レリア』の読解は今も困難である。時代の知識や文学的、哲学的な多様な影響（最も明白なものだけを挙げれば、セナンクール、シャトーブリアン、スタール夫人、オシアン、バイロン）に、非常に個人的な呪いや不平や欲求不満が混ざり合っているからだ。この点で、『レリア』は、サント＝ブーヴへの手紙の中で虚構の人物と作者との鮮明な類似を明白に（そしてきわめて例外的に）主張した作家の欲動の小劇場の様相を呈する[18]。これほどの慎みのなさに魅惑されるなり、あるいは憤激する同時代人たちの反応は理解できる。ネルヴァルやキネから聞こえてくるような、先入観の総合、関係づけ、混淆を検討することと、『告白』を著したルソーと変わらぬ執拗さと羞恥心のなさで自我をくまなく探り、責めさいなむ（女性の）精神を隠すところなく示すのを見ることはまったく別のことだ。もっとも、告白に類似することすべてに対して、『わが生涯の物語』の冒頭で表明された嫌悪感は、作者も作品も受けることになる、何人かの批評家たちからの極度に敵意に満ちた反応と同様に、〈ゴシックロマンス〉を装って自我の真の生体解剖を実施するこの大胆な自己虚構と関係がなくはないと考えられる。この行為はすでに何度も実践されていただけに——まず、数々の手紙の中で。とりわけ、一八二五年に若いオロールがオーレリアン・ド・セーズに宛てた手紙では、真の〈彼女の精神の物語[19]〉を語る。次いで、虚構として、『レリア』の中で。さらに、公開された手紙の形で年老いた一旅人の想像を信頼できるものとする、『ある旅人の手紙』の中で——、自伝は告白の過程から離れ、実存的で個人的な、そして感情的な狼狽をさらけ出さないよう腐心するだろう。

『アンディアナ』の出版は（準拠し、手本にしたものを意味ありげに示す[20]）若い著者を〈不安にする〉。その代わりに、『レリア』の出版は違いを認めさせる。自伝の中でサンドは宣言する。

もし、この筆名がなんらかの名声を獲得する運命にあると信じていたなら、わたしは多分この筆名を変えていただろう。だが、小説『レリア』に関して批評家たちがわたしに対して怒り狂う時まで、わたしはこの上なくしがない文士たちの群れの中で人目につかずにいることに得意になっていた。わたしの意に大いに反して状況が変わり、人々がわたしの作品の中のすべてを、署名されている名まで、激しく攻撃するのを目にして、わたしは名を維持し、執筆を続けた。そうしなければ、卑怯だっただろう(21)。

従ってジョルジュ・サンドを作るのは『レリア』だ。〈書物と呼べるものではまったくなく〉、〈苦悩の叫び、あるいは悪夢(22)〉のこの小説だ。作品の署名に対する攻撃は最終的に自己と文学と名の間の一致を認める。その名で、その名を使って若い女性が存在する。それはサンドが可能だと信じるふりをしていることを実現する、つまり、偶然の筆名を捨て去ることだ。論理はほとんど納得させないが（事実は反対のことを伝える）、それでも〈男性的な〉行動を示す幾つかの観念（攻撃、維持、勇気、名‐作品の追求）を関連づける。実際には、この困惑させる作品が表す自伝的虚構は、〈『レリア』の主題は芽生え始めた情熱とともに消えた情熱以外のなにものでもない(23)〉という重大な争点の対象なのだ。まず何よりもサンドにとって主要な作品について彼女自身が与えた数度目の定義。一つが死に、もう一方は死なない。デュドゥヴァン夫人は死んだ、だが、ジョルジュ・サンドは軋轢なしに、おそらく、深い動揺なしに夫人に取って代わりはしない。

伝記で広く活用される[24]、レリア／サンドの一致には実質的な妥当性がある（それは安易な同一化の結果ではない。たとえばアンディアナに投影されたサンドという解釈は、著者自身が破棄した[25]）が、限られた時間の中での妥当性だ。『レリア』を改訂すること、一八三九年に第二版を出すこと、文学史上稀な事実（そしてサンドにあっては何篇かの小説に限られる）は、多くの点で意味深い。なされた侮辱に対し、サンドは反論しなければならないと思う。したがって一八三六年七月十日、彼女はマリ・ダグーに書く。

あなたにもうお話ししたでしょうか、『レリア』を根本的に書き直しています。わたくしを病気にした毒は今ではわたくしを治してくれる薬です……この本はわたくしを懐疑のどん底に突き落としました。今ではわたくしをそこから救い出してくれます。病気が本を書かせ、本が病気を重くすることをご存じですね。快復についても同様です。この怒りの作品を寛容の作品と調和させ、造形美を保つのは一見して容易なことには思われません[26]。

『レリア』を構想させた病い（そしてそれにより深刻さが増した）には回復が応えなければならない。この回復には六年を要するだろう[27]。確かに隠喩は月並みだ。病気、憂鬱、物憂さ、あらゆる種類の衰弱のおかげでロマン主義はそれを平凡この上ない常套句にした。それでもすべての力をそれに取り戻させなければならない。ここでは過去から立ち直り、時が消し去り、変化させ、破壊し、変貌させるにまかせることが重要だ。『レリア』を根本的に変えること、それはサンドを別なものにすることであり、そのイメージを強固にし、より卓越した叙述の技巧に役立つようにその実存的不安を弱め、(心理状態よりもむしろ)職業を勝利させることだ。それはまた、『レリア』が、サンドにとって口にする必要のあった怒りや無力や混乱の先例のない告白であるのを、反復により、想起させることだ。『わが生涯の物語』より多くの点で真実であり、のちに自らの存在を皮肉りながら、絶えず後悔することになるこの行為は、自己であることの困難さ、社会がとにかく抑え、たとえ恋人であっても男性には半ばしか理解できない、不可能で多様な願望を持つ女性であることの困難さを最もよく見せつけるものだ。

感情と性の自由(それを喜んで受け入れるのは娼婦以外の何者であり得よう?)が見せた深淵に直面し、社会が居場所も働き方も制度も準備していなかった女性の〈芸術家〉的特質に直面し、この極度の動揺は、程度の激しさに相違はあれ、多くの小説の中で、『歌姫コンシュエロ』や『ルードルシュタット伯爵夫人』が出版される一八四二年―四三年まで聞こえる。自殺は当時、常に魅惑的だが、それでもいつも間一髪で退けられる誘惑として絶えず付きまとう。おそらく、オロール・デュドゥヴァンが、自身で決然として作り出したものであることを受け入れるには、そして、女性の困難な状況や、加えて、ある特別な立場、つまり、社会が不都合な撞着語法と見なす、女性芸術家の立場のまさしく耐えがたい緊張を告発することのみに虚構が使われなくなるには、かなりの時間が必要だろう。

男性、女性。性差を超えて、問いかけは続く。これが、『レオーネ・レオーニ』や『アンドレ』と同じく、一八三四年の夏の間にヴェネツィアで執筆された『ジャック』の語ることだ。形式の点で見事な創意を見せる書簡体小説『ジャック』は、『若きヴェルテルの悩み』を想起させずにはおかない[28]。主人公は、その義務や慣行や偏見を憎んでいる社会に対して激しく反抗する。彼は一時期、愛と結婚により救われると信じたが、やがて間違っていたことに気づく。妻のフェルナンド・ド・トゥルサンは、別の男性オクターヴを愛している。そこで彼は自殺を決意する。小説は感情の不可避的な揺らぎを探り、結婚の虚しさを証明する。愛は自由であるべきで、社会はいかなる種類の法律によってもそれを抑えることはできない[29]。率直に、男性も女性もいかなる場合にも姦通を認めるべきではない。真の堕落はそこにあるからだ。このような小説は、フロベールやゾラの賞賛[30]を得ることになるが、恋愛小説（そしてバルザックの小説）の伝統をあべこべに受け止めている。見かけはきわめて陳腐な形式（書簡体小説）を採っているが、それは明白な急進的立場の表明で話を複雑にするためだ。誘惑の手練手管と（注目すべき鋭さで、この上なくひそやかに心が震えるといった）相思相愛の幸せを聞かせるが、別の人を愛する者、そして、自分が裏切られたと知る者の極度の動揺をうまく伝える。それに順応する人間もいれば（これは夢みがちな性格の女性フェルナンドの場合だ）、理想と人生に対する嫌悪感の間で奇妙に引き裂かれ、完璧など存在しない社会から退くほうを選ぶ者もいる。すべてか無かだ。これは名を捨てて実を取る、サンドらしいやり方だ。それでもやはり、憂愁や、幸せのある種のイ、メ、ー、ジ、を断念することの不可能さが残る[31]。

一八三五年、『アンドレ』（失敗に終わる結婚のもう一つの物語）を著したサンドが、厭世的気分と関係を絶ち、落着いて次のようにはっきり述べるのはその年の五月のことだ。

わたしの職業は自由であること、わたしの好みはだれからも厚意も恩寵も受けないことです［…］オドリーが言うように、これがわたしの性格なのです。(32)

話は少しずつ変わっていく。今や、サンドは部分的に解放されたように見え、死の付きまとう過去は遠ざかるように思われる。作家は〈素晴らしい、全的な自立〉(33)を恐れずに要求できる。小説の題材は調子を変え、ジョルジュは徐々に生命と生来の楽観主義の方へ、特異な、そして自由に自分自身になれるやり方についに到達したという確信から汲み取った心理的活力の方へ移行する。執筆活動はそのこと、つまり、喪の克服、自殺の断念、自己軽視や抑うつ的姿勢の段階的放棄が成し遂げられる場だ。オロールの力は新たな小説を書くたびによりはっきりとジョルジュ・サンドになることだ。

冒頭からすでに男性と女性を対峙させる結婚小説『シモン』はどのように両性が力を競い合い、なじみ、やがて、互いに認め合ってずっと傍にいることになるかを語る。フィアンマは結婚を望んでいなかった（後に続く多くのヒロインと同じく）が、献身的で明敏な、率直で偏見のない愛に〈自然に〉身をゆだねる。(34)例外的なヒロインのために、サンドは同じような男性主人公を創造する。明らかに、現実離れした解決は、コレットが『感傷的な隠れ住まい』以来、やっているように、男性を面白みのないものにするまで疎外することや、マルグリット・デュラス[35]の小説で反復される筋書のように、恋する女性の生活を、その愛の対象を奪う競争相手の登場で破壊することではなく、男性をあらゆる資質を備えた女性にふさわしい存在にすることにある。『シモン』は、何人かの人物の誕生に結びついた重大な家族の秘密（フィアンマはカルボナリ党員の英雄の私生児）が存続してはいるが、この小説の方が凌駕している『ヴァランティーヌ』を想起させる（フェティシズム的な最初の場面が同様にある[36]）。もっとも、『ヴァランティーヌ』で吐露された次のような結婚や人間の条件や神に対する誹謗は『シモン』にはない、まったく。

――ああ、最も神聖な権利の忌まわしい侵害！〔…〕女性に対する男性の卑劣な横暴！　結婚、社会、制度、それらに憎しみを！　死ぬほどの憎しみを！　そしてそなた、神よ！　わたしたちを地上に放り投げておきながら、わたしたちの運命への介入を拒否する、創造主。弱きものをこれほどの横暴と卑しさにゆだねるそなた、わたしはそなたを呪う！　そなたは創造したことに満足し、維持することに無頓着で惰眠をむさぼっている。そなたはわたしたちに聡明な心を与え、そして不幸がそれを窒息させることを許すのだ！　のろわれよ！　わたしを宿した腹はのろわれよ[37]！

『シモン』では、神は助言者と最高判決の役目を果たす。フィアンマがその愛をシモンに告白するとき、神が呼び出される。[38] 一年後に発表される『モープラ』と同じく、『シモン』は歴史と政治を〈小説は王政復古下に展開、一人の亡命者のフランス帰還が主題だ〉、愛と理想を〈愛ゆえに俊英な弁護士になる村の謙虚な若者が主人公であり、彼は愛する女性のまったくの貧しさを結婚の条件にする〉結びつける。そこには、〈社会主義的〉教訓や、現実離れした幸せな未来が約束された何人かの人物〈風変りな実業家、思慮深く優しい老農婦、善良な資産家、滑稽な競争相手、など〉と同様、教育的言葉がないわけではない。反面、作者は慣習により自動的に男性に与えられる独断的な語り方を皮肉る。[39] かくして『シモン』は新たな小説の題材の基礎を作る、つまり、強靭な精神の持ち主たちを避けがたい不幸に向かわせるよりも、十分に考えられた正当な結婚という解決策の力強い励ましを、愛の中にいずれ生み出す生活への展望を示す小説題材だ。

三〇年代、四〇年代を通じて、小説の二つの傾向が一致して進展する。第一の傾向は、憂愁をその〈状態〉の基礎に、憂うつ〈厭世的気分〉をその個人的苦悩にする、ロマン主義的精神状態だけに帰するのは間違っていると思われる不安の叫びを聞かせる。ここでは虚構が、ともかく〈病んでいる〉ヒロイン〈ときに男性の主人公〉を創造することで、その不満を倦むことなく表明する抑うつ態勢を準備する。ある時は、情愛が原初的な理想郷に通じる形で想像され、またある時は、失望させ、そっと姿を消し、あるいは、誤りをおかす。しばしば盲目であり〈アルベルト・ド・ルードルシュタットに対するコンシュエロのように、その対象を認めないか、あるいは認めるのが遅すぎる〉、あたかも誤りが感情領域で、必然的に悲劇的運命を課し、想像し得る唯一の機能であるかのように。『マノン・

レスコー』のリメイク（だが、信仰も道義もない男性の後を追うのは女性だ）の『レオーネ・レオーニ』は、愛すべきヴェネツィアものの幻想的作品と誤って見なされたが、こうした理由で、〈精神状態〉をとりわけよく表している小説だ。

この特異な姿勢はサンドにあっては裏面があり、それは反対に進み、小説の題材を理想主義の不確かな道へより明確に向かわせる。ここでは虚構は、存在することの極端な難しさを映し出す鏡や、自殺を望みがちな性向の反映の役目を果たすだけではもはやなく、幸せを約束された愛の探求へと人物たちを向かわせる。小説は、現実が否定的なやり方で裏づけることになるきわめて重要な問題を提示するのに役立つ。あるいは、小説は真の感情の認知に好都合な解決策を提案する。（男女の）主人公たちはそこで恋愛の正しい選択をする。小説はこうした愛情が結婚に至るために、いつもそれを実現するわけではないが、どのような調整が必要とされるかを物語る（たとえば『フランス遍歴の職人』、『ポリーヌ』、『オラース』、『ジャンヌ』、『アンジボの粉挽き』、田園小説群、『アントワーヌ氏の罪』、『デゼルトの城』、ほか多数）。芸術家たちだけがその愛情や恋の歩調を圧倒的多数の人々のそれに合わせるのに苦労するように見える。イタリアを舞台とした何篇かの小説が、とりわけそのことを想起させる。従って、サンドはしばしばよそに場面を設定するよう配慮する。予想される決まり文句、ロマン主義が使い古した決まり文句（絵画、音楽、陽気さ、飾り気のなさ、活気、溢れる日光）を彼女がしばしば繰り返す国に。『ある旅人の手紙』、『ラ・ダニエッラ』（ここでサンドは国とその表現について説明し、判断をまかせる）を別にすれば、イタリアはしばしば、描かれた画布、（舞台）装置、容易に活用しうる文化的、文学的案内でいっぱいになった記号以上のものではほとんどない。
こうした状況の中で、小説の題材について認められることに対応して、書簡や序文でも自殺を断罪し、厭世的気分の魅惑に対して反抗する漸進的な傾向が指摘できる。『レリア』の再版のために書いた一八三九年の序文の中で、サンドはこの点について意味深く総括する。つまり、一時代の特殊な状況や、苦悩を語り絶望を鎮めるために上がった大きな声を思い出させる。忘れてはならないが、もはや模倣しようと努めるべきではないこれらセイレンの悲しい歌(彼女たちの不幸は現実のものだった)に屈したと告白する。

ゲーテ、シャトーブリアン、バイロン、ミツキエヴィッチといった、懐疑的に宗教的な、あるいは宗教的に懐疑的な、われわれの詩人の大いなる声が恐怖や憂愁や、この世代を襲った苦悩を力強く崇高に〔…〕謳い上げるのを聞いたとき、もっともなことだが、われわれもまた嘆きを表明する権利があると主張しなかっただろうか〔…〕？　われわれの心が受けた深い傷を物語るために、嵐の中でわれわれが避難できるようノアの箱舟を建造しなかったと同時代の人類を非難するために、どれほど多くが筆をとっただろうか？〔…〕だからルネ、ヴェルテル、オーベルマン、コンラッド、マンフレッドが彼らの深い痛恨を表明する卓越した章句を重要な教えとして受け入れよう〔…〕これらの章句は人類の詩的年代記に、というより哲学史に属している。〔…〕芸術家として進歩するよう努めよう。〔…〕だが並外れた虚栄心も偽善的な達観も抱くことなくわれわ

れが闇の中でさまよったこと、そこで、その痛手が忘れられない傷を一つならず受けたことを思い出そう。(40)

意味深いやり方でサンドは、『世紀児の告白』の有名な第二章でミュッセが成し遂げた行為に加わり、自らの姿勢を世代の問題とする。彼女はその哲学的、文学的規範、さらにロマン派の作家たちが一体化しようと試みた小説の登場人物たちまでを想起させる。しかし、彼女は、ミュッセと同じように、完全に個人的な体験を一時代の熱望という好都合なついたての後ろに隠す。(41) この行為はしばしば後にも繰り返されるだろう。書簡や序文がそれを証明する。サンドは苦悩や不幸からゆっくりと退き、やがて、そして長い間、彼女の主要な特徴となる活力と楽観主義のためにそれらと訣別する。(42)

五〇年代から第三共和政初期までに出版された小説は、全体として、すでに大まかに言及した特徴を持ち続ける。たとえば、『モン＝ルヴェシュ』、『笛師の群れ』、『緑の奥方』、『黒い町』、『コンスタンス・ヴェリエ』、『ヴィルメール侯爵』、『ジェルマンドル一家』、『アントニア』、『ある若い娘の告白』、『メルケム嬢』、『美男のロランス』、『ナノン』、『フラマランド』だ。しばらくの間、取違えや疑惑や秘密を引き起こし、そこに世代間の軋轢がないわけではない、しばしば複雑な家族の物語を背景とする相変わらずの結婚小説。(男女の) 主人公たちが片親の子であり、父親やいわば代理の母 (乳母、農婦あるいは下女) と仲良く暮らしている物語で、特に母親の姿がしばしば不在だが、ときとして予想外なやり方で戻ってくる (『名づけ子』)。筋の展開の推進力となるこれら昔の物語が人物たちの今に付きまとう。彼らは愛情の目的を明らかにした後で初めてそれに到達する。だが、最も一般的に、男女はお互いに相手を見分け、結ばれる。独身の彼らが（とりわけ若い娘たちが）意のままに享受し、しばしば断固として守ってきた自由は、小説の結末で結婚生活での貞節と入れ替わる、もっともそれぞれの美点が結婚生活の成功をあらかじめ保証しているが。

十九世紀の大部分の小説家と同じように、サンドは家族構造をあらゆる種類の恋愛プロットの典型的な枠組みにする。その機能を検討しないわけではないが、バルザックはより巧みにそれを変質させようとする。この強固な核構造は、実際、多くは家族の結束とその拡大に努める多様な小説的組み合わせのいわば育成の場として役立つ。一方では、強い絆が多くの場合一人っ子の子どもを親に結びつける（しばしば片親の家族で）。他方では、（将来の）幸せは、すすんで共同体的な機能様式を取り入れる再構成家族の構築へ誘う。（この点で、『モープラ』や『笛師の群れ』で指摘され得たことがほぼ一般的に法則と見なされる）。かくして二重の要請が働いているように見える。すなわち、この上なく〈自然な〉愛情関係は父－娘、母－息子といった一種の最小単位に帰着された家族であるということ。ひとたび結婚するや、若者たちはある種の幸福な感情的孤立ではなく、逆に開放を企てる。そしてそれは同じ場所に彼らと数人の友人や家族のメンバーを集結することで行われる。個人の幸せは、力と意味を与える集団計画への加入なしには考えられない。サンドは一般的に両親の性生活については（小説の時点では存在せず、彼女は時々、過去に犯した過ちとして回顧させる）、母と娘、父と息子のほとんど考慮されない関係と同様に棚上げする。[43] 彼女は従って十九世紀の核家族にふさわしい機能形態を作り直すことはほとんどなく、終わりにその理想的な輪郭を示唆する、しばしば複雑な小説の仕組みを提案する。

作家が身を投じた虚構の長期にわたる仕事は、こうして徐々にそれぞれ独自のテンポ、論理、主体性を見出してゆく。それは、一種の途方もない分析（この用語の臨床的意味で）の実験室の役割を果たす。そこではアイデンティティの問題が、しばしば女性主人公の観点から、倦むことなく取り上げられる。わたしは何者なのか？　わたしは女性として何を望んでいるのか？　男性はわたしに何を望んでいるのか？　他人はわたしに何を望んでいるのか？〈夢みた〉（人道主義的、平等主義的、共和主義の）社会はわたしにどんな場を指定するのか？　サンドの小説による答えはここでは全体に通じるもので、理想的に一般化できるものだ。それらは、不安に満ちた問いかけの段階や、自我の苦悩に大きな位置を与える小説の段階を（大きく）超えた。これ以後、ジョルジュ・サンドは事を図り、事を成すのに読者を信頼する。小説が〈会話〉になったゆえに、反抗よりも真の愛を見つけることで理解し、過去から回復しようという試みを語っているゆえに、一八五一年以降に書かれた序文が断言するように、それを読むのは〈喜び〉であり、〈幸せ〉でさえあるだろう。

このような読解が作品の政治的、宗教的、あるいは空想的な側面を過小評価すると考えるならば、筆者の意図が、全体の力学のために特異性を避けることであるのを見失うだろう（これこれの小説は、社会のこれこれの事象を――『オラース』、『黒い町』――、これこれの政治的立場を――『アントワーヌ氏の罪』、『アンジボの粉挽き』――、宗教に関するこれこれの考察を――『スピリディオン』、『ラ・

カンティニ嬢』――、これこれの空想的な仕組みを――『緑の奥方』、『ローラ』――説明する、等)。それは同様に、サンドが最初に、数多くの序文の中で明言するように、小説を論壇にするつもりはなく、〈小説的なもの〉を感情の説明の場にするつもりでいるのを見失うことになるだろう。これらが、伝統的読解とは反対に、アイデンティティ、家族、男性、女性について完全に独創的なやり方で問い続ける小説的なものすべての首尾一貫性を示すための配慮からここで言及されなければならなかった、一見非常に多様な物語の状況の恒常的な特徴だ。虚構の仕事は、議論の余地のない信念の表明の中によりも、家族の駆引きの場での役割と立場の無限の組合わせの中に、小説の人物と状況の創作の中に、想像上の地図の作成の中に(44)、筋書きや、独特な物語の形式の複合的な練成の中にある。

こうした一連の考察に、大部分の小説が革命前夜から第三共和政までの「歴史」に与える位置を付け加えることを忘れてはならない。歴史についての、歴史に関するこの考えが、バルザックにおけるように、社会の描写でありたいと望む小説の題材のかなめになってはいないにしても、それは、本質的に理想主義的であり、レアリスムではないが、『アンディアナ』から『アルビヌ・フィオリ』に至るまで、過去に関する継続した思索の指標がちりばめられた全体の中に積極的に存在している。〈すべてが歴史に貢献し、すべてが歴史だ、それらが生み出された時の政治状況にまったく関係がないように見える小説でさえも(45)〉と、〈革命の世紀〉が引き起こした大混乱と同じく、歴史と小説の間の切り離せない絆を意識して、サンドは『わが生涯の物語』の中で断言する。特定の時間的痕跡を常にとどめているわけではないが、小説がそれぞれのやり方でそれを語る。

第8章　詩学

――あなたは「人間喜劇」をお書きになります。この題名は控え目にすぎますね。あなたなら正劇（ドラム）や人間悲劇も同じようにうまくおできになるでしょうに。

――確かに、と［バルザックは］答えた、それであなたの方は人間叙事詩を作り出される。

――今度は、題名が高尚にすぎるでしょうと、私は言葉を続けた、私は人間味のある田園詩、詩、人間の小説を書きたいのです。

『フランス遍歴の職人』、一八五一年の序文(1)

前章の終わりで提起された問題は、小説の機能と特質を細部にわたって明らかにするために小説の題材を子細に考察し、全体の整合性を強調する目的で、一般的な言葉ではなく正確な言葉でそれらを把握するよう促す。そのために、比較的知られていない『モン＝ルヴェシュ』と『ジャン・ド・ラ・ロシュ』の二篇の小説を考察しよう。サンドにあってすべての作品は、どんなものであれ、直ちにそれとわかる独自の世界観を提示する。どんな偉大な作品についても、また、独自の手法を作り上げ、独自の作風を創造することができるどんな偉大な芸術家についても、事情は同じだ。[2] 確かに、『デゼルトの城』よりも『笛師の群れ』に力強さや長所や価値を認めることができる。[3] それでもやはり、それぞれの小説が全体の性質を持ち、その断固とした独自性を回折させながら、繰り返す。サンドにあっては、主として田園を舞台にした数篇の傑作と、そのほか、多くの小説——。このような常套句は捨てなければならない。それは著しく作品全体を損なってきたし、今も損ない続けている。それはまた非常に多くの小説が忘れられる原因になった。今日、ジョルジュ・サンドの作品のまったく雑然とした、一貫性のない出版状況がそれを雄弁に物語っている。作品は生き生きとし、多様で、創意に満ち、全体であり部分なのだ。それら部分が互いに呼び合い、響き合う。それらは並外れた一つの作品以上に、一つの計画の不断の要求を表す主題全体を構築しようと努めている。十分に深く理解できないかもしれないが、それでも手初めに、小説の出版や再版に際し誠実に添えられる序文を理解することだ。

サンドのすべての考証資料は、アンナ・ザボの研究のおかげで自由に駆使できることになったが、もうひとつの聴き取りも可能であり、作品——エッセイや紀行、短篇、戯曲あるいは小説——それぞれに対する作家の並外れた意識をよりよく推し測ることが可能だ。文章を書くことに対し書簡の中ですすんで標榜されている屈託のなさの痕跡は序文にはほとんど見られない。序文は、読者に対する責任、批判に答える権利、文学の動機と方法に関するいくつかの個人的事実を中心に組み立てられ、作者の態度が明確にされた、作品の裏面を構成する。エッツェル*が大いに懇請したこれらの言葉や、小説家の生涯を通じて企てられたさまざまな全集の計画は、ロマン主義、次いで、レアリスムを確信と明敏さをもって経ながら、時代に沿って小説の真の詩学を構築する。全体は極度に内容豊かで、多様で、そしてとりわけ、それが占める膨大な時間のために、矛盾も一つならず見られる。作家の、自己や文学活動との関係のいくつかの重要な要素だけをここでは取り上げよう。

＊一八一四—一八八六。フランスの編集者、作家。サンドの著作の出版に長く関わった

序文の企ては絶えず呼称の問題に直結する。サンドは、作品の決定的要素である目的と独自性が見落とされることのないよう、作品を理解しやすくし、抑制し、支配するために名づけるのだ。読者との媒介と共有のための場である序文は提案し、正当化し、解説し、判断するよう呼びかける。それは作者の声を聞かせるが、サンドは時に明確なあて名あるいは対話形式を選ぶだけに、それはいっそう効果的なのだ。

誰が語っているのか？　この質問に答えるならば、口にされる表現はすべて男性形だ。サンドは自分を次々に〈語り手〉〈作家〉、〈歴史家〉、〈物語作者〉、〈作者〉、〈一介のもの言う人〉、〈芸術家〉に指名する。こうした表現は大部分の序文——そこでは好んで、青年、あるいは、青春の苦悩や動揺を脱した壮年の男性といった、男性作家の虚構が提供される——に見られる[4]。第一人称で明確に述べられる言葉に伴う大いなる真正さはそれに伴い方向を変える。一方で、ジョルジュ・サンドは読者を作者の男性名に結びつける契約を厳密に果たし（『捨て子のフランソワ』の前書きの例はこの点でとくに大きな意味を持つ）、他方で、多くの断言がそれを証明しているように、聞こえる声は確かに彼女

について、その誠実さ、その信念、そして女性の拒否について語る。それはつまり、事情をわきまえた上で文学において引き受けた男性的立場と、サンドが少しも隠そうとしない女性である作家との間の緊張が残っているということだ。したがって、作者の曖昧で一般的な言葉の背後に身を隠すことではなく、反対に正式につけられた名‐仮面の後ろで、自己を、その結婚や女性的なものとの関係を、政治的、宗教的信念を、文学の舞台を占める独特なやり方を語ることが必要だ。両性具有を誇示する中で、最後の序文まで思いのままに引き延ばされた、ジョルジュ‐オロールのパラドックスがそこにある。

　サンドは作者の名を明らかにするにとどめず、作品の物語的側面をとりわけ強調する（語るべき物語、なすべき小話、繰り返すべき夜の団欒の話がいつもある）。彼女はまた、軽妙さ、諧謔、詩情をしばしば前面に打ち出しながら、次に来る虚構を性格づけようとする――続くテクストの重要性と興味深さを否定するやり方。この方法は何度も明示される。これら三つの要素（作者の性別、物語の強調、屈託のなさ）は、小説の美学に関してなされる解釈が繰り返すことになるものを確かに告げている。それらはふとした思いつきと想像力を強調し、文学的野心との間に面白がって距離を置くことを標榜し（〈観察する〉ことと〈描く〉ことを分かつ深淵を意識しながら、サンドは好んで、私はもっとうまくやることができただろうと繰り返す[5]）、小説の分野での真の詩情の追求をひけらかす。〈インクと紙は人生を美化するために発明されたのです、詳細に分析するためではありません〉[6]と、一八三九年、マリ・ダグーに書いている。『テヴェリーノ』、『ポリーヌ』、『海賊ウスコク』あるいは『ル・ピッチニーノ』に関して〈ふとした思いつき〉と作者は明言する。〈軽妙な小品〉(『へぼ詩人アルド』)、〈対話形式の小説〉(『田園の悪魔』)、〈格言〉(『ミシシッピ会社の株主たち』)、〈詩的なエッセイ〉(『レリア』)。『マルシへの手紙』は、〈事件のない小説〉[7]と名づけられる。こうしたレッテルのすべては、第一の特質があらゆるまじめさを拒むことであるように思われる小説計画の軽やかさを強調するよう機能する。批評家たちは進んでそれを指摘し、そこに、ありふれた戦術――金を稼ぐか、気晴らしをする必要のためにのみ行い、作品を生み出そうと努めること、さらには、特異な詩学や文学についての考察を始めることを自らに禁じる活動を過小評価する女性らしいやり方を認めた。しかしながら、サンドはこの領域で見せかけの屈託のなさと、作者の立場について非常に巧みな言葉で構成された、きわめて曖昧な主張をし、事情はもっと複雑だ。

〈虚構を愛して〉[8]、作家は進んで物語の定着に訴え、そのために重なり合うこともある二つのやり方を用いる。第一のやり方は、日記や手紙や書簡体小説の一人称での語り(これによって物語の真実性が強化される)を使うことで、言葉のできる限り近くにとどまることにある。第二のやり方は、さらに一歩進んで、耳にした会話や、貴族なり農夫の語り手が偶然口にした物語を書き写したと装うことにある(それは、一八四七年から一八四九年に執筆された田園小説三部作の語り手、麻打ちの場合であり、同じく、『笛師の群れ』の語り手、エティエンヌ・ドゥパルデューの場合だ)。第一の場合では、文学では知られた形式どおりの口伝えの身ぶりがあり、第二の場合では、口承的側面は序文あるいは物語自体の中で物語の由来の状況を伝える話で強化される。聴取があり、次に収集がある。この後者の行為は転写の形を取ることがある。これは『モープラ』の場合（それは受取り人が分からない手紙でもある）[9]であり、あるいは、『捨て子のフランソワ』の場合のように翻訳の形を取ることがある（前書きで作者は、夕べの団欒で聞いた物語を取り上げるが、まるで右手にパリの人間、左手に農夫がいるかのように語る必要があると言う）。口承形式に魅惑され、物語を挿入する技法を巧みに用い、書簡体小説の形式上の可能性を見事に活用するサンドに、〈人々＝語り〉[10]に関するトドロフ*の指摘が適用されるのは十分に正当なことだ。飾り気のないものにする、〈自然に、素朴に〉[11]書くことは、とりわけ、小説の主題が農夫や職人の世界にかかわるとき、形式的観点から、さらに文体の観点からはいっそう、単純にすることを意味するのではない。小説、中でも田園小説の形式に関する体系的な研究から、サンドの語り方に関しては、単純な物語の形式ではなく、反対に、非常に大きな創意工夫のあることが明らかにされるだろう。このことは考察する小説が何であれ、証明されよう。それはまた、いわゆる〈女性らしい〉ジャンルの問題の見直しを可能にしよう。[12]伝統的に女性作家に結びつけられた、手紙、書簡体小説、恋愛小説、さらに単に小説は、この見地から検討し直されるべきであろう。サンドによる著しい充実化や、ある程度まで、『アンディアナ』から『アルビヌ・フィオリ』（作家の死で中断される書簡体小説）への方向転換を含めて。

＊一九三九—。ブルガリア出身の哲学者。文芸評論家。構造主義的文学研究の先駆的存在。邦訳書に『象徴の理論』『異郷に生きる者』（法政大学出版局）など

作者を規定し、これから読まれる作品の性質を定義したあとで、序文執筆者サンドは文学制作の中

で自らの位置を明確にすることに腐心する態度を示す。誰に似ているか？　どのような文学的家族の中に自分を認めるか？　作家は、自分が一線を画そうとしているいくつかの傾向を特に強調する。つまり、苦悩をかきたて、実存の深い不安を語るロマン主義の〈憂うつな〉大きなうねり[13]、恐怖と意外な出来事の中でエスカレートする暗黒小説[14]、現実を好きなように悲観的に見る大衆小説の強烈にすぎる露骨さだ[15]。それは理解される。彼女自身はそこで古い悪魔と戦い、古い幻惑を押しのけ、文壇デビュー時には無関心でなかったジャンルを軽蔑する。それらを非難する語調は厳しいものになる。徐々に、サンドはある種のロマン主義から遠ざかる。それは物語のまったく別の語り方の引立て役だ。本章の冒頭に引用したバルザックとサンドの間のものとされる対話はこのことを繰り返す。サンドは正劇《ドラム》も悲劇も喜劇も書きはしないだろう。彼女が、ためらわずバルザックの巨大な企ての反対に置く自分の世界、それが小説であり、彼女の題材であり、現実離れしたものだ。この小説は理想化する。それは感動させ、感嘆させ、ほろりとさせる。その性格は牧歌的だ。田園と農村への定着、田舎と風景の穏やかさ、人々の行動の親切さがその特徴をなす。田園詩と作者は言う。

同時代の文学や、ダイナミックでさまざまに変化する全体の中でのジョルジュ・サンド自身の位置に向けた強い関心は、彼女にあっては、差異や束縛の拒否や自由を倦むことなく要求する言葉を伴う。時代の厳命に応えて、流行への無関心（〈私は祖父の服を着続けるだろう。着やすく、簡素で、丈夫だ〉[16]と、『ルクレツィア・フロリアーニ』の序文執筆者は断言する）、誤りを犯す権利[17]、〈知的な喜びに夢中になりすぎ[18]〉ていると明言する者として連載小説の恐るべきスピードの拒否を誇示する。文学において〈ジョルジュ・サンド〉は好きなことをし、語りたいことを好きなように、好きな時に語る。たとえこの気ままさの原則やこの自由の感情が、出版界の強力な制約ときわめて現実的な経済的必要から絶えず手ひどく扱われようとも。自由は確かに最も力強く聞こえて来るが、現実には、最も実現困難な要求なのだ。

教育者、哲学者？　答えはどっちつかずのものだが、原則として本質的に否定の答え。

哲学的作品の主題は実際に証明することだ。しかし芸術作品なり文学作品は有益でもあるが、これほど高尚な使命を持ってはいない。その仕事はある時代や、ある状況における人間の心なり精神の状態を示すことだ。結論を下すのは哲学だ。[19]

ある者たちが私を笑いものにしようとして私に割り当てた教育者の役割を避け、他の者たちが私を執拗に責め立てた傲慢や怒りの衝動を嫌い［…］私は芸術家としての能力に従って人生の分析を通してその総合を求めて行動し、時には真実らしいと認めてもらった事実を語り、入念に調べることができたとしばしば認められた性格を描いたのだ。[20]

それでは社会問題への参加や、信条や、文学の道徳的目的はどうか？　この点で、サンドの姿勢は、すでに何度か示した自分の仕事の意義のあの否認から生じているにせよ、一見したところ受ける印象ほどおそらく矛盾していない[21]。文学は見せるが、証明はしない。感情が扱う唯一の主題であるという意味で、また、人間や状況の正当な感情が作家を導くという意味で、文学は何よりも感情だ[22]。おそらく〈熟考させる[24]〉義務はあるが〈道徳的責任の問題〉、哲学的エッセイとは逆に、楽しませ、愉快にし、夢みさせることができる描写にその使命がある[23]。そういうものとして、こうした描写は〈実証的な現実研究[25]〉ではなく、〈少しばかりの理想[26]〉が入るべき現実改善の企てなのだ。そのあとで、結論を下し、異議を唱え、質問するのは読者の自由だ。

小説の本題と特性は物語を語ることであり、読者はそこから思いどおりに、作家が自らの感性［原文のまま］によって表明する見解に適ったものであれ、あるいは逆のものであれ、結論を引き出すべきだ。作家は悪の、あるいは善の危険なり利点の具体的例で何ものも証明することはない[27]。

もう一度、作家の自由、それに読者の自由が応じる。サンドの方では、表明された批判（中でも結婚制度への反対に対して）に答え続けるだろう。周到に、彼女は序文を対話、説明、正当化の場とするだろう。明らかに、文学は効果を生み出すべきだ。サンド効果のこの繰り返される意思は、習熟の強い認識および文学における権威の立場の完全な承認のもたらす結果だ。したがって彼女は、虚構に特有の〈空想力〉の名において作家が誇示する屈託のなさと同様に、読者に認めた自由を部分的に訂正する。テクストに付随した文章の存在や、明らかに作品《フィクション》がそのための熟考となり責任となる権威あるものをしっかり記憶せざるを得ない。

文学で何かを証明することの不可能性についての確固たる序文を付して、『モン＝ルヴェシュ』が一八五三年に出版される。[28] 小説は、真の友情で結ばれてはいるが、社会的にはすべてが異なる二人の青年の対話で始まる。フラヴィアン・ド・ソージュは、モン＝ルヴェシュという小さな城を相続したばかりの裕福な貴族であり、ジュール・ティエレは、作家になることを夢みるつましい中産階級の人間だ。[29] 前者はモン＝ルヴェシュを売却しようと地方に旅立ち、後者は不動産を取得したいと望んでいる裕福なブルジョアのデュテルトルを知っている。デュテルトルは若いオランプと結婚しているが、先妻との間にできた三人の娘——冷たく高慢なナタリー、衝動的であだっぽいエヴリーヌ、優しく思いやりのあるカロリーヌ——の父親でもある。まるで『シンデレラ』風の話、『ピクトルデュの城』によく似た、短い物語の要約のようだ。[30] 実際には、筋はむしろ演劇を思わせる。第二帝政下で執筆された多くの小説と同じく、主として対話により進行する（口論と仲直り、困惑と釈明）。対話自体も、花や手紙や詩の送付は名あて人が見つからなかったり、名あて人を間違って混同するといった、一連の取違えが根底にある。下僕たち（たとえばクレジュスとフォルジェ）の愉快な姿を登場させ、恋する男女を、最初から向かい合わせて、彼らの結婚計画の実現性だけが二人の会話の主題となるこの小説にはマリヴォー的なものがある。[31] 社会劇の実践は確かにここを経てきた。典型的な人物と型通りの状況の主要な舞台は二つの所有地モン＝ルヴェシュとピュイ＝ヴェルドンの部屋、サロン、庭園だ。デュテルトルは最後にはエヴリーヌとジュール・ティエレ、ナタリーとフラヴィアン伯爵、バンジャミーヌと献身的な甥のアメデの結婚を許す。

こうしたすべては、もしサンドが筋にその面白みと複雑さを保証する二重の中心を与えることに成功しなければ、かなり型通りのままだろう。その第一はエヴリーヌ＝ティエレのひと組であり、第二はナタリー＝オランプ＝デュテルトルの三人の関係だ。エヴリーヌは軽薄で、優雅で、自立心の強い若い女性。彼女は馬に乗って一人で田園を駆け、葉巻を吸い、世間のうわさを気にしない。衝動的な彼女は、エリエット夫人に扮してモン＝ルヴェシュへ赴いたときに初めて挑発したティエレの臆病に苛立ち、[32]次に二度目、危険を恐れない性格から夜の暗闇の中に飛び出して古い壁をよじ登るものの、窓からモン＝ルヴェシュの礼拝堂の中に落ちてしまう。踝《くるぶし》を脱臼し、動けなくなっている彼女をティエレが発見する。エヴリーヌは、フィアンマ・カルパチオでも、エドメ・ド・モープラでも、イズー・ド・ヴィルプルーでも、セリ・メルケム〔いずれもサンドの作品の登場人物〕でもない。こうした女性たちの知性や繊細さはないが、大胆さと毅然とした態度を持ち合わせている。愛する男性の前で、エヴリーヌはいい格好をする。極度の媚や、おしゃれへの際立った嗜好、評判に対する真の気遣いを示しながら、彼女は男装して現れ、〈肉体的な力強さなり意志堅固な性格〉を見せつける。[33]彼女の人物像は、上に挙げた女性たちに比べてはるかに作り上げられたものではないが、サンド的虚構の弱点をやはりさらけ出す。それは両性に割り振られた役割と、欲望との関係にかかわるものだ。この領域では、女性が男性を進んで挑発し（伝統的な媚がそれを可能にする）、次に、女性は身を引き、冒す危険の性質を知らないふりをする。この無知を誇示することは必要であり、貞節の証《あかし》である羞恥心と貞淑の評判がそれにかかっている。(34) 知識があり、待ち構えるのは男性、理解し、説明するのは男性なのだ。

こうした態度は、サンドが異議を唱えないドクサ〔ある時代、ある社会の成員が自明なこととして受け入れている意見〕に属する。性的行動に関して知識があり、行うのは男性だ。女性は為すにまかせ、そして学ぶ(35)。これは、ルソーがその前提事項を分析することなく、『エミール』の第五章でその働きを見事に分析してみせた、非常に強固な文化的拘束に属する(36)。しかしながらサンドは、部分的に有効性を混乱させる構想でそれを複雑にする。なるほど、主人公は、愛する若い女性の男性的側面にしばしば驚かされる。つまり、物腰、性格、必要な場合には一時的な変装がそれを示唆する。ヒロインの方では、男性の主人公が彼女をあるがままのものとして解釈するその性的曖昧さを誇示する。つまり、女性的なものと男性的なものの二重の〈性質〉のしるしだ。肉体的にそうだと思わせるだけでなく、男性的態度がより高い価値を与えるこの女らしさを前にして、主人公は魅了される。彼の献身はもはやとどまるところを知らない。

ナオミ・ショアは、サンドの小説には手や足をけがしたヒロインが、取り乱した恋人に手当てされる場面が多くあることを最初に指摘した。こうして明白に性的な関係を遠ざけ、そらす肉体的現実の奇妙な受入れ。男女の間の関係を表すことが必要になるやいなや、想像力が当然ながらかき立てるようなフェティシズム的幻想。女性的なものが問題になると、性差の否認、つまり非－差異はこうして際限なく〈続行〉される。救助し、手当てし、包帯を巻く行為は性的関係の代わりになる。それは〈これから生じる〉傷を隠喩化し、傷を抑え、〈一時的に〉昇華させる。ティエレは、まさに手当てしようとしているエヴリーヌの足を前にして、奇妙な言葉を口にする。

> エヴリーヌ、……その足が折れ、男が医者であるとき、その足を男に見せることにみだらなところは少しもありません。私は医者ではありませんが、それ以上の存在、あなたの夫です。私自身があなたに包帯を巻きましょう。

足を見ることはこうして性器を見ることに相当する。包帯を巻く行為は言ってみれば婚姻の儀式の代用となる。そのおかげで青年は勇敢なエヴリーヌを結婚相手として望むことができる。ほどなく、ティエレは確かに彼女と結婚し、一家の父となる。結末で、彼は〈その生涯の小説を仕上げ、妻のために何篇かの詩を作っている〉姿を見せる。

イタリア出身で、非常に美しいオランプ・マルリアニは、夫への愛のために歌姫の道を諦めた〈音楽とイタリアの小さな目くばせはオランプをサンドの人物の中の、何人かの有名な芸術家たちの姉妹にする〉。周りにいる青年たちは彼女に夢中になっているが、彼女はそのことに気がつかない。音楽家で繊細な心の持ち主オランプの不幸の原因はよそにある、それはナタリーが彼女に抱く憎しみだ。『シンデレラ』とは逆に、義理の娘の犠牲になるのはここでは継母だ。小説は、再度、家族関係を中心に展開するが、必ずしも幸福なものではないその結末を提示する前に、残酷さを想起させ、苦境を示唆する。サンドは、人を欺く外見を超えて、個人の心だけでなく、心配事や愛情の欠如に蝕まれた身体をも脅かす私生活のこうした小さな悲劇を描くことに卓越している（心理学はそこを経由した。そして神経病に関するある種の医学の聖書も）。エドメ・ド・モープラはベルナールに抵抗し窮地を脱するが、打ちのめされる。『ナルシス』の中で、ジュリエット・ド・レストラドは、罪深い恋を彼女のせいにする世間の噂に対し死ぬほど闘う。オランプ・マルリアニは結局、夫の気持ちの中から彼女を消し去るためにナタリーが仕組む陰謀の犠牲になるだろう。実際、若い娘はデュテルトルに彼の妻が過ちを犯したこと、貞節がなければ評判が今後、守られなければならないことをほのめかすために、さまざまな取り違えを利用する。夫を深く愛しているオランプは、生じた疑惑が原因で死ぬ。

サンドの好む三者間の感情的状況が繰り返されるこの小説の中で、作家は、亡き母親のライバルの信用を失墜させようとし、同時に、克服されていないエディプス・コンプレックス（そして、すべての資質を備え、二重の理想の役目を果たす義理の母への告白しえない欲望）に倣って、父親の個人的な感情生活、性生活を認めようとしない若い娘の行動を直観的にきわめて正確に分析するだけではない。サンドは父親像の驚くべき肖像も提示する。デュテルトルは一家の主人であり、家ではしっかりと「法」の代理人であろうとする。娘たちと対話し、娘の心に憎悪が増大していくのに気づき、その憎しみに巧みに応じ、解決策を提案する姿を見せる。威厳はこの場合、注意深く耳を傾けることや対話から作り出される。たとえ、それに異議を唱えることが問題ではないにしても、知性がその十全な行使を保証する。それでも父親と娘のこの対決は失敗に終わり、父親は、小説の題名となったナルシスのそれにも等しい絶望の淵に沈む。父親は愛していた妻を奪われ、娘は〈罰せられる〉。つまり、彼女は長いためらいの後に結婚するが、母親となる幸せを味わうことはない。

かくして、母親であることは、まっすぐで賞賛に値する心の持ち主にだけ定められた最高善なのだ。女性の特性は〈取るに足らないこと〉やうわさ（この真の社会的災厄は、女性がなんらかの価値を持つ唯一の領域の私生活で女性を襲う）のために壊され得るが、それはまた、何も聞かずに、だれの言葉も聞かずに害を与えようとすることもある（後者の場合、サンドにあっては稀だが、なんらかのやり方で報いを受ける）。父権については、それは思慮分別を持って行使される。小説に恥ずべき父親が何人か登場する一方、賞賛すべき父親たちや祖父たちも多くいる。彼らを中心に、拡大され描き直された家族共同体が成長し、繁栄する。

『ジャン・ド・ラ・ロッシュ』は、前年の秋、「両世界評論」誌に連載された後、一八六〇年三月、アシェット社から出版される。〈すべての八折判と同様、ほぼ二十五万字で、一巻として売却します〉[37]。一八五九年の夏に数週間で書き上げられ、次いで十月、明白に空想的な場所と人物を特定する誤解に反駁した序文が付された[38]。今度は、真実らしくしようとする特別な形式の策がまったくない、一人称での長篇の物語だ。一人の成人男性が自分の人生について、とりわけ、長い間結婚をあきらめていた若い女性に恋した数年間のことを語る。この点で、彼はベルナール・ド・モープラの分身として現れる。

ジャン・ド・ラ・ロッシュはオーヴェルニュ地方の荒れ果てた城で、〈寡婦暮らしの涙で心が衰弱したからか、私に対する行動計画を心に決めたからか、天使のような優しさと、少しばかりよそよそしい愛情を見せる〉母親のもとで成長した。かなり怠惰で、無気力で、無学な彼はパリに上り、〈頭がからっぽな連中や思いやりのない娘たちを相手にばかになって三か月を過ごし〉、やがて意気阻喪し、オーヴェルニュに帰って結婚しようと決心する。母親は息子に、最近、近隣のベルヴュの城に引っ越してきた富裕な英国人のバトラー氏を訪れ、彼の子どもたちのラヴとホープと知り合いになるよう勧める。この英国人は植物学や動物学や鉱物学に夢中になっている。素晴らしいコレクションを所有し、秘書のジューニアス・ブラックが入念に管理している。乗馬競争で出会ったラヴ・バトラーは勇敢な騎手の才能を見せ、髪を短く切り、素晴らしく美しく、活発で、自立心が強い。この最初の出会いからジャンは結論を下す。

［…］彼女は足先からあごまでは若いニンフのように、あごからうなじにかけては若い神のように見えた。私はディアナをおそらくこのようなものと、身体はガゼルで、頭部は鷲だと想像していた。

ラヴは最初から二重の性格を見せる。彼女はニンフであり神であり、ガゼルであり鷲だ。（身体は）女性で、（頭は）男性。彼女の魅惑する力、彼女が示すことになる勇気と毅然とした態度はこの特異性のゆえだ。それは、この若い女性の驚くほどの知的能力をやがて知らされる青年を恐れさせずにはおかない。彼女は考古学に関する著書の執筆で父親を手伝い、すべての挿し絵を描いた。〈まるで彼女の中に何か男性的なもの、力強いものがあるかのように〉、ラテン語、ギリシャ語、数学に精通している。〈心の奥底まで誠実で、理性的で感じやすく、慎ましく献身的で〉、彼女は完璧そのものに見え、父親は自分の気に入る男としか娘を結婚させるつもりはない(39)。

ジャン・ド・ラ・ロッシュはやがて若い娘に求婚し、承諾される。そのとき家族にかかわる興味深い遅滞という二つの重大な障害が生じる。第一は父親の病気（若者たちが献身的に看護する）、第二は弟ホープの嫉妬。今度は弟が病に倒れ、姉は、弟のために母親代わりになると、死の床にあった母親との約束を果たすために看護を決心する(40)。弟の病気は続き、バトラー一家はイギリスへ帰り、ラヴの婚約者との約束を取り消す。絶望した婚約者は五年の間、世界を巡《めぐ》り、学ぶ。帰郷した彼は母が他界したことを知り、将来をこんな風に考える。

> 自己本位の中で老いてゆき、弁解の余地なく人間嫌いたちに向けられる不評を招きたくなければ、私が独身でいることはもう許されない［…］私の子どもたちは、私自身が育て、彼らに貴族の誇りをすっかり捨てさせ、特権的な無為の伝統をことごとく打破し、彼らの時代の人間に、つまり、万人と平等で仲間にするような身分を与えることができるだろう。

平等、結婚、そして家庭が、寛容や近代性の名のもとに予定されている（特権は威力を失った）。やがてジャン・ド・ラ・ロッシュは、バトラー一家がオーヴェルニュに戻って、この地方を観光旅行することに決めたのを知る。彼は直ちに会いに出かけ、案内人に身を変えて一家に手助けを申し出る。さまざまな会話から、青年は自分が変わらず愛されていることを知る。嫉妬から立ち直ったホープ、次いでジューニアス・ブラックが、ジャン・ド・ラ・ロッシュは学問のある女性を軽蔑するのではないかと心配するラヴの代弁者となる。それに対し断固として反論がなされる。

　女性の優位を恐れるのは無知な男性であり、愚鈍な伴侶を求めるのは愚か者であり、パシャの役を演じ、堕落した高級娼婦を選ぼうとするのは間抜けですよ。心優しく、能力のある男性は対等の女性と暮らし、その女性を自らの母や姉妹のように尊敬し、同時に妻として深く愛することを望むものです。

　これらの言葉も、〈偏見は理性よりも強いのです〉と指摘し、相違を認めたうえで男性と女性の平等を弁護する若い娘をほとんど納得させることができない。

　お互いにまったく似通った存在では、活気のない世界と貧弱な社会を作ることになるでしょう。この上なく強い愛情は、お互いの違いを同じ価値のもので補おうとする愛情です。月並みな話ですが、感情の世界では両極端は互いに類似し、反対は互いに求め合います。これがきっとわたしたちが愛し合った理由ですわ、彼とわたしが！……。

散歩の途中で噴火口に転落するのをかろうじて免れ、ラヴとジャンはついに互いの愛を打ち明ける。小説は結婚についての長い結びで終わる。語り手は次のように締めくくる。

原始的で未開の人類が考え出した掟、主人がどれほど卑劣で恩知らずであろうと、その主人に仕え、崇めるよう女性に命じるこの獣のような掟は、幸いにも今日では実現できない不道徳、信念と思考力を備えた存在には適用できない不道徳として夫婦の協定から取り除かれた。

こうした言葉を男性の語り手に言わせる利点が理解される（『モープラ』ですでに考え出されたこの行為は多くの小説の中で繰り返される）。この領域では教育の恩恵と同じく、平等や十分に理解された両性の相違の意義を納得させなければならないのは女性よりも男性の方だ。とはいえ、『モン＝ルヴェシュ』で見られるように、ヒロインの幸福に対する障害は私的な次元のものだ。二つの場合で、幸福な計画の実現を阻むのは家族の一員の過度の感情的反応（義理の娘の憎しみ、兄弟の嫉妬）なのだ。

この指摘は、前章で家族について述べたことに含みをもたせたり、明確にすることを可能にする。女性の才能が発揮される唯一の場として家庭はすべての幸福の原因であり、またすべての不幸の理由であることが明らかにされる。父親や母親や兄弟姉妹はえてして、見かけに反して、義務ゆえにすべてを犠牲にすることが当然に思われる正真正銘の暴君としての姿を見せる。〈義務がわたしたちを互いに結びつけるのでない限り、わたしたちを家族に結びつける義務を犠牲にすることはできません〉と、ラヴ・バトラーは明言する。まるで死者たちが束縛と脅迫しか残さなかったかのように、一種の誓約がしばしば若い娘たちを死んだ親に結びつける。[41] 反面、非常に強い愛情から娘たちは父親の幸福をすべてに優先させる。[42] 決定的と信じられていた状況を打開し、新たなメンバーで再構成され、拡大された、（新しい）家族が開花するには、一般に、劇的事件（死、事故）が必要となる。

父親像との強い関係の上に打ち立てられ、近親相姦的な幻想に彩られたサンドの想像界は、このように繰り返し現れては、致死的性格を持った家族の過去に基づいて機能し、これに、死活にかかわる必然のように、小説の結末で示される現実離れした解決策が応じる。将来はより良いものになるだろう。拘束はなんらかのやり方で消滅し、これからの夫婦は相互の信頼と尊敬の中で生きることになるだろう。まるで一度に、そしてそのたびに（あるいはほとんどその都度）、父親像に過剰にエネルギーを注ぎ、それに全権利を与え、そして、その消滅あるいは少なくとも、その相対的な無力化を確保しなければならないかのように。こうしてサンドは、小説作品に応じてさまざまな程度で、徹底的に両面感情をもつ父親と「法」との関係を組み立てる。幻惑と拒絶が共存し、それらは、『アントワーヌ氏の罪』におけるように、二、三の矛盾する父親像に配分される。たとえば、偏狭な産業家（生物学上の父親）、自由気ままに生き、いささか無責任な貴族（ジルベルトの父親）、その教養と信念から模範であり、代理の父親とされる人（ド・ボワギルボー氏、主人公が後にその相続人となる）。家族機構の根幹をなすのは完全に父親像だ。サンドは、夫婦としての両親をうまく表現することや、『歌姫コンシュエロ』や『アントニア』（このような絆の重みが明示される）[43]のようなきわめて稀な例外は別として、母親に真の重要性を与えることができない。母性的なものがいたるところにあり、それが若い娘たちの将来の最良の部分であり続けているときに、まるで、善良で心が広く、生来、純朴で、生物学上の母親でない女性でなければ同一化できないかのように、母親像は代替や変化により機能する傾向がある。[44]したがって、家族は規範的形態ではけっして考察されず、倦むことなく解体され、再構成される――最善を尽くして。性の特徴を再配分し、組み換える夫婦、つまり男性と、男性の頭脳を持った女性の協力は現実離れしていた。家族もまったく同様だ。『黄金の森の美男たち』におけるように、家族はさまざまな出来事のままに解体し、一見したところではありそうもない巧みな組み合わせによって、よそで適切に作り変えられる。サンドの全小説は、言葉のフロイト的意味での家族小説の果てしない探究のための実験室の役目を果たす。空想される家族、夢みられる家族は、それらが虚構という魔法で再現し、克服する個人的体験の遠い痕跡をとどめる――深くであれ、かすかであれ。

『モン＝ルヴェシュ』と同じように、『ジャン・ド・ラ・ロッシュ』も明確に小説的で、感傷的だ。伝統的な波乱と予期される新たな展開を巧みに用いるという点で小説的だ。それを認めないこと、あるいはそこに、ブリュンティエールに続いて批評家たちが進んでしたように、作家の発想の弱さを見ることも間違いだろう。ジョルジュ・サンドは文学誕生以来の叙述の技法なしで済ますことはない。何人かの同時代人たちほどそれらを避けるなり、繰り返すことに腐心せず、彼女は逆に、だれもが理解できることを主要目標とする物語にリズムを与えるためにその技法を使う。これらのトポスは作品の中で、読者からすぐにそれと認められる小説というジャンルの指標として相応に機能する。明らかに、〈驚き〉はそこにはない、たとえこれらトポスのいくつかが特別な象徴的力を与えられるにしても（森で道に迷ったり、川を渡るという行為のように）。一方、愛と結婚の条件に関する論議、向かい合っている恋人たちの〈心理〉――それぞれのテクストが音楽での変奏曲のようなものだ――に関する論議の場という点で、小説は感傷的だ。フランスやイギリスの十八世紀小説、わけても女性小説の影響はこの点で著しい[45]。サンドの独自性――これについてはこれから入念な調査が求められる――は、この遺産の取得とその刷新にある。〈くだらない小説〉の悪弊（それらは主として真実らしさに反している）[46]を彼女が告発することもあるが、筋の展開に対する生来の嗜好から彼女が〈小説的なこと〉を実践しようとしないわけではない。〈虚構での激しい感動を好みながら〉、彼女は『ルクレツィア・フロリアーニ』の序文で率直に断言する。

> 小説の中で私は現実離れした事件や、突発事、陰謀、展開を大いに好んでいると断言する。演劇と同様、小説に対して、劇的な動きを人物の性格や感情の真の分析に結びつける手段を見つけられればと思う[47]。

この固い決意は、サンドが手を染めることをいとわなかった幅広いサブ・ジャンル（歴史小説、幻想小説、民間伝承小説、冒険小説、自伝的虚構、等々）、そして部分的に、彼女の作品がその対象となった漸進的排斥を説明づける。バルザック以降、文学がレアリスムの道や、現実の細部にこだわった描写の道を歩み始めたときでさえ、サンドはより古い模範に忠実に悪漢ものや感傷的、哲学的、空想的次元で十八世紀小説の、際立って創意に富む継承者だけでなく、三〇年代の社会主義的、神秘主義的、理想主義的、大衆的ロマン主義の雑多な傾向の継承者をも自任していた。そして何度かの断言にもかかわらず、第二帝政下にあってもその代表者（ユゴーとともに[48]？）の一人であり続けるほど、実際はそれに固執した。彼女はその〈憂うつな〉要素をすぐさま排除したが、活発で雑多で、容易に抒情的になり、間違いなく〈夢みがちで〉、多少とも、歴史に関心のある態度をロマン主義から受け継いだ（上に考察した二篇の小説で公然というより行間に読み取ることができる）。

反面、明らかな限界（私的領域での女性らしさの維持、性に関しての真の慎み、女性である唯一の方法として母性の賞賛、極端な息子重視[50]）にもかかわらず、小説は女性たちの置かれている立場を絶えず問いただすという意味で、サンドの小説の革新性はその言葉のフェミニスト的次元[49]に集約される。彼女の独自性はとりわけこの点で、同時代の作家たちが作り出した女性人物の誰にも確かに似ていない若い娘たちの群像を創造したことにある。メアリー・G＊＊＊に似せて多くは、男性的で同時に女性的な二重の性質を生まれつき持っている。ナノンを前にしてエミリアン・ド・フランクヴィルは次のように言う。

あなたは［…］見事なまでに例外的な方ですね。あなたは女性でもなく、男性でもなく、二つの性の最良の資質を備えた両者ですよ(51)。

この二重の性質ゆえにサンドの創造した若い娘たちは、女性に伝統的に与えられる資質と、伝統的に男性に付与される活力や勇気、毅然とした態度や行動の自由を調和させることができる。（否認されない、あるいは、隠蔽されない）肉体と〈性格〉の調和。この隠喩に富んだ両性具有は、（今日）類似の資質を自分のものにするためにおそらくなしで済ますことができるが、それはサンドの特殊な問題ではない。両性具有を夢みる作家たちは反対にそれを期待するが、女性的なものを、したがって、男性的なものを、もっとも別なやり方で、分離し、区別し、抑圧するよう、要するに、性を混同しないよう腐心する時代の問題にサンド自身つながっていたのだから(52)。

しかしながらそれは作家にとって両性の表象を問題化する唯一の方法ではない。初めは、選択はむしろ女性的なものを二つの形で示すことにあるだろう。一つは弱く（そして性的に活発）、もう一方は強い（より知的(53)）、まるで生物学的与件が心理的、知的与件からはっきり切り離されなければならないかのように。これは、周知のように、ヌンとアンディアナ、レリアとピュルシェリの場合だ。男性的なものの方でも、ある時は女性の特徴を、またある時は男性の特徴を同じ性の中に置く、この〈分裂〉を免れることはできない。『少女ファデット』の中で、サンドはこの題材に対して一組の双子を考え出す。ランドリが少年時代から思春期に問題なく移行し、男子の役割を難なく引き受けている（隣の農家に雇われに行き、ファデットを好きになる）一方、シルヴィネは、逆に、きゃしゃで神経質で、作品の中で何度も明言されるように〈彼の性ではない〉、そして彼にとって不幸なことに、〈双子の片割れ〉に嫉妬深く執着する。かくしてサンドは、一人の同じ人物の中に、両方の性の〈特徴〉を調和させたり（少年の振舞をする若い娘の場合だ）、あるいは、同じ性を与えながら二人を引き離すことで（それは男性であれ女性であれ、分身の場合だ）、性別の表象の型にはまったイメージを揺さぶる。そうすることで、彼女は立場を複雑にし、多様化させ、指標をかき混ぜ、性の特徴を捨てようとする。彼女はこの特徴を恣意的な社会的、文化的体系として読むことを提案するが、その前提事項を継続しないようにするわけでは必ずしもない。

作家はまったく特異なヒロインを創造するが、彼女たちはすべて、『シモン』以来、いくつかの例外（たとえば女性芸術家や『フランス遍歴の職人』のイズー・ド・ヴィルプルー）を除き、最後には結婚する。彼女たちは、寛大であるばかりでなく果敢な青年たちの庇護と権威の下に置かれる（もっともサンドは表現上の困難さを認める）[54]。彼女たちはついに戦いをやめる。幼い子や大きくなった子どものために養母の役目をまだ務めたことがなければ、彼女たちは母親になるために自分のすべてをささげるばかりだ（これは多くの小説の場合だ。特に、『モープラ』、『捨て子のフランソワ』、『笛師の群れ』、『ヴィルメール侯爵』、『メルケム嬢』）。セリ・メルケムが力を込めて想起させるように、母親であることは女性の条件の本質であり続ける。

女性が結婚から逃れ、家庭を作らずに済ますのはむなしいことです。やはり女姓にとっては家庭がすべてです。女性は母になるよう作られているのです(55)。

しばらくの間、覆されようとも、家族の世界は回復する、だが、その機能の仕方は根本的に変わる。義務はもはや行動の指針を与えず、主人はもはや結婚関係の中に彼とともに自由意志で身を投じた〈えり抜きの女性〉を虐げることはない。それはサンドが創造した若い娘たちの幸福な運命を保証するために考え出すユートピアだ。ブリュレットとテランスはそれぞれの夫を自分たちの運命の主人に仕立てる。エヴリーヌ・デュテルトルも、そしてその後に続く多くの女性たちも同様だ。とはいえ、〈私的な美徳の漠とした領域(56)〉はもはや拘束を受けない。家族と夫婦の領分では、待つことの小説〈貞節が要求される〉でもある恋愛小説が進行する間、求婚者たちに課された試練のおかげでとりわけ、女性たちはついに自分たちの権利を強調することができたのだ。

これが文学でサンドが少しずつ作り上げる理想主義だ。それは完璧を示すためにのみ現実を描き、家庭という越えられない枠組みの中で好都合な解決策を考え出すためにのみ人間の条件について考察する。ユートピアが締めくくったロマン＝ヴェリテ（『アンディアナ』）よりも、生きることの不可能性を叫んだ告白小説（『レリア』）よりも、「歴史」の喧騒に付きまとわれる世界小説（『歌姫コンシュエロ』）よりも、作家は、自分にとって基盤となる家族的束縛を超えて、信条、つまり、平等と、性別間の差異の尊重の中で共同して生きる幸せを明言し、確認する小説的なものを徐々に選んだのだ。

第9章 〈自己の物語[1]〉

それはわたしの人生の一つの物語です（「告白」ではありません）［…］（芸術家としての）精神的、そして知的人生について語るべきことが十分にあります。読者をわたしの打明け話の相手にするのではありません。本はまじめで有益なものになるでしょう。それでも、非常に明確で、穏やかで、かなり陽気な構想を持っていますから、退屈させることはないと思います。

シャルロット・マルリアニへの手紙

一八四七年十二月二十二日付[2]

一八三二年のオロール・デュパン／デュドゥヴァンによるジョルジュ・サンドという筆名の採用を、当時のジャーナリズムの慣習が課した行為としてよりも、個人的変化の結果、そして、少しずつ終わりに近づく本質的な変容のしるしとして読み取ることを筆者は提案した。非嫡出が至る所に見られ、彼女自身かろうじてそれを免れた一族の出身で、一八〇八年に亡くなった父親の象徴的代替になるよう強く促され、娘を熱愛する母親から早々と引き離され、オロール・デュパンは自己分散と、筆名の採用が是認することになる自己生成の長い作業に着手する。この特異な精神の過程は、本来のアイデンティティを失うべきアイデンティティとし、純粋な虚構である二番目のそれを、芸術的性質を持つなんらかの創造により作り上げるべきアイデンティティとする。この過程は、コランベの名のもとにはぐくまれた長い白昼夢の構築に通じ、何篇かの小品や新聞記事を書いた後、最初の小説の出版で完成する。オロールは別の存在になる。彼女の人生と小説作品は今後はジョルジュ・サンドの名のもとにまぜ合わされる。自伝の企ては、よそでアイデンティティを作り出す力学の三番目で最後の段階となる。今度は、作家ジョルジュ・サンドにその実在のすべてを与え、変装と変化を是認し、仮面としての名を正当化し、自己製造所に最終的な基盤を与えることだ。

自分の〈新しい〉名と一体化し、その名に基づいて自己を語る可能性を与えるために相当な時間がサンドに必要だったことは驚くにあたらない。シドニー＝ガブリエル・コレットは、父親の名に力を過剰に注ぎ、文学におけるモリエールやヴォルテールあるいはスタンダールといった強力な筆名と同じく、〈コレット〉をその小説作品の旗印にすることに決めるだろう。ありふれた人名研究をまねたり、身分証書（名、洗礼名）をそのまま写そうとせず、彼らの筆名は文学が指し示し、それとまぜ合わせる個人の誇示として一層よく機能する。すべての場合において、自分の名を維持するにせよ、筆名のために放棄するにせよ、作家は書く行為を実存的断絶として、そして、ある種の他者性の取得として思い描く。作家にとっては芸術家であること、他人にこの特異性を誇示することが重要なのだ。また、適性の伝統的解釈に基づいて、大きな意味を持つ準備作業で一般に作成される、〈以前〉と、文字の機能が個人に特殊な輝きを与える〈今〉を定めることも同じく重要だ。古典主義時代についてはポール・ベニシュやアラン・ヴィアラの著作以来、作家の誕生に関する研究は増加した（とくに社会的・歴史的状況、類似の舞台装置の中で要求される文学的モデルや想像の産物を中心として）が、十七世紀からほぼ二十世紀後半までの文学史において自己構築として作家と作品の関係や、そのプレグナンツや意味の中で、固有名詞の幻想を考察することがおそらくまだ残っている(3)。

自分のために選んだ名を解説して、コレットは『夜明け』の中で書く。

法律上も、文学的にも、そして家族的にも、わたしにはもう自分の名という一つの名しかない。ここに至るにはわたしの人生の三十年しか必要でなかったのか？　これはあまり高くつかなかったと結局のところ考えることになるだろう(4)。

シドニー＝ガブリエル・コレットを小説作家コレットに変身させるには三十年を要したようだ。サンドにとっても、例えば、『アンディアナ』の出版と『わが生涯の物語』の刊行〔一八五四―五五年連載〕の間に流れた時間を測れば（自伝の連載出版に先立って、自分の人生を語る漠然としたさまざまな意欲を別にして）同じく長い歳月を要した。コレットが指摘しているように、とにかくもはや一つの名しかなくなるための長い時間。これは筆名の出現や、真の名の代わりに別の名、偽名の使用に大いに努力しなければならなかった証拠だ。もっとも前者を〈別の名〉の逆説的な位置につけることに結局、成功はしたが。

　初めから、サンドの自伝的題材は複雑で矛盾している。自伝作家は適切に語り、うまくやり、一般化することに腐心する。フロベールや、彼以後の作家たちは、円熟期を迎えた作家の自信に満ちた楽観主義で自己を語るこのようなやり方にひどく苛立つことになった。[5]だが、これは、非凡な自伝の公表された目的や、熱狂と〈温厚さ〉[6]の外見の裏に聞こえる特異な不安の数々、驚くべき明晰さで示された〈神経系〉[7]の問題の影響力を理解しないことだった。それでも、ただちに目につく矛盾があることに変わりはない。それらの矛盾は、かつての自己との徹底的な訣別を受け入れることの難しさ、つまり、変容に基づいてアイデンティティを、また他のものに基づいて同じものを語ることの難しさ、さらには、一家族の歴史家であると同時に父親の書簡の編者であり、適性の探索者であることの難しさを想起させるものだ。最初から、おそらくあまりに多くの主題や、また不完全な記憶で思い出される以上に人後に落ちない想像力で再構成される題材や時代があるのだ。自己に関する問題、また存在や文学に関する問題に対応して、サンドはもう一度、視点の分散と多様性を選択する——それに、彼女は叙述の仕方として主題からそれることを明白に主張した。[8]彼女の自伝は合唱で始まる。やがて彼女の声だけになるが、それは彼女が幼い時からあらゆる兆候を見せた才能を賞賛し、その精神生活を描写し、一切打ち明け話をしないためにほかならない。なによりもまず、語ることが重要なのだ。[9]

　この点で自伝の題名はその多様な意味で解さなければならない。『わが生涯の物語』は、時間を遠くさかのぼる（このことは行程を拡大し、複雑にする）非常に長い書出しで一層強調された、歴史的性格を持つ歩み、と同時に、小説が好むような歴史、巧妙な論理にかなった物語、空想的な道筋を示唆する。それは一つの人生、すなわち、語り手の誕生から、それを語るために筆をとる時まで（この期間はフィリップ・ルジュンヌが定義したように自伝の条件の一つだ[10]）の時間と意味の小さな断片を提示するが、ジョルジュ・サンド以前の人生、すなわち、この作家、著作に署名する者の人生だけでなく、アンシャンレジーム[11]の回想録作者たちの純然たる伝統の中で、また、いくつかの点で自伝よりも（小説化された）伝記に一層類似している系譜の中で、彼女の両親や祖父母や先祖の人生も提示する。だれが語るのか？　どんな人生を？　ある一族の生活と、その構成員の何人かの波瀾万丈の物語と、一個人の物語を同時に語るこの歴史はどのような性格のものか？　上に言及した矛盾はこれらの疑問から生じる。それらは意味を混乱させ、見事な筆になるものの物語を不安定にするよう働く。このことは第一章を注意深く読めば直ちに納得される。

自分の生涯を書く思い上がりもないし、記憶の中から〈選択〉する理不尽もないと、この点でいかなる非難も受けることはないと考える自伝作家は最初から断言する[12]。告白の模範が提案しているように、過ちを告白し、すべてを語る必要はない。それでも直ちに、誠実という倫理の領域に属し、告白の実践と共通点を持つ言葉、〈義務〉、〈誠実な調査〉、〈注意深い検討〉が問題になる。その上、サンドは長い間、〈優秀なタイプ［…］要するに小説の登場人物〉の方を自分より好んでいたと明言する。それでも〈義務への愛〉〈繰り返し〉がそれを強いる以上、〈読者に［…］話さ〉なければならないのは自己についてだ。ありふれた性格の人生は面白くない。サンドは、これまで〈半ば告白、半ば文学の形式〉、つまり、旅人の虚構を利用することで初めて自己について話すことができたと認める。彼女は、『ある旅人の手紙』を回想しながら、このように〈いわば小説の主人公〉に変装して自分の真実を語ることはきわめて楽しかったと書きとめる。自分について話したいという欲求は幼稚であり、〈芸術家にあっては［…］危険だ〉。自伝作家として彼女は〈穏やかな年齢〉に達している。〈心情吐露のいかなる欲求〉も〈自分の現在と過去〉を話す気持ちにさせない。彼女はそれでも〈義務〉（この言葉の三度目の使用）からそうしようとする。なぜ？　どんな特異な体験も他者にとって有益であり、読者が作家の苦悩の中に自らを認めることができるゆえに。

ルソーの『告白』についての簡潔な説明が続く。ルソーは理想の名のもとに連れ戻され、最後には、非難され、許される（理由――悪意がないことを証明するまでに卑屈になってもむだだ）[13]。サンドは次に、〈芸術作品〉ではなく〈小説〉――〈形式が内容に対して優位を占めるだろう〉――でもない、その企てに立ち返る。彼女は反対に無頓着、矛盾、一貫性のなさを主張する。それを自分の誠実さの証拠とする――まるで真実は形式の無秩序の中でしか話されないかのように、まるで形式は虚言の直接の証拠であるかのように[14]。次いで、前置きなしに、自分の名と夫の名を正しながら生涯の話を始める。それから、自分の出生に急いで話を戻そうと、自身の結婚に深い影響を与えた軋轢に触れる。父方の遺産は威光があるにしても、母方の遺産はほとんどそうではない（たとえ〈われわれが、自分たちを最も直接的に、最も力強く、最も神聖に宿した母胎に執着している〉にしても）。

第一章の後半は鳥類への愛についての余談だ。祖父の職業への言及で生じたこの自由な連想は、形式上の彷徨や、論理的年代的断絶を旗印とした自伝的物語で一種の断層をなす。それは単に記憶だけではなく、歴史や生物学や動物心理学だ。ここで思い浮かべるのはもはやルソーではなく、ミシュレやリストだ。サンドは、自分の夢想に〈類似した夢想の中で道に迷った〉何人かのために書くと繰返しながら（読者の論拠を写しのように反復して）、結論づける。

こうした序論は直ちにいくつかの困難を理解させる。その中にジャンルとそれに付随する制約の困難、それが必然的に想起させるモデルゆえの困難がある。自伝は、主としてそれを構成するもの、つまり、誠実、自らに対する率直に到達しようとするものを危地に陥れないように小説と異なるものでなければならない。実在する偉大な生涯の物語に対してそれは位置づけられなければならない。ところで、この自伝の企ては、ルソーやシャトーブリアンに見られる意図に類似の意図を持つものではないとサンドは言う。動機は知られている。それは先人たちの著作を反モデルとして定めるすべての自伝作家に見られるものだ。シャトーブリアンは断固としている、彼はルソーの範にならわない。一方、スタンダールは〈不滅のJ.-J.〉も、〈エゴティストたちの王〉も模範としないと力を込めて断言する。意図は同じではないと、サンドは断言する。高慢な回想録作者なり、恥ずべき露出狂を気取ってはならない。彼女の著書は告白にも、回想録にもならないだろう。

シャトーブリアンとの類似はかくして早々に退けられる。それでも類似が問われる多くの理由がある。『墓のかなたの回想』の出版状況は、『わが生涯の物語』の状況と同じだ。確かにフランソワ＝ルネの自伝は「プレス」紙に連載され、一八四八年十月二十一日から一八五〇年二月八日までの長い期間に及ぶ。ルソーやヴォルテール以来、作家を公的人物とし、文学を以後、その作品と同様に作家の人格にかかわる好奇心の対象とした社会の中で、自伝的物語は興味を引く。それは名声ある作家の人物像を利用する術を心得ている新聞雑誌にとって相当な利潤の源泉だ。確かに、サンドの意図は、彼女が書くことにした自伝がそうであるように、シャトーブリアンの意図とは異なる。それでも非常に似た出版状況の中での〈回想録〉[15]出版という行為が二つの作品を近づけることに変わりはない。自伝作家たちは、有名な作家として読者に対する率直の義務があると、また、もう一つの義務、つまり、自らに関して流布している間違いを正すという義務もあると考えている。自分の生涯を書き記し、「プレス」紙に連載すること、それは必然的に、実在する物語に対してと同様、読者の好奇心に答えることだ。それはすでに、真実なり虚偽のうわさが偉人を特別なオーラの輝きで包んで、作り上げ、広める伝記的次元の言葉と、いわば、戦うことだ。シャトーブリアンはしたがって内容より原理でモデルの役割を果たす。

より複雑なルソーの『告白』との関係は、批判を表明しているものの、サンドが『社会契約論』の著者にずっと以前から抱き続けている愛情と賞賛を想起させる。もっとも彼女はここで、いくつかの細部を除いて、一八四一年、再版された『告白』に寄せた序文ですでに表明した論拠、とくにあらゆる形の告白に対する激しい敵意[16]を繰り返す。サンドはルソーを模倣しないし、〈告白〉を書きはしないが、彼女が考えさせるほどかけ離れてはいない。彼女は驚くほど堅固で明晰な分析を通じて、〈体質〉[17]の〈むら気〉と名づけ、芸術的で夢みがちで興奮しやすい気質の混乱を表現することができるだろう。

　別の困難は、聖アウグスティヌスやルソーの作品のような既存の偉大な作品が確立したジャンルと告白のモデルに結びつく。このモデルは確かに、特定の内容を余儀なくさせる感情、罪悪感を前提とする。内容は罪悪感を正当化し、懺悔する人間に身体と魂の行動を対象とする分析をさせるだろう。私的次元の話である告白には糧として、具体的、知的な親密さがある。[18]サンドがこのような方法を断固として拒否するのを見るのは意味深い。彼女の拒否はおそらく、彼女がよそで、かつて自伝以外の手段により内省を実践したからいっそう断固としたものだ。書簡、日記、一人称でのいくつかの小説形式（『ある旅人の手紙』を含む）、『レリア』では、すでに上述したが、あらゆる種類の告白が響き渡り、羞恥心、気詰まり、無力感、絶望を躊躇することなく口にした。経験を積んだ作家は、長い間、実存的な真の袋小路の感情を募らせたすべてを繰返す気にはなれないように見える。知的生活、精神と才能の歴史、それから、別のもの、〈わたしが語らない生活〉[19]があるだろう。

　ロマン主義と、それとともに、基準となった、絶望した人物たちの豪華な一群が罪深い彷徨とむなしい空想の責任を負うとして示され、非難される。同じく第一章で、サンドはこのために〈自分自身への熱狂〉を認め、直ちに断罪する。

この興奮の中で、自身の弱さの感情は［…］［魂に］見落とされる。魂は自らを「神性」や、自らが抱く理想と一体化する。もし魂の中に後悔や悔いに立ち戻るものがあれば、それは絶望と悔恨の詩にまで誇張され、ヴェルテルや、マンフレッドになり、ファウストやハムレットになる。芸術の観点からは崇高なタイプ、だが、哲学的知性の助けがなければ、しばしば有害な例や、手の届かないモデルとなった。[20]

『わが生涯の物語』で、それ、つまり、理想、絶望、意気消沈、実存的空虚に戻される必要は、見たところ、ないだろう。これらは未だ決まらぬアイデンティティを何よりも特徴づけ、虚構の偉大な人物像と一体化し、その表現方法や叙情や〈心性〉を熱狂的に受け入れた作家によって激しく感じられた時代を何よりも特徴づける。真の否定として機能するロマン主義のこの否認は、よそでも認められることがすでに指摘された。自らの憂うつを世代の問題に帰着させ、また、その時代は過ぎ去ったと明言しながらも（文学的）モデルにより押しつけられた（過ぎ去った）時代の共通した精神状態に帰着させることで、安心するやり方だ。現実には、連載を通じて自伝が語るところでは、ここで表明されるほどはっきりと問題は現れないだろう。

ロマン主義の悪魔は激しく追い払われたものの、〈ジョルジュ・サンドという名の個人[21]〉がいかに自らについて語り始めるかを知る問題が依然として残る。『ある旅人の手紙』以来、当然のように課された〈半ば告白的、半ば文学的な〉この柔軟な形で、彼女はこの個人をずっと作ってきたと考えられるが、そのやり方に関してである。心地よい中間の状態。この形式は、虚構の「私」がエクリチュールのひだに隠れるだけにいっそう確信を持って〈私は〉と語ることを可能にする。一八三四年のヴェネツィアの夏以来、旅人－芸術家の姿が、ジョルジュ・サンドという名で作り直されたアイデンティティの逆説的な真実を確立する最も効果的なやり方に思われた。暗示的に男性の格好をしたこの姿は、モデルを手の甲で追い払ったばかりの女性自伝作家の目には常に、最も魅力的で、自らの特異な状況に最も適合したものであることが理解される。彼女は、仕事の進捗を報告するシャルロット・マルリアニへの手紙で、〈(芸術家としての)精神的、知的人生〉と明確にした。『ある旅人の手紙』と同じく、これから読む自伝は半ば告白であり、半ば文学だ。絶えず、距たりや作り話や変装がある。つまり、オロールがいて、ジョルジュがいる、小説と本当の話を語る女性と男性(の名)がいる。中間(名、性、ジャンル)が結局、この〈自己の物語〉の核心にあり、彼(彼女)自身による一人の芸術家の人生の物語は、いくつかの点では、真の自伝よりもジョルジュ・サンドによるジョルジュ・サンドの伝記にいっそう近づく。

この言い回しに多少の信頼を置く前に、筆名の問題と、父親の書簡の出版という好奇心をそそる行為を簡単に見直す必要がある。ジェラール・ジュネットによれば、文学において名はジャンルにより異なる読者との契約的機能を結果としてもたらす。[22] この機能は自伝の場合、とりわけ重要だ。自伝は実際、テクストがその証拠を提供するはずの、作家と語り手と登場人物の同一関係を前提とする。筆名があることは直ちに問題を複雑にする。これはすでにスタンダールに見られたことだ。彼は一八三五年の自伝の題名にさらに三番目の名を存在させることで、ベイルからブリュラールへ、ブリュラールからスタンダールへと差し向け、語りの権威の問題を入れ子構造にした。サンドの場合、問題はうわべははるかに単純に見える。第一章からすでに、彼女は入念に自分の名を訂正する。いっそう威光のある別の名、つまり、祖母の名が彼女に与えられたからだ。

わたしの名はマリ＝オロール・ド・サクス、デュドゥヴァン侯爵夫人ではなく［…］アマンティーヌ＝リュシル＝オロール・デュパンだ、そして、夫フランソワ・デュドゥヴァンはいかなる称号も主張してはいない(23)。

釈明は、サンドが捨てるのに大いに苦労するように見える名に関する困惑を想起させる。オロール・デュパンはもう存在しない。デュドゥヴァン夫人は〈死んだ〉。これから語られるのは（完全には）彼女たちの物語ではなく、作家ジョルジュ・サンドの物語だ。自伝的方法を作り出した、作家／語り手／登場人物のトリオはしたがって、最初から手ひどく扱われる。サンドはもはや同じ人物ではない。アイデンティティが他者性――特殊な事情の結果として空想され、次に、自分のものとしての活動と、それを実現するための筆名の選択で具体化される他者性を明らかにする。それでも、躊躇なく、断固（あるいは、ほぼ断固）として、サンドは一つの運命、作家になった少女の運命を思い出し、はっきりと示し、復元する。彼女は、懐胎期間中の作家の人物像にいっそう個人的な裏打ちを与えて、自分の〈精神生活〉、〈内面生活、魂の生活、すなわち、わたし自身の精神と心の歴史〉[24]もまた復元する。ここに難しさが生じ、断絶が聞こえる。またここに、自伝的行為の限界が現れる。後述するように、『わが生涯の物語』が文学とアイデンティティの間の緊張を示し続けるにしても、サンドはその緊張を考え、虚構と自己に関する真実を引き離すものと同じく、自らの特異な運命の中で両者を結合するものを関連づけられない自分を示す。

全体のほぼ三分の一を占める父親の書簡を出版する行為はこの点で重要だ。一方で、この書簡はそこに何のかかわりもなく（それは〈真実の〉物語を遅らせ、読者を退屈させる）、他方で、いかなる家族的保証からも離れて、文学で自分自身として存在するよう入念に努力してきたのに、なぜ父親にこのような重要性を認めるのか？　こうした姿勢の両義性が直ちに明らかになる。確かに、サンドは自分の物語を父親像から組み立てるが、その父親像は、彼女がなった作家のために自伝作家が建てる自己の像に特別に高い価値を生じさせる台座の役割を果たす。とはいえ、彼女がほとんど知ることのなかった男性に紙の上で感動的な敬意を表し、おまけに芸術家であるこの立派な軍人の優しい姿の上に自伝的物語を築くだけではない。手紙は変えられ、検閲され、しばしば大幅に書き直された。[25]サンドは引用を付け加え、考えを近代化し、誠実と情愛を強調し、父親像を理想化する。彼女は明らかに一つのモデルとする。時間の順序を逆にして、彼女は父親を（完璧な存在として）（再び）作り出す。（今度は、彼女が）芸術家として、彼を生き返らせ、饒舌で思いやりのある寛大な書簡作家として蘇らせる。

彼女の心遣いで変貌し、彼が語るのは彼女の声によってであり、彼が存在するのは彼女の声によってだ。彼の死後半世紀近くになって、書簡作家モーリス・デュパンを生み出すのは作家ジョルジュ・サンドなのだ。こうして家族的、系図的順序が微妙にゆがめられる。それは維持され（父親の声が自伝的物語を始める）、同時に、逆さにされる（自分のやり方でその声を聞かせるのは作者だ。それは彼女が権力に、父親の名ではなく完全に作り上げた自分の名を伝える権力になったからだ）。

外見上、驚くほどに保守的で、父親の姿を純化し、崇高化する娘として、[26]サンドはやはり事実上、父親を生み出そうとするのだ。つまり、その生まれをともにするために親子関係を逆さにしようと努力する。彼女はさらに推し進める。父親の手紙のおかげで、彼女は自らの小説世界の中心的要素をなす絆を理想化し（それは、後に上首尾ではないものの、芸術家の道や作家の道で彼女が後押しし、彼のためにジャーナリストや出版者や雑誌編集長に働きかけることになる息子モーリス――素晴らしい〈ブリ〉――との彼女自身の関係に鏡の役割を果たすだろう）、息子とその母との模範的な関係を作り出す。息子の名において話すことで、彼女は大いに愛されている女性としての母親をより強固にする。そういうわけで彼女は手紙の書き直しを、二重の中心を持つ幻想の場にする。送り手として彼女は父親であり（そして自らを父だと思うまでに父を愛している）、受取人として彼女は、優しい息子が書き送る女性でもある。これがおそらく、物語を始める奇妙な行為に付随する象徴的利点のいくつかであり、物語がその題名に真に値するのはおよそ三分の一が過ぎてからだ。だが、サンドが父親の書簡の出版で、家族や親子関係との自身のかかわりで意味深い立場に身を置くにしても、彼女は歴史家の仕事をも成し遂げたのであり、その重要性を過小評価することはできないだろう。父親の書簡を使って彼女は、大革命から総裁政府、ナポレオンによる征服を経て帝政初頭にいたる事件を書き直すことができる。それらを書き直すだけでなく、再検討することもできる。途中で彼女は、ロベスピエールやサン＝ジュストが掲げた革命的理想の裏切りや、国家の運命よりも自らのイメージに腐心するボナパルトのような人間が具現する権力のタイプの出現をやがて目にする時代を解説し、分析し、評価を下す。人民は彼に従わなかったと、彼女は第二部で説明する。一八四八年の〈社会〉革命――サンドや彼女の友人たちがこう呼んだ――が失敗に帰したとき、この種の解説は特別な力を持つ。『わが生涯の物語』は、御曹司である若い軍人の人生を通して見た大革命以来のフランスの展望につながる――威信のある基準がかくもたっぷり詰まった明確な文脈の中での大胆な行為。作家の人生の詳細が大好きな読者であれば、飛ばして読むのは間違っているにちがいない書簡による一種の歴史小説、極度に暗示的な私生活の物語の主要部分（『わが生涯の物語』の要約版はいずれも削除することにした）の後に、オロール・デュパンの〈小説〉が始まる。

サンドは何を語るのか？　彼女がいっしょに進展させる、根本的に関連した二つのこと、つまり、作家としての適性と、彼女が次々に悲嘆、苦悩、悲痛な思い、苦悶と呼ぶ奇妙な寂しさだ。『わが生涯の物語』を特徴づける数多くの逸話や余談や断固とした意見表明、忘れがたい挿話の中で、耳を傾けるべき二つの発言がある。第一は明白だ。それは、しばしば既存のモデル、平凡な主題や、才能の芽生え、その発展や前兆についての社会通念でできている芸術家たちの伝記から着想を得て、幼年時代と適性を語る。より内に秘めた第二の発言は、全体の赤い糸となる。それは言葉の平凡な意味で内奥（感動、興奮、恋愛関係）は語らないが、〈知的、精神的〉生活を思い出させることに腐心し、幼児期から成年期までの精神状態に分析的なまなざしを向ける。それは、適性と、小説作品でのその実現が基礎を置く憂いを帯びた体系と自己生成の力学を少しずつ再構築する。それは女性の本質の特異性や、その個別の困難や苦悩を語る。サンドが申し分なく独自の材料を作り出すのは、作家と女性というこの二重の懐胎の再現においてだ。一方で、小説が好きで、やがて作家になる少女の生活について語る。他方で、喪失の身の上話、放棄のイメージ、たまらない苦しみを表す心的力学の再現に成功する。

『わが生涯の物語』の執筆に先立つ段階は知られている。一八二七年すでに、『オーヴェルニュ地方への旅』の中で〈手記〉という言葉が使われていることを想起するならば、この計画が続いた二十年以上の膨大な時間を、ジョルジュ・リュバンが丁寧に再構成した。(27) 一八三四年からいっそう明確に表明された関心の主な理由は回想録がもたらしてくれるはずの金銭だ。四〇年代の中頃までの書簡やいくつかの契約がそれを証言し、確認する。だが、一八四八年、さらに一八五一年の情勢が、計画された話題の回想録を遅らせ、変更する。一八五四年、「プレス」紙はついに十月四日から、〈ジョルジュ・サンド夫人の『回想録』〉の百三十八分冊を発表。ルク出版社とカド書店が十一月四日に仮綴の第一巻を発売。作品には含まれていないもの、とにかく、想像を超えたやり方で、私的な細部や打明け話を約束した広告により、全体は出版上の大成功を博す。
　これらの事実を想起し、把握することが必要だ。旅立ちに結びついた自己を書く行為は伝統的だ。だれでもそれに専念できるが、この行為が必ずしも出版や正規の自伝に帰着するわけではない。反面、自分の生涯を書くという命令はサンドにとっておそらく、少なくとも部分的に、特異な状況に属する。この考えは、自身に関する伝記的物語の増加の結果として彼女に浮んだように思われる。一八三五年、彼女は実際、『フランス現代女性作家列伝』の出版に対し、私生活の保護を顧慮して真のためらいを見せた。同年、彼女を〈芸を仕込まれた犬〉[28]と表現したオギュスト・ルヴァルドの言葉に反発した。次いで、彼女は外国で伝記的細部で飾られたいくつかの記事の対象となり、[29]〈生きている人々の伝記を書くという嘆かわしい職業〉[30]を告発することになった。こうした伝記の不正確な記述に反論する必要性が『わが生涯の物語』の第一章で言及され、自らについて書く決意をした真の理由として示される。

〔…〕わたしは、自分に関して賞賛と同様、非難にあっても間違いだらけの伝記が数多く出版されるにまかせてきた。まず外国で出版され、思いつきの修正を加えてフランスで再出版されたこれらの伝記のいくつかの中で、わたしの名まで作り話〔マリ＝オロール・ド・サクス、デュドゥヴァン侯爵夫人〕だった。[31]

ダニエル・マドゥレナは伝記に関する研究の中で、一八二〇年代からこのジャンルが飛躍的に発展したことを想起させた。新聞雑誌や出版の産業化、すべてのジャンルにおける作家の急速な増加、すでに触れたように、今や有名人として扱われる文人たちの生活の詳細を知りたがる読者層の拡大[32]に結びついた発展。このジャンルの由来は知られている。古典古代から実践されていた称賛の演説、賛辞、追悼演説、さらに、非常に異なる事例から一連の不変のもの（先祖、出自、身体的外見、教育、性格や経歴の研究）や、モデルへの服従、個人をタイプに仕立てようとする意思を前提としたスエトニウスやプルタルコスの『列伝』だ。十八世紀後半からすでに、伝記というこの〈陰気で魅力のない女中、自伝のみすぼらしい親戚[33]〉はより個人的方向への変化を経験し、心理小説に影響された、真実により近い表現の熱心な探求へとさらに向かうことになった[34]。十九世紀には有名な『ミショーの伝記集』が、一八一一年から一八六二年まで八五巻以上出版され、数世代にわたる伝記的好奇心を募らせることになった。

とりわけ〈不可欠の〉詳細（才能の早熟な兆候が最も明らかな例）に関してこの種の物語が強いる語りの制約と、それが自伝に及ぼす影響は、いわゆる〈文学的〉人物描写の影響と同様に、これから見極めなければならない。この人物描写については、多くの作家たちの中でも特にサント＝ブーヴが一八三〇年代の終わりから得意とするだろう。実用を目的とするその性質から、彼によれば、女性たちには適さないジャンルをこの批評家は拒絶し[35]、伝記や人物描写や賛辞の古典的形式からの借用で作り上げた混合形式、大いに模倣されるだろう形式をあえて試みた[36]。作家の人（その生涯の特筆すべき事件、才能の兆候、性格）についてのこれらコード化された言説の存在は、自伝に表だってはいないが悪影響を与え、その物語の進展方向を部分的に変えたにちがいない。一九三四年のエルンスト・クリスとオットー・クルツの研究以来、芸術家の伝記は多数の分析対象となったが[37]、一見したところではほぼ同じ語りの制約とともに、素質重視の同じ論理で機能する作家たちの伝記は、それらが自伝と保ちうる関係と同様、今後考慮されるべきだ。

芸術家としての人生を語ることに腐心し、サンドは実際、早熟な才能の兆候を積み重ねる。彼女は生まれながらの〈小説家〉だ。彼女は書簡の中でそう明言するが[38]、自伝は極めて丁寧にその証拠を一つ一つ並べ、幼い頃のおしゃべりを適性の疑う余地のない兆候として解釈する。したがって、（自分自身の）伝記の計画が入念に作られる矛盾した状況や、既存の伝記に反駁する意思に通じる、自分について説明する意思は綿密に考慮されなければならない。これらの意志は、順次呼び出され、離れて置かれた二つのモデルの間で引き裂かれる非常に両義的な話のタイプを決定する。伝記と自伝は目的において重なり合い（芸術家としてのジョルジュの肖像）、言葉において離され（ためらいながらも、芸術家は彼女について語るつもりだ）、それでも小説家を例外的な人物にするために再び出会う。自らに対するサンドの隔たり――彼女自身の表現に従えば、いたずら好きで〈かなり陽気な〉[39]隔たりは、彼女をそうであるものと思わせる。失われた現実を作りあげる粘り強い作業、伝統的な物語の型にはまった論理の中に部分的に組み込まれる小説作家としての自己の獲得だ。

すでに想起したが、ロマン主義時代には女性作家の数が顕著に増加する。この現象は文芸欄担当者たちや風刺画家たちの愚弄を爆発させるが、反面、これら卓越した女性たちが幼少期から示したらしい才能の早熟な兆候に関する作り話を伴う。アリソン・フィンチは、ヴィクトワール・バボワ〔フランスの女性詩人。一七六〇—一八三九〕が七歳で『イフィジェニー』〔ラシーヌ作〕を暗記し、アマブル・タステュ〔フランスの女性詩人。一七九八—一八八五〕は十一歳でアレクサンドラン（十二音節詩句）を書き、エリザ・メルクール〔フランスの女性詩人。一八〇九—一八三五〕は二日間でアルファベットの文字を習得した〈と言われている〉ことを想起させる。[40] これらの兆候は、古代まで遡る非凡な人物に関する言い伝えに類似し、女性作家というまったく新しいカテゴリーで広まったように思われる。『わが生涯の物語』もこのレトリックを免れてはいない。無邪気さのしるし、神とその創造物との強烈な絆の証、たとえば鳥たちへの愛は——サンドが自伝の第一章のほぼ半分を捧げ、コランベの挿話の折に長々と繰り返す——有名人の生涯の中で最も知られたトポスに現れる（これは中世の聖人伝、とりわけアッシジの聖フランチェスコについてしばしば使われる）。

明らかに、〈小説家〉の立場から書くことは、思い出が証拠となり、昔の物語が同一の中心、つまり、芽生え、それから明らかになりつつある才能という中心の周りに集中しているゆえに意味のある子ども時代の再読を前提とする。サンドには、文字を読めるようになる前にすでに小説への愛があった。[41] やがて十二歳の頃、初めての文学的試作。それは放棄された。修道院で再開され、ルネ・ド・ヴィルヌーヴの忠告で再び試みるが、不満をもたらしただけで終わった。[42] それ自身、登場人物であり、また無数の登場人物を生み出す虚構の母体でもあるコランベは、懐胎期間を通して付き添い、作家が生まれると都合よく姿を消した。したがって、書く行為は徐々にしか始まらず、努力を払おうとも、当然ながら、何篇かの哀れな試作や徒労に終わった試みが推測される。それでも、想像力は残り、懐胎期間の作家の将来を保証する。祖母の貴族階級の友人たちのひどく退屈な訪問の折に開花した非常に鋭い観察感覚に結びつき、この抑制できない〈作り上げる欲求〉[43]が、オロールを『アンディアナ』の作者になるよう導いたのだ。すべてが絡み合い、終わり良ければすべてよしだ。

とはいえ、トポスや、ここで手短に言及される月並みな話題や、サンドがほかの人々から借りることのできた芸術家やその素質のイメージを越えて、矛盾が残る。文章を書くに至ったことは、自然で自発的で予想されたものとして示されると同時に、偶発的で、偶然で、相次ぐ思いがけない出来事の結果として提示される。以上が、こうしたことすべて（彼女の小説、名、真の作品の著者としての自己を作ること）において彼女が結局、大したことはしなかったと信じさせ続ける女性の立場なのだ。書簡の無数の箇所に反響している先入観は、そこに自分を認めるよう、サンドが読者に差し出す大きな鏡の中で頂点に達する。うわべは型にはまった実践の巧妙なレトリックの中で自分を見せたり隠したりして、彼女は、〈娯楽〉というその性格を残そうとする活動に対して真の隔たりを示しながら、既存のモデルの実践の中に足を踏み入れる。サンドは自分の人生を並外れた才能の証にはしない、その逆だ。彼女の文章がはっきりと示していることを、彼女の言葉が所々で明確に否定する。フロベールが、文学があまり重きをなさない彼女との文通関係に入る前に、〈［彼の］青春時代に［彼を］あれほど夢みさせてくれた作家〉[44]が文学を全存在の理由とさえしないのでいらだち、この表裏のある話に不快感を抱いたことは理解できる。

　こうして女性作家のパラドックスが表明される。サンドは一つの職業に携わることを望み、それ以上でも以下でもない。文学の分野で彼女がある程度の才能を発揮するにしても、その才能は唯一のものではない。自伝はそのことを想起させ、軽妙さとまじめさとの間を、作家という職業を説明する配慮（その生成の経緯を述べることで）と、状況が課す一つの仕事以外のもの、数ある〈息抜き〉[45]の中の一つを文学に見ることに対する拒否との間を、絶えず揺れ動くことで示している。この態度は、女性作家にほとんど道を譲ろうとせず、彼女たちを幾らかでも認めようとしない文学界との対決に身を投じた当時の女性作家に特有なレトリックから生じるにしても、それはまた、より根源的な困難、ジョルジュ・サンドの人格に関係する困難を示している。

　女性作家のパラドックスに、〈人間〉サンドのパラドックスが対をなす。それを語るために、自伝作家はそこでもまた二重の話で自縄自縛に陥る、すなわち、言葉の読みやすさとこの物語の静穏で外見上は抑制された性格が、自己であることとの困難とそれに伴う苦悩というけっして止むことのなかったものを覆い隠そうとする。書簡が折々にそれを伝えていたし、虚構も同様だ。とりわけ、自らの印《しるし》、つまり理想、結婚、幸福、共同体を少しずつ見出した、より信頼を込めた小説の題材で苦悩の問題は解決されたか、ほとんど解決されたと考えることもできた。『わが生涯の物語』はそれでも、驚くべき規則正しさでそこへ立ち返る。内にこもった苦悩が透けて見え、そしてあふれ出る。それほどまでに、苦悩を抑えることは不可能に思われる。

〈生涯を通して、わたしは他人の情念に翻弄された〉[46]とサンドは、母親と祖母を対立させる不和を思い出して打ち明ける。この一般性が表明され、悲嘆の主要な理由は父親の死に関してよりも、息子と夫を失ったばかりのときの母親の象徴的な姿をめぐって明確になる。[47]母親の寂しさが少女の心を〈いっぱいにする〉のだ。祖母の命令によって、ソフィ・デュパンがパリへ戻るとき、オロールは〈一種の不幸な情熱〉[48]に身をゆだね、一方、母親の方は娘に対して〈優しさよりも情熱〉[49]を表に出す。この過剰は、関係を特徴づけるにように思われ、その結果は一体化をますます難しくする一連の否認にある。疑いが忍び込む、そしてアンビヴァレンツは、かつての情熱を〈共感と反感、信頼と恐怖の混合〉[50]に変え、時の経過が修正することはない。少しずつ、悲嘆はもはや名のないものとなる。だからといって消えはしない。それは慢性疾患の様相さえ見せる。〈〈悲しみが戻ってくる、対象のない、名づけようのない、たぶん病的な悲しみが〉[51]。消え去ることのないこの悲しみ――自由に振舞えないという意識、〈わたし自身で存在〉[52]していないという意識が隠しているものを自伝作家が言い当てるにはさらに時間が必要だ。自分であることはここでは少しも自明ではない。アイデンティティは絶え間ない探求の対象であり続ける、そしてサンドは、〈愛情を規制する精神的掟〉[53]を夢みる。これほどに他者の愛情は破壊的で、人格を解体するものであることが明らかになった。〈わたしは過去に……恐ろしいほどに悲痛な思い、やりきれない幻滅、真の苦悶の時を体験した〉[54]と、総括する。

心に決めた、明るい目標から遠く、また、サンドが〈その個性で読者の心を占め[55]〉ようと望まず、連帯の名において経験の似通っていることを主張する冒頭の自信にみちた言葉から遠く、『わが生涯の物語』の最後の数ページはこの点でとりわけ雄弁だ。そこでは、彼女の人格を絶え間なく他人の気まぐれの犠牲としながら、〈表に現れない苦難[57]〉に耐え抜いたという意識を持つ女性の〈人生に対する嫌気[56]〉が繰り返される。自殺の誘惑、〈墓の魅力[58]〉、『レリア』で熱を込めて語られた絶望が、まるでそれ以来何も獲得していなかったかのように、まるで作品も名も、まさしく耐えがたい家庭の状況[59]が押しつけた不満をうまく消滅させなかったかのように、突然、再び現れる。サンドは自分や、歩むべきだったかもしれない人生や、携わるべきだったかもしれない職業との不一致という意識を繰り返し語る。彼女は自らの〈本質的に女性的な体質〉のいらいらしやすく、不安定で、怒りっぽい、〈むら気〉を打ち明ける。したがってそれは、彼女が動揺しすく、神経質で、心配性とも形容するこの〈気質〉のゆえになのだ[60]。それでも、彼女は、自分が〈完全には女性[61]〉でない（完全には、ここでいう女らしさの典型ともいうべき、自分の母親のようではない）と強調する。彼女は〈男性的な美徳[62]〉を夢みた（とりわけ母親に似ないために）と言う。『アンディアナ』の出版は、分裂あるいは亀裂、〈もう女性でもない、［…］男性でもない[63]〉という亀裂の意識を強めた。文章を書くことは、（単に）女性であるということを拒否することだ。それは（戦略的な理由のために）男性の側に移ることだ。時代や、心的傾向、さらにはそれが強いる束縛から、この変容は不可欠になる。女性たちの神経過敏、女性たちを動揺させ、突き動かす絶え間のないこの不安、それは不完全な教育の結果であると、サンドはよそで書いている[64]。知的な性格を備えた活動すべては男性の側に移ること、その態度や服装、あるいは、名を取り入れることを要求する。確かに、この〈変装〉のもとで女性は、『エルサレム解放』の決然としたクロリンダのように、変わらずそこにいるが、名が彼女を守り、男性の格好が彼女を興味本位の目から隠す。

女性である（そして、その名のもとに時代が押しつけようとするすべてに同意する）ことに甘んじられない女性に取りついている耐えがたい緊張をいかにして消し去るべきか？　やりきれない情愛と非常識な企てのために有害な他者たちをいかにして近寄せなければいいか？　とくに、こうした状況において、いかにして自分のものとして存在を獲得し、自分になればいいか？　提示される答えの中に理想、虚構、詩が姿を見せても、驚きはしない。

［…］わたしの生き方を自由に選ぶことができたあらゆる状況において、わたしは自分の周りの現実を理想化し、悪人や暇人がそこに入りたくなったり、とどまりたくなったりしない一種の虚構のオアシスに変える手段を探した。黄金時代の夢想や、田園的、芸術的あるいは詩的な無垢の幻影が子ども時代からわたしを捉え、成人になってもわたしに付きまとった[65]。

根本的な変更なしには自分であることの不可能性、よそで、つまり、別の名のもとで実践される想像力の活動の中でのアイデンティティの創造、両性具有を経る必要性、虚構の幸せ、他のものは一度も話題にならなかった。『わが生涯の物語』はこれらすべてを語っているが、ほのめかすにすぎない。語り手の名高い淀みのなさ、読者を引きつける精彩、小説的なものへの愛着、それでもなお話されることに対し極めて効果的なついたてとなる語る喜び、実存する苦悩、ジョルジュ・サンドという名の自己の虚構になるよう仕向けた過酷な企て、こうしたものに目をくらませられないよう、作品を注意深く読む必要がある。作家が世代の問題や、今や廃れた流行に帰着させようとする憂うつ、彼女がしばらくの間、身体的な原因（肝臓のはれ）を与えようとさえする憂うつは、疑いもなく生涯を通じての道連れだ。厳密に言えば、『わが生涯の物語』は内面を語らない。羞恥心と慎みが女性の言葉を強く拘束する時代にあってどうしてそれを言えるだろう？[66]自伝は自分自身と和解した作家を示してはいない。パラドックスは残る、そして、それを助長する苦しい矛盾が。時代、特異な運命、社会の精神構造と同様に特殊な家族により課せられた束縛に対する非常に激しい感受性、つまり十九世紀と祖母と父と母が構成するデュパン家の人々、例外的な要因全体に対する例外的な反応がその原因だ。かくして、苦悩と抵抗の中でサンドは、ジェルメーヌ・ド・スタールをヴァージニア・ウルフに、コレットをマルグリット・デュラスにつなぐ鎖の中に位置する。その点で彼女たちと同じく、女性であることとの特異な困難や、めまいがするほどの不安を文学で語る必要性に直面することでサンドは彼女たちに似ているのだ。

『わが生涯の物語』の後で、サンドが読者に自分の人生についての打ち明け話をすることはもはやない。小説に戻り、書簡を思想表現の重要な形式とし続けるだろう。以後、自らの公的なイメージや大作家としての役割に完全に専念し、自身については芸術的方法でのみ語るだろう。一八七一年に出版される『戦時下のある旅人の日記』はこの固い決意を裏切らない。それが〈公開書簡〉の考察と良識の語調からそれることはほとんどない。旅人の姿の固持、語調の率直さや一人称での叙述の隠された真正さを可能にするこの半ば文学的、半ば内密の形式の中で一度も打ち消されることのない確信。書簡のみが、その時々に文通の相手しだいで伝えられる小さな自伝的総括を定期的に表し続けるだろう。一八六九年にルイ・ユルバックに宛てた総括はしばしば引用され、最も意味深いものの一つだが、一八七六年、出版者レヴィがフェルマータとして発表する。

［…］わたしの生涯の最初の四十年間については『わが生涯の物語』を参照してください。［…］この物語は真実です。飛ばし読みすればいい細部が多くありますが、ざっと目を通されれば、わたしの人生のすべての事実を正確にお知りになることでしょう。最近の二十五年間については興味深いことはもう何もありません。まったく個人的な悲しみ、死や、離反や、そしてわたしたちが、あなたもわたしも、同じことを苦しんだ世の中の状況を経験しましたが、今は、家族に囲まれ、非常に静かで幸せな老境です。［…］大層愛した二人の孫を失いました。娘の女の子とモーリスの息子です。でも、息子の幸せな結婚から生まれた可愛い孫がまだ二人います。嫁はわたしにとっては息子と同じように大切な存在です。家事や一切の管理を二人に委ねました。わたしは子どもたち

を楽しませ、夏には少し植物採集をし、大いに散策し——わたしはまだ卓越した歩行者ですよ——昼間と夜に自由な時間がそれぞれ二時間ばかりある時には小説を書いて、過ごしています。わたしは容易に、楽しんで書きます。それはわたしにとって休息なのですよ。(67)

容易さ、楽しみ、サンドはこれらの言葉をどんなことがあっても使い続ける。かつてなく男性的性格を強めた文学界が、フロベールからランボーまで、文体や構成の苦しみに、また、いわば精神を高揚させる宿命として把握された才能に、その全存在を捧げる必要性を大げさに言及しているときに、サンドは挑戦的に、物語るという最も単純で最もささやかな満足に好んで帰着させる立場の対照を楽しんでいるのだ。

彼女を時代に対立させた大論争の中にあっても、また、人生をもう終わりにしたくなるほど苦悩しながらも、サンドは決断を下さなかった。彼女は少しずつ過去の苦悩を葬り、自分との本来的な分裂を甘受したように見える。もっとも、一八七〇年以降、友人たちに繰り返しているように、書くのをやめようと望んだらしい。いわば、虚構の死活にかかわるほどの必要性が鋭さを失ったからか？　彼女がサンドとなり、だれの目にも、また、彼女が姓の代わりに筆名を与えた家族の目にもサンドであり、さらに作り出す必要がもはやないからか？　それでも彼女は仕事を続ける。多くの作品が制作され、尽きることはない、むしろ逆に、短篇、中編、小説といった作品のそれぞれが強固にし、豊かにする。一八七六年の冬、サンドはフィオリ嬢という名の可憐な踊り子に恋する養子の物語、『アルビヌ・

フィオリ』の執筆を始めた。イタリアについて語り、『転がる石』や『デゼルトの城』を思い出させずにはおかない書簡体の小説。したがってサンドは最後まで小説を創作する魅力に身をゆだね続ける。生涯を通して、彼女は〈自然に〉この命令に身をゆだねたのだろう。〈わたしには虚構の世界が必要だった〉(68)と、『わが生涯の物語』の中で打ち明けていた。

第10章　コーダ（結び）——サンドの読者、ゾラ[1]

……才能とはまったく不釣合いなこの栄誉。
才能ではなく作家の性がもたらした栄誉。
ジュール・バルベー・ドールヴィイ『書簡文学[2]』

作品と名にかかわる考察のコーダとして、十九世紀後半におけるジョルジュ・サンド受容の簡潔な分析を提示することは有意義に思われた。

既存の研究は、辛辣な批判と大仰な賛辞とに、思想の大胆さや比類のない文体の自在さの賞賛と道徳、宗教、結婚制度の侵害に対する糾弾とに引き裂かれたロマン主義時代のジャーナリズムをえてして対象とした。「青鞜婦人」（文学かぶれの女）とあだ名された女性たちに付きまとう揶揄や、それに続くドーミエの戯画から、女性たちの知的なうぬぼれを嘲笑しようとする社会の抵抗がどの程度か見極めることができる。社会は女性たちの役割を私生活の伝統的な仕事に限定し、よく知られた対比を使えば、母親か娼婦たれと命令する。

文学が、時代後れになったロマン主義の金ぴかの服を少しずつ見捨て、レアリスムの新しい服を身に着ける世紀後半、サンドとその作品の受容が変化したことが明らかになる。サンドは今や文学機構の中で無視できない位置を占めている。彼女はミシェル・レヴィ社から出版し、マニー亭の夕食会や*マティルド大公妃のサロン、ジェローム大公のサロンに頻繁に出かける。芸術家や文人たちがノアンに押し寄せ、彼女の戯曲はしばしば大成功を博す。彼女は社会問題に関する記事を定期的に執筆し、いくらかの批判がありはするが、一種の精神的教導権を行使し続ける。それでも、彼女は、その理想主義的な性格や、道徳的で、社会主義的で、ユートピア的な目標が、多くの人々には完全に時代後れではないにしても、少々廃れたものに思われる作品を書き続ける——彼女の友人であり、一八六〇年代半ばから文学領域での最も重要な文通相手であるフロベール自身もこの見解に大まかに賛成する。

＊サント＝ブーヴ、ガヴァルニの提案で、一八六二年以来、文壇や科学界の著名人がマニー亭に集まり、食事をとりながら談笑した。ゴーティエ、ゴンクール兄弟、フロベール、ベルトロらが常連だった

したがってサンドの作品に対して述べられる批評は、小説とそれを作り出した（女性）作家を分離することが決定的に不可能であるかのように、その人格に対するしばしば刺《とげ》のある考察であり続けるだけに、検討に値する。そこから、世紀後半の嗜好や嫌悪、文学領域での幻想、両性のそれぞれが占めるべき位置に関する考えを伝えるイメージが浮かび上がる。それは政治的なものと審美的なものが混じり合ったあらゆる見解だ。この点で、サンドは、周知の革命的痙攣や政治的悪習の中でしばしば

かろうじて成熟する十九世紀社会の価値や苛立ちを並外れて示唆する者として現れる。ボードレールとバルベー・ドールヴィイのサンド〈受容〉はよく知られている。詩人が『赤裸の心』（死後刊行）の中で彼女に浴びせる悪口雑言の理由も、彼女が『レ・ディヤボリック』〔悪魔に憑かれた女たち、悪魔のような女たち、の意〕の作者〔バルベー・ドールヴィイ〕にかき立てる矛盾する敵意も同じように。(3) おそらくあまり知られていないのはエミール・ゾラの態度だ。彼は若い頃、サンドの数篇の小説の熱心な読者だったが、そのあとで一八七六年に、人のよさそうな外見の下に、作品と女性作家を決定的に糾弾する攻撃文を書く。ゾラは何を主張するのか？　いかなる文学観に基づいてか？　彼の論拠は何か？　表明された非難はいかなる性質のものか？　これらの点はいずれも、ジョルジュ・サンドを文学の周辺部に明らかに遠ざけようとする性格を持ち、科学的、近代的、自然主義的な小説を構想する別のやり方の名において、作品が異論なく時代後れであるイメージ――その重要性をしっかり認識することも、その理由を理解することもなく、文学史も教科書も選集も今日に至るまで伝播し続けているイメージ――を作り上げるゆえに、これらに立ち戻ることは興味深い。

一八六〇年、ゾラは二十歳だ。彼は友人のジャン＝バティスト・バイユに、自分の大志や読書や、これまでの文学と、将来、存在し得るだろう文学についての意見を定期的に書き送る。当時、ゾラはまだロマン主義から離れておらず、相変わらずミュッセの再来たらんと夢みている。(4) 彼の野心は詩的であり、作品も同じだ。これは、声高に誇示する近代や進歩や変革への熱狂と奇妙なずれがあるように思われる。[5] ゾラは友人にサンドの小説を何篇か読む決心をしたと知らせる。〈僕の周りでこの作家に対する賞賛がいっせいに沸き上がるのを僕は聞いていた。僕自身で判断する時間がまだなかったので、他の人々を信用してこの作家を敬服していた〉[6]。彼は五篇の小説を読み、それについて、まだリセに通う若い友人へ手紙で詳細に報告する。『魔の沼』、『ルクレツィア・フロリアーニ』、『アンドレ』に関して、ゾラはまず全体的な評価を下す。

これら三篇の作品では、文体、状況、感情にある種の段階が見られる。素朴で魅力的な牧歌の『魔の沼』と、愛が熱狂的に爆発する悲劇的事件の『ルクレツィア・フロリアーニ』の間で、『アンドレ』は情熱と田園詩の見事な混合で過渡的段階の役割を果たしている。[7]

しかしながら、彼は描写が、〈とくに人物の性格描写が〉冗長にすぎると感じ、さらに、男性と女性の人物に充てられた不公平な取扱い、しかも、恋する男性に対する恋する女性の明らかな優越性に苛立つ。

すべて［三篇の小説］の中で、愛する男と女は、彼らの周囲がどうであろうと、彼ら自身の性格がどうであろうと、筋立てはいつもほとんど同じだ。男の方は、数ある重大な欠点を許してもらうために愛する、過度なまでに愛する、というたった一つの長所しか持ち合わせていない。

女の方はそれほど情熱的でも夢中でもないが、より思慮分別があり、より完璧だ。［…］『アンドレ』では］、常軌を逸した夢に我を忘れたことで二人はともに不幸だ。だが、この共通の過ちにあって女はどれほど罪が少ないことか。［…］女はこの苦悩の前には美点そのもので、その後も苦しみの中で完璧で、気高さを失わずにいる。唯一の長所がその熱狂である男の方は逆に、無数の短所を背負って転げ回り、彼にとっても他の人々にとってももはや涙の種でしかない。［…］結局は、常に同じ考え、つまり、〈男は女を一度として理解しなかった大ばか者で、もし彼が真っ直ぐに歩きたいのであれば、女に導かれるに任せるしかない[8]〉という考えだ。

反面、ゾラは、サンドが現実的精神の持ち主であり、社会主義的立場をあちこちで標榜し、結婚に対し激しい敵意を抱いているという〈うわさ〉を伝える。すでに一八三六年の『シモン』以来、結婚を恋愛の感動に対する唯一の幸せな結末とする田園小説や多くの小説にもかかわらず、それは初期の小説や『レリア』の悪評がもたらした、一八六〇年代初頭にあっても相変わらず支配的なイメージなのだ。それでも、サンドの信念がゾラの気に入らないわけではない。彼はそこに〈がむしゃらな慈愛〉を見、興味がないと断じはしない[9]。結婚に対する敵意については、彼はその理由を吟味しようと試みる一方、『アンディアナ』を検討し、先に強い印象を与えられた女性登場人物に対する作者の好みを認める。

［…］読者にまず夫の嫉妬を、次いで恋する男の利己主義を示し、男たちが女たちに比べてい

かに卑小であるかを見せつけて、［サンドは］女たちを称揚し、女たちだけが愛することができると結論づけた。ただ、［…］女を褒めそやし、群衆の上に持ち上げて、［彼女は］それによって女を孤立させ、自らの孤独を嘆かせるのだ。(10)

しかし、興味をかき立てるのはとりわけ、〈涙を流さずに、感激の身震いを覚えずにページをめくる〉(11)ことができない〈奇妙な作品〉の『ジャック』だ。ゾラは、登場人物のジャック、フェルナンド、オクターヴ、シルヴィアをきわめて鋭く分析し、概要を示して〈悲しい真実〉と結論し、思い切って結婚に関するいくつかの考察をする。

僕が結婚を強く賞賛しているということではない、それどころか、もし自由にさせてくれるならば、僕は注目すべき変更をするだろうさ。［…］もし激しい情熱を愛と呼ぶならば、確かに結婚はそれを与えてくれはしないさ。もし幸福を雲一つない晴天と理解しているならば、もっと遠くまで探しに行きたまえ。だが、過度に気難しい人間でなければ、切望する愛が深く穏やかなものであれば、幸福を晴れた日もあれば雨の日もあると理解するのであれば、結婚したまえ。(12)

（少々狭量な良識で特徴づけられた）こうした言葉は、その逸話的な性格のほかに、ゾラという読者の嗜好と期待を理解させる。将来の作家は、登場人物たちの行動を分析し、彼らを駆り立て反応させる心理的メカニズムを理解する。彼は状況の真実らしさに注意を払い、そこから引き出せる教訓の特質について自問する。結局、かなり型どおりの文学理解、つまり、ゾラは、真実らしさの尺度で判断するためにだけ文体や形式に関する指摘をする。行動や性格の領域で、彼は現実の観察が裏づけることができるはずのある種の写実性を重視する。〈小説は描くという目的しか持たないのではなく、改めさせることもしなければならない〉[13]と書きとめる。小説の題材は読者の側からの一体化か拒絶を前提とする教訓の場であり続け、教訓の展望は現実主義的で精神的なものだ。

かくしてゾラは〈芸術のための芸術〉や、一冊の書物が〈その文体の力だけで〉（フロベールが願うように）存在することができ、何の役にも立たない、という考えから遠く離れている。さらに、女性に決定的な地位を与え、そのフラストレーションに声を与え、その立場に固有な困難を主張する小説の題材を前にして、ゾラは抵抗する。彼は理由の分からない行動や、実際には有害な結果しかもたらしえない女性の優位性を非難する。彼は、男性には女性を理解する能力がない、さらに、重大な欠点を持つ男性（彼は根拠のない偏見と読み取る）[14]が、別の希望や期待を持つ存在と対決しているという考えを退ける。彼はなるほど『ジャック』を高く評価するだろうが（男性登場人物が割りのいい役を演じているからか?）、真実性が要請する詩的な美しさを見抜かないわけでも、切り離さないわけでもない。文通相手に、彼はこの小説の読解を次のような言葉で結ぶ。

〔…〕詩人として、僕はこれほど美しいものを読んだことはない、だが、男として、理想と現実のこの嘆かわしい混合を認めはしないと言って、締めくくろう。[15]

回顧的な読書をさほど強制しなくとも、ゾラの〈自然主義〉が構想されていることが理解される。詩人ではあるが（確かに、もうこの先長い間ではない）、サンドのこの若い読者は、その唯一の力が幻想の力であるような美を警戒する。彼は、確かに『魔の沼』の作者の数多くの小説に見られる特有のレアリスムと理想主義のこの種の混合を容認しない。それも、すでに文学的計画となっている一つの展望を考慮してのことだ。[16] 彼が科学思想に出会う前に、とりわけテーヌとクロード・ベルナールの思想に出会う前に、意味深い緊張がその思考方法の中で聞こえる。つまり、詩人が人間と、美が現実と、理想主義が自然主義と闘争するのだ。〈詩人になれ／詩人でないようにしろ〉、この種の矛盾する文学的命令は、まだその特徴を探しているが、しかし——性格、教育、要因——などでの根本的な屈性を認め、それを命名することにすでに成功した文学についての考えに神経を張り巡らしているように見える。すなわち、〈おお、優れた作家たちよ、……あなた方は創意を考慮に入れるのですか？　ところで、私は、この持ち分を、熱情の中ですさまじいことを作るためにではなく、単純で、現実的で、日常的なことを生み出すために使うつもりです〉[17]と、ゾラは一八六〇年五月二日付の手紙に書いている。詩的計画は廃れた（だが、彼がそのことを納得するにはまだしばらく時間が必要だろう）。ゾラはロマン主義を認めず、他の主題、つまり、日常の単純さの中で起こる主題のためにすさまじい情熱の持つ小説的なものを拒否する。ミュッセ風のロマン主義論理の中で、詩情が与えることを可能にしていた夢と想像力の部分はそれに対立する現実と観察のために少しずつ消えてゆく。ゾラの詩学はすでに確固とした対立的論理に基づいて考えられ、構想されていることが指摘されよう。当然ながら思想の実験室の役割を果たしている青春時代の手紙が少しずつ推察させる目標を、以前／今、彼ら／私、創意／現実、抽象的な／具体的な、並外れた／平凡な、等々が定義する。このような文脈の中で、ジョルジュ・サンドの小説がこの後、積極的に何らかの再評価の対象になるとはほとんど思われない。

以上の言葉は、一八七六年六月のサンドの死に際してなされる、その作品に関するより全般的な考察の間接的な序論となる[18]。「ヨーロッパ通信」七月号でゾラはこの小説家に長文の記事をささげるが、それは、こうした状況では容易には避けられない愛想のよさと、いくつかの定型表現のもとに、彼女の作品と彼女が表現する美的モデルに対するきわめて断固とした非難であることが明らかにされる。ゾラはこの発言で守旧派を近代派と、ロマン主義者を自然主義者と、夢を科学と区別するすべてのものを再び明確に示す。青春時代の手紙に記された考察の中で芽生えるのが見られた対照法的な思考方法だ。ここでジョルジュ・サンドは、自然主義の（数度目の）擁護と説明の口実となるだけではない。ゾラは彼女の作品に精通していることを示し、そのいくつかの特徴を（今も）高く評価することができる。それでも、判断は、それを述べるために持ち出された理由と同様、決定的なものであり、注意深く検討することが必要だ。

ゾラはまず大まかに近代文学を描写する。はじめにロマン主義、そしてそれを例証するために、四人の作家、つまりスタンダール、ユゴー、バルザック、サンドを挙げる。しかしながら、よく見ると、二人の小説家のみが検討に耐え、パスカル博士の原型よろしく、ゾラが大いに腐心して作り上げるこの文学的系譜に名を連ねることができる。家族に倣って、文学領域は確かに相続と家系、影響と遺伝的特性の関係の中でのみ理解され、これら最後の点は横領された相続も、断絶した家系も排除しない。したがって、先駆者たちを示し、特異さを超えて精神的家族を認め、その枝が自然主義の誕生を直接に培った木を想像することが重要なのだ。詩について、ゾラは躊躇なく三人の先駆者、つまりラマルティーヌ、ミュッセ、ユゴーを挙げる（そして、彼の世代は彼らと一線を画することができなかったと主張する）。小説について、彼は二人を挙げる、スタンダールとバルザックだ。ユゴーは遠ざけられる、自然主義作家は〈彼のうちに小説家を認めない[19]〉からだ。サンドに関しては、彼女はバルザックと比較され、乱暴な突き合わせから敗者となる。

バルザックとサンドは［…］今日のすべての小説家を生み出した二つのはっきり異なるタイプであると私には思われる。［…］彼らの開いた胸から、真実の河、夢の河という二つの河が流れ出ている。［…］つまりジョルジュ・サンドは夢だ。［…］全生涯を通じて彼女は癒す人、進歩を成し遂げる労働者、至福の生活の伝道者たらんとした。彼女は詩的体質を持ち、長く地上を歩くことができず、ごくわずかな創造的霊感にさえ舞い上がった。それゆえ彼女は不思議な人類を夢みたのだ。［…］反対に、バルザックは真実だ。医者はもはや癒す人間ではない。その鼓動を正確に数えるために生命に耳を傾ける解剖者であり哲学者なのだ。

最初から下されると、判断は分析にとって指針となり、このように周到に準備された巧みな対比は全体的な論理構成を効果的に支える。論文の第一節はそれを次のように要約する。

バルザックとジョルジュ・サンド、これが若い作家たちすべての知性を奪い合う問題の二つの側面、二つの要素だ。すなわち、その分析と描写における正確な自然主義の道と、想像力の虚構により読者に福音を説き、読者を慰める理想主義の道だ。五十年近く前に対立が提示され、今なお実験が続いている。やがて半世紀この方、現実と夢が争い、人々を二つの陣営に分かち、途方もなく多産で、互いに屈服させようと努めた二人の並外れた擁護者により代表されている。

巨匠たちの対立の幻想的イメージ（そしてユゴー的文体）、明白であるには程遠い対立関係の一目瞭然の誇張（サンドを模範としようとする若い作家たちとはだれのことかあまり明らかでない）[20]、あらゆる形の想像力に対する公然の敵意（まるでバルザックはそれを欠いていたかのように）、要するに、ゾラが次にそれを根拠づけるものを明かさないわけではなく、不承不承のように、十分時間をかけて育んでゆく相違の先鋭化が指摘されよう。

人と作品。サント゠ブーヴが批評の分野に初めて持ち込んだこの関係は、たとえ彼がその表現を考案したのではないにしても、特別の効果をもってゾラにおいて再び現れる。決定論が頭から離れないこの心理学愛好者は、サンドの理想主義、反逆精神、並びに夢みがちなその性格は、テーヌの有名な定式を使えば、〈硫酸塩や砂糖と同じように生成物である〉と説明する。彼の考察の第二段階を占める伝記的側面について、ゾラ自身、『わが生涯の物語』をつぶさに検討したと証言する。同書に満ちている詳細は、彼がサンドをいわば文学のテレーズ・ラカン〔ゾラ『テレーズ・ラカン』のヒロイン〕に仕立てることを可能にする。幼児期から想像力が際立った特異な資質、彼女の〈創意と理想化という主要な能力〉の開花に好都合な土壌、〈男の子のような振舞〉、こうしたすべてがサンドに〈強靭で、自由で、思想でも行動でも解放された〉人間になる覚悟をさせる。明らかに結婚にはほとんど向いていず、男性であることを望みながら、〈自由恋愛と情熱の神聖さを信じ、不可避的に女性、そして解放された女性〉であり続けた。反逆、政治的信条に変化する神秘主義、夢と高潔、すべてが関連している。見かけに反してけっして放棄されない中心的な要素は、依然としてあの女性らしい性質、〈不可避の〉決定因子だ。というのも、試みられはするものの、作家はその抗《あらが》い難い性格から逃《のが》れることはないからだ。

サンドの人格についてのこの解読は、伝記的分析が明らかにしたことを繰り返す論文の第三段階に、すなわち彼女の〈文学的気質〉の分析に通じる。一つの例外なのか、サンドは？　何らかの現象が彼女のうちに両方の性を同時に与えているのか？　こうした疑問に対してゾラは否と答える。ジョルジュ・サンドは一人の女性、つまり、初めから最後までただ単に一人の女性だ、と。

彼女のうちに改革者、社会に憎悪を抱いた頑固な革命家を見ていたとき、彼女に対する評価は悪意に満ちたものだった。私にとって彼女は、あらゆる点で、そして常に単に女性であり続けた。[…]彼女は優れた女性だった、情熱的な心を持った女性だった、だが、その性を耐え忍び、その性に由来し、不可避的にその性につながれた女性だった。学生のフロックコートの下に、[…]長い髪、感動に震える胸、自然の法に余儀なく従う母親の心と妻の心を持ち続けていた。

時代の予断をこれ以上見事に要約し、前述の女性的本性についての社会通念をこれ以上うまく総括することはできない。〈優れた〉女性ではあるが、サンドはこの本性に対して何もできない。彼女は一方の性であり、それを〈耐え忍び〉、それに〈由来する〉、必然的な生成物だ。ゾラにあっては意味論的に大きな力を担うこの言葉がここで二度目に現れる。女性は何をしようとも、何を試みようとも、妻であり母なのだ。自らの意志に従わせることができ、必要とあらば、絶対的な態度をとる自然の摂理が望むように。変装や筆名も含めて、サンドという人物の限界がそこにあり、社会が一時的にもそれに騙されたのは、ゾラの目には奇妙なことだ。〈ジョルジュ・サンドは、女性たちの解放に向けて一歩踏み出させることにはまったく成功しなかった〉とゾラは平然と書く。女性であるサンドはしたがって女性として論理的に振舞ったのであり、彼女の性にのみ属する性格の特徴、つまり、本当の羞恥心、素晴らしい想像力、脆弱な哲学をあれほど見事に見せた。[21]〈健全で〉、〈熱がない〉、本物の作風を欠いた[22]仕事の所産である、彼女の多量な作品全体にしたがって、〈彼女の性の矯正できないしるし〉がついているのだ。

こうした考察は、ゾラにとって、男性と文学の反対推論による定義の役割を果たすことが理解されよう。この点で作家ゾラが、客観的知識の次元の言葉であるかのように、〈男性とは何か〉については考えないままに、〈女性とは何か〉〈彼女は女性の本性に隷属しているゆえに、彼女が作家だということは補足的だ〉をもったいぶって論じるのを目にすることは意味深い――この行為はもちろんゾラだけに特別なものではなく、この時代の多くの作家たちが女性的なものを知悉していることを証明しようと懸命になる〈多くの点で彼らもまた女性であると宣言するに至るほどに〉が、反面、彼ら自身の性について同種の考察を始めることにはさまざまな程度で、あらゆる種類の理由から、ためらいを見せる。男性は何も耐え忍ばず、何からも由来しないという本性を持ち、自分の性の狭い限界に閉じ込められてはいないという好都合な特権を保持し、夫と父親としての活動、つまり、その実行の場が私生活に限られた純粋に性的機能のみに帰するのではないことが逆に理解されるだろう[23]。また、文学者の方では、臆面もなく、想像力の高揚に頼らずに、構想し創作することが、文章を書けることが、確固とした〈哲学〉〈知識と道徳感と美的原理の混合〉に導かれることが理解されるだろう。

一方にとってはすべてが限界で、束縛で、服従であり、他方にとっては自由で、自立で、知性である、両性のこの表象に似せて、（自然主義）文学は、女性的羞恥心が要求するベールや、奔放な想像力や、夢とそれに伴うすべてのことにうまく甘んじられない。それらすべての理由は何か？〈結局のところ仲間たちの中で最も弱い者によく似て［…］、強い肩に寄りかかりたいと思っていた〉サンドに、だれか一人の男性が、支持者が、庇護者が欠けていた。だが、ミュッセ、弁護士のミシェル、ショパン、そしてほかの何人かは？〈閨房の細部〉に立ち入りたくないと主張しながらもゾラは問う。〈［ミュッセは］ただ歌っていた、それでは十分でなかった。もし彼が福音を説いていたら、彼女を服従させていただろう〉。この主題に関する最も陳腐な常套句の一つと一致するこの断言に注釈は不要だ[24]。過ち、彷徨、錯乱、理想の不確かな高みへの逃避、これらが一つの人生と作品の局面であり、すべてがその評価を落とすよう断固としてゾラを仕向ける。

理想主義に対するこの不断の欲求、心と精神の自由へのこの絶えず繰り返される飛翔、より広大で、より詩的で、より精妙な人生を夢みるこのやり方は結局、幼稚な想像力の乱用や、死ぬほど退屈でうぬぼれきった世界の創造に達する。現実は、たとえ粗野であろうとも、はるかに健全なのだ！

理想の乱用と夢の病的な性格に対する、真実という健康法。対句を用いた方法はこうして精神的次元で強化される。ゾラは彼の話の第四段階を『モープラ』への長い言及で締めくくり、揶揄するような口調で結論づける。

われわれ［自然主義作家たち］は単なる調書を作成する。老人たちが、彼らの子ども時代をはぐくんだ物語を懐かしむのは理解できる。この世のおぞましい現実から離れて、真っ黒な山賊や真っ白に光り輝く恋人たちでいっぱいのおとぎ話を聞きながら眠りにつくのはさぞ心和むことだっただろう！

第五部は見たところではより肯定的な言葉で構成されている。というのもゾラはここで、『魔の沼』などの田園小説や、作家の〈輝くような秋〉に生まれた後期の小説を賞賛しているからだ。とはいえ、レアリスムと理想主義のどちらの肩も持たない読書方法は、その敵意を少しも失っていない皮肉な調子のままだ。

ジョルジュ・サンドが描写の真実などまったく意に介さず、犬やロバまで理想化し、自然の中から選び出し、読者を感動させ、人間の美しい面を示すことで読者を教化することがその唯一の野心だと合意された今、彼女の田園小説以上に心地よい、感動する読書はまったくない。彼女はそこに、主張の意志が消滅し、限りない魅力を持つ第三の作風を見出したのだ。

ゾラによれば、サンドの作品群には四つの作風が数えられる。まず、若い頃の小説。彼はこれらの小説がかくも〈センセーション〉を巻き起こしたことに驚く。〈芝居がかった、見せかけの冒険的行為〉の『アンディアナ』。〈ロマン主義の真っ只中、一続きの響きの良い美辞麗句の中で難渋する〉『レリア』、あるいはまた、かつての賞賛はほとんど何も残っていない『ジャック』。このような登場人物たちは読者を狼狽させる、彼らは〈逆立ちして歩く向こう見ずな行為〉をしたように思われる、と作家ゾラは指摘する。多くの題名が続き、〈小説が雨あられと降りしきる〉。その中で作家は〈第二の作風の特徴を示すために〉『モープラ』を取り上げる。いっそうおぼろげな輪郭を持つこの作風は、常軌を逸して現実離れしたものに、形式上の創意の〈文学的ごまかし〉、つまり、偽りの自伝的物語や、擬似回顧録や、いわゆる夜の団欒で語られた物語をまぜ合わせた小説で、例証されるように見える。こうした〈演出技巧〉は、決定的に廃れてしまったロマン主義を想起させる。不幸なヒロインたちについてゾラは自分の感情を隠さない。彼はこの点で何も聞きたくないし、何も理解したくないのだ。

彼女たちはいったい何に不平を言い、何を望んでいるのか？　彼女たちは人生を誤解している、彼女たちが幸せでないのは至極当然なことだ。人生は幸運にも、もっと優れた娘だ。そのつらい時に耐えるのに十分な気立てのよさがあれば、人はいつだって人生と折り合いをつけられる。そうしたことすべては偽りで、病的で、不健康で、醜悪だ。ついに言ってしまったが、私は取り消しはしない。

〈無限の魅力〉を持った田園小説の後に、第四の作風。ジョルジュ・サンドが〈近代的自然主義や、彼女の周辺で増大していくレアリスム精神の影響を受けた〉作風だ。ゾラの心に浮かぶ例は『ヴィルメール侯爵』（一八六一年）であり、その上演は一八六四年のオデオン座で確かに大成功を収めたが、レアリスムのモデルとして通すのは難しい。それでもゾラは、〈この小説は人々が読むことのできる最も感動的で最も誠実な小説の一つだ［…］それは実際に体験したもののように思われる〉と書く。

女性を理解し、作品を的確にとらえようと試みた後で、作家は結論を下さなければならない。それは勝鬨《かちどき》をあげようとする最終的な突き合わせのときだ。

ジョルジュ・サンドの小説を一青年か一女性の手に渡されるがいい。彼らは感動に震えながら読み終え、目覚めていても素晴らしい夢を記憶に留めるだろう。［…］彼女の作品は夢の国を開くが、その果てには現実への不可避の転落がある。女性たちはこうした読書をすると、ヒロインたちと同様、自分たちが理解されていないと表明するだろう。男たちは恋愛を追い求め、情熱の神聖さの主張を実践するだろう。現実や、ありのままの描写の過酷さや、人間の苦悩の分析の方がどれほど健全なことか！　ここには、堕落の可能性はまったくない。自然主義の小説家の調書を読ませてみるがいい。読者をおびえさせるにしても、彼らの心や頭脳を乱すことはないだろう。

こうした作品は、すべての過ちの温床たる夢想を許しはしない。

このように「ルーゴン゠マッカール」叢書の作者は読者に対する小説の効果を確かにひどく気にしている。考察の全体がそれに依拠して築かれている対比方法に事実上読者を立ち返らせる精神的効果。文学には二つの系統と二つの遺産がある。第一は理想主義的だ。この言葉はその意味が明確に説明されないまま頻繁に使われている。それでも、この言葉が描く系譜はゾラの目には明らかだ。ルソーはシャトーブリアンと同様に理想主義者だ（〈サンドは『新エロイーズ』を継承し、『ルネ』を完成させる［…］、彼女の方法は絶対的にこの伝統の中にある〉と彼は書く）。女性でロマン主義者のジョルジュ・サンドは、想像力や夢、筋の魅力をかき立てると見なされる多様な形式、現実や感情の歪められた表現を特徴とする分野に属する。これらの明らかな欠点（サンドが援用し続けた理想主義をゾラはとりわけ嫌悪するように見えるゆえに、彼女に対し表明された攻撃を見かけは弱める）に重大な結果が付け加わる。すなわち、理想主義的小説は有害であり、こうした小説が登場させる非現実的な人物たちと一体化する女性や青年たちを混乱させる。夢みがちで震えている、エンマ・ボヴァリー〔フロベール『ボヴァリー夫人』のヒロイン〕の悲嘆にくれた兄弟や姉妹に対して、現実での何らかの〈不可避的な転落〉や、本当らしくない情熱のまことしやかな描写で頭が興奮し毒されて、何らかの〈過ち〉が心配されるかもしれない(25)。

第二の系統はまったく別の遺産を示す。その〈様式〉は第一の系統と反対であり、読者に及ぼす効果も同様だ。真実、近代性、客観性、健康がその主要な構成要素を成す。サンドをバルザックに、理想主義をレアリスムに対立させる戦いの中で、〈自然主義小説は勝利を収めた〉。理想主義小説の処刑が続く。すなわち、シャトーブリアンは〈もう読まれない〉。ジョルジュ・サンドについては、〈彼女はすたれた様式を代表している。ただそれだけのことだ〉。一つの分野が勝利する。遺産が認められる。スタンダールの遺産やバルザックの遺産だ。強く健全で斬新な系譜が自然主義の確かな先駆者たちによって切り開かれた道を進む。展望は断固たるもので、生気論的言葉がゾラの結びの言葉となる。〈もう読まれることはないが、高尚で立派な人物像であり続ける［…］作家がいる。［…］のちに、彼らは生のために働かなかったゆえに、生が彼らを侮るのだ[26]〉。

こうした論拠は、バイユに手紙を書いた十五年ばかり前からほとんど変っていないことが見て取れる。それははっきりした形を取り、ゾラがこの論文を執筆した時代には、確かに、まだかなり悪意を持って受け止められていた小説的題材の作品にそのはけ口を実際には見出した。作家は明らかに守りに徹している。自然主義闘争は彼の闘争だ。勝利するために彼はあらゆる手段を講じる。こうして彼は、再び突撃するために、批評界の敵意にもかかわらず広まりつつある自然主義を擁護するために、そして、ルソーの跡をたどった有害な先祖たちが作り上げた理想主義の遺産をより確実に糾弾するために、ジョルジュ・サンドの死を口実にしているように見える。夢想家、空想家、〈ばかげた理想の紡ぎ手を引っ込めろ[27]〉。科学に、調書に、真の描写の厳しさに場所を譲れ！

ゾラの美学的言葉全体に認められるこの二分法の体系は冷酷な仕組みとして機能する。文学的な企てに対する極端な支配の幻想が、科学的モデルの高等な性格と、それが伴う客観性、真実、精神的衛生のすべてへの信念と連結してここに見られる。青春期の詩の夢をきっぱりと拒否し、その機能が詳細な検討に値すると思われるこの幻想（青年ゾラの心を打ち、感動させ、そして動揺させたものすべてのこの明白な否認から彼は力を得ているのか？）は、反面、文学史の性差のある解釈を伴う。つまり、軟弱なロマン主義のあとに、論理的に、自然主義の男らしさが続くはずだった。[28]女性的なものとロマン主義と理想主義を同義語にする、文学のこの奇妙な解読はプルードンやレオン・ドーデにも認められるだろう。科学の名において、そして近代性のある種の考えの名において、彼はこのようにすべてのイデオロギー的立場を超越するように見える。

理想主義に対する敵意の背後に、さらに作家の性という、激しい抵抗の別の論点が隠されている。ゾラはこの問題を正面から把握しない。見かけは彼の方法を適用する。つまり、性格、伝記的データ（幼少期と性生活）、関心、著作の特質だ。[29]意外な感じを与えないわけではないが、彼は作家の政治的立場を無視し、まったく根拠のないやり方で、サンドは女性たちの大義のために何もしなかったと断定し、小説の題材に付きまとう不幸な女性たちの泣き言はただ単にばかげていると考える。美学的な強い偏見で磁化され、ゾラの分析精神は、その論理の限界となるいくつかの先入観のためにまともな判断ができない。女性であり続けたサンドはその条件の不可避的で、どうにもならない限界を越えることはなかった。だれがそれに驚くだろう？　彼女の間違いは、（理想主義で調子の狂ったトランペットを口にあてながら）そこから抜け出ようと試みたことだ。彼女の個人的な不幸は、彼女がその思想に共鳴したにちがいない愛人のだれかから〈屈服させられ〉なかったことだ。
彼女が理想主義の作家で、かつ女性であるゆえに、ゾラはサンドに、ほかの何人かとともに文学の礼儀正しい亡霊の位置を占めるよう強いる。しかし、女性を嘲弄するとき、その論拠を際立たせる皮肉は激しさを増す。この点で、ゾラはもはや自然主義派の長として、あるいは近代小説家として行動するだけではなく、同時代の作家たちと女性蔑視を共有する。ボードレールと同じ自在さで、バルベー・ドールヴィイやモーパッサン、プルードン、あるいはレオン・ドーデと、要するにほとんど変わらぬ言葉遣いで嘲笑し、からかい、軽蔑する。

男性／女性？　問題は提起されたままだ。確かに、性的アイデンティティに関する指標の混乱は、ジョルジュ・サンドに移行したばかりのオロール・デュドゥヴァンが、短期間ながら大いに楽しんだ取り違えの訪問だった[30]。当時、作家サンドが男性の筆名を選び、ベリー地方の若者たちと街に繰り出す時に便利さから若い学生に変装することで読者を混乱させたが、批評家たちの方は、名と服装というアイデンティティの決定的なしるしのこうした混同に激しく反応した。この点に関して、最も大きな意味を持つ言葉は、おそらくジュール・ジャナンの言葉にちがいない。彼は一八三六年にアルフレド・ド・モンフェランが編纂する『フランス現代女流作家列伝』の中で練達の士として話し始めるが、最初の数行はまさにこの両義性を当て込んでいる。

彼、あるいは、彼女は、だれなのか？　男性それとも女性？　天使それとも悪魔？　逆説それとも真実？［…］彼女はどこから来たのか？　いかにして彼はわれわれの許にやって来たのか？　いかにして彼女は一気に、無数の形式を持つ驚嘆すべき作風を見つけたのか？　なぜ彼はあのように社会全体を軽蔑や皮肉や容赦ない侮蔑で覆い始めたのか？　この男性はなんと得体の知れない人物、この女性はなんと驚くべき人物！

対立と区別にとりわけ腐心するロマン派以後の時代にあって、作家サンドにゾラが下した断罪を、結論として簡潔に挿入するのは、この文脈の中にだ。

サンドに対して言明された批判のすべてはその性に関するものであり、次の問題を中心に図式化することができる。すなわち、作家となり、公的活動をするために私的領域を離れたことで、サンドは自身の性の境界を出たのか、出なかったのか？　この問いかけは、明らかに男性的なものと女性的なものの間にある乗り越えられない相違、第二の性に固有の社会的、生理的、心理的、知的限界の認知を前提としている。(31)

出された答えは二つの次元のものだ。第一は、サンドにいかなる真の才能も否定し、彼女が女性である以上、その作品は、女性の文章に伝統的に結び付けられたいくつかの特質に論理的に限定される（したがって彼女は何人かが主張するように偉大な作家ではない）と判断すること。第二は、彼女がその性の限界から確かに抜け出し、自らの全責任において男性となり、この二重の特質を備えて独自の位置を占めていると考えること（一つの異常性に還元することで彼女を副次的存在にするのに好都合なやり方だ）。

　第一の姿勢は、ボードレール、バルベー・ドールヴィイ、ゾラ、モーパッサンにより例証される。これは、きわめて雄弁なやり方で、文学の領域で（彼らと）同等な地位をサンドに拒否し、それを彼女の性のゆえにおこなう姿勢だ。ゾラの言葉によれば、〈あらゆる点で常に女性であり続けた〉サンドとその作品は、作家が残念ながらうまく忘れさせられなかった本性のゆえに非難される。この〈鈍く〉〈おしゃべりで〉、〈門番〉か〈囲われ女〉に似つかわしい分別しか持ち合わせていない〈おばかさん〉は、確かにものを書いてはいるが、〈一度として芸術家〉だったことはないと、ボードレールは判断を下す[32]。バルベーとモーパッサンの方は、彼女の息子が編集し、第一巻は一八八二年に出版されたジョルジュ・サンドの書簡集を批評するにあたって、皮肉を倍加する。〈なんだって！　作家だと！　ものなど書かない、最も劣った女たちにさえ与えられている才能すら持たないこの女が、些細なものを持ち上げ、それに翼を与える優雅な軽やかさで、まったく取るに足らないことについて語るとは〉と、バルベーは叫ぶ[33]。『レ・ディヤボリック』の作者は衝撃を受ける。彼は気の利いた些細な話、楽しいたわいない話を期待していたのだ。ところが、残念ながらセヴィニェ夫人ではないジョルジュ・サンドは職業や数字、ジャーナリズムや出版者、ビジネスの話をする。いやはや、下品な言葉だ！　加えて、芸術、その天分や荘重さや高貴な目的だと？　ただ一人の女がこの現実感覚、そして、もちろん経済に対するこの（下劣な）嗜好を持ち得るのだ。この点で、モーパッサンも同様に考える。

［サンドは］芸術のこの戦慄、主題を見つけたり、情景がくっきり見えてくる感動、創造の陶酔、創作の幸せを感じたことは一度としてない［…］彼女は思想を生み出すこの素晴らしい［作家という］職業を、まるで家具職人が金儲けのことを絶えず考えながらテーブルを作るように、実行するのだ。[34]

バルベーは辛辣な言葉をいくつか浴びせるにとどめるが（デュドゥヴァン男爵夫人は、どう考えても、〈気品〉を欠いていた）、より老練なモーパッサンは、〈芸術そのものへのこの無関心を探るべきは……［サンドの］性の中にだけだ〉と考え、自分たちの関心を直接そそらない感情は頑固に受けつけず、〈自分たちを超えるもの〉を理解することができず、宗教であれ革命であれ、常に何かに愛や信仰を求め、結局、芸術家たることができない女性たちを一般に特徴づけると彼に思われるものを、この女性作家の中に認める。[35]

他方、サンドに同時に二つの性を与えること、これはバルザックからレオン・ドーデまで広まっている考えだ。バルザックの見解は知られている——とりわけ巧妙な見解だ。[36]バルザックに追随する作家たちの見解は巧妙さで明らかに劣る。『女々しい男たち』の中でプルードンはサンドが〈その性にすら属さず、男装し、女性としては恋愛に役立つものしか持ち続けていない[37]〉と考える。しかしながら、こうした自立の意志や、芸術家を気取るやり方の背後で、作家の性が再び現れる。男性のように振舞おうとする意思や、相当な仕事をてきぱきとこなし、金を稼ぐ、間違いなく男性的なやり方が、女性の生まれつきの弱さをうまく隠せないことを見抜くには、サンドが恋愛に対して向ける関心や、彼女の〈モード記事〉[38]の文体や、解放された女性の哲学の偏狭な性格を見れば十分だ。したがって、ジョルジュ・サンドはこの二重の不適切を活用して、〈自由奔放さの論理〉[39]――プルードンは、サンドが〈牧歌的なジャンルに気の利いたもの〉[40]を作り出したと認め、十分に激しい言葉では糾弾していない――を遵守する小説を書くしかない。〈不道徳のプリュドム〉[41]〔アンリ・モニエの作り出した人物。俗悪愚昧なブルジョワの典型〕と、ボードレールはすでに言い放っている。レオン・ドーデは、彼女の作品（彼は明らかに大したことを知らない）よりも〈サンド夫人〉の方をすすんで批評し、今やよく知られた議論を再び持ち出す。

サンド夫人は、〔…〕女の体の中に男の激しさを与えてしまった自然の過失だった。彼女はこの過失を漠としたあこがれや、たくさんの模倣に移し替えたのだ。[42]

彼は月並みなものになった非難（あまりの筆の流暢さ、文体の欠如、〈おうむ返しに繰り返すだけの社会主義者〉に見られる他人から借用した思想、等）の大部分を繰り返し、ふしだらな女性の結婚に対する名高い敵意を皮肉る。彼が容赦ない風刺で非難するのはロマン主義全体であり、そこで彼が気に入っているのはボードレールや、バルベー・ドールヴィイ、ミストラルのような、何人かの稀な作家だけであるのは真実だ。[43] 見かけに反して、フロベールの立場はこの見方に属する。あいまいさがサンドと彼の関係にずっと見え隠れするが、サンドにある種の〈第三の性〉[44]の典型を見る考えは、真に女性であり、同時に真に芸術家であるような女性芸術家を受け入れるのは彼には不可能なことを十分に強調する(ルイーズ・コレとの彼の関係がそれを証明する)[45]。エドモン・ド・ゴンクールについて言えば、彼の判断は周知のものだが、さらに先まで行くだろう。というのも、〈サンド夫人やヴィアルド夫人といった、独創的才能をもつ女性たちの死体解剖をしていれば、彼女たちのうちに男性と類似する性器、われわれのペニスと少々似通ったクリトリスを見つけるだろうと、(彼は)確信を持って〉考えるだろうから。[46] 今度は、(女性の)天才は、生物学的に確認できる与件、女性性器に男性性器とある種の〈類似〉を与える異常かもしれない。エドモン・ド・ゴンクールのこの〈見解〉は、それぞれの立場が徐々にではあれどれほど過激になったかを想起させる。つまり、男性性器を持つこと、その何らかの外見を肉体的に示すことが、彼の目には、芸術家としての道に入るための条件なのだ。

かくしてジョルジュ・サンドの事例は、文壇の警戒、男性の特権の力、社会通念の影響、それらが伝播する危惧の性質を典型的なやり方で明かす。サンドの作品は、不可避的に弱き性(生まれつき夢みがちで、高潔な感情を抱きやすく、理解すること、考えることができない)に由来するゆえに価値の乏しいものであっても、この〈一八三〇年の興奮した華々しいファンファーレ〉[47]を契機に、開放が試みられた一時代の指標であり続けるだろう。議論の余地なく多数の作品、だが、いくつかの〈気の利いたもの〉を除いて、やがてもはや読んでおもしろいものではなくなるだろう。

はっきりと別の考えをしたのはおそらく、イポリット・テーヌただ一人だ。ゾラより前に、彼はバルザックをサンドと対比し、理想主義とレアリスムの対立でどの方向が文学の未来にとって決定的になるか理解しようとした。サンドに宛てた一八七二年三月三十日付けの手紙で述べた結論はゾラの結論とは逆だ。

私たちは度を越したレアリストでした。人間の本能的な部分、社会の腐った側面を過度に強調しました。バルザックとあなたという、人間の本性に関して偉大な創作者の二人のうち、私たちが従ったのはバルザックです。［…］この道をフロベールはだれよりも遠くまで行きました。そして確かに、彼はみなの中で最も洞察力が鋭く、最も博識で、最も深い考えをもっています。しかしこの道でも私たちは果てに来ました［…］。純理論的な解剖学や病理学はもう結構です。そうしたものは病院や解剖室や学者たちには有用です。精密さや写真や鋳造品ももう結構です。これらすべては芸術ではなく、真実でさえありません。真実、人間や世界を導いているのは偉大な力です。そして結局、偉大な力とは［…］寛大な感情、祖国や子どもたちや他者への愛、役立ちたいという欲求、持続し、私たちを超えて永続する何らかの仕事に貢献したいという気持ちです。

私たちがあなたの考えに立ち戻ることはあなたにはよくお分かりでしょう(48)。

この分析は意外だ。一八七二年にあっては自然主義の最盛期はまだ先のことだ（この隆盛は、周知のように、一八八七年の『大地』に抗議する有名な宣言*に基づいて初めて抑制される）。だが、テーヌにとって文学はレアリスムのみに帰着させられないという点で、この解釈が大きい意味を持つことに変わりはない。彼は当時、そう考えた数少ない人々の一人だ。確かに小説が徐々に別の道を探すにしても、第三共和政の黎明期に確立される批評は、反面、『批評および史論集』の著者の主張を認めない。ブリュンティエールとランソンは（別のやり方で）自然主義の行き過ぎを確かに痛烈に非難するが、だからといってレアリスムを消そうという気はなく、その反対だ。彼らはサンドに対する文壇の抵抗を援用して、理想を非難し、写実主義者バルザックを十九世紀小説の、また、端的に小説の鑑とする。

*五人宣言。自然主義派の若手作家五人が、ゾラの自然主義との絶縁宣言を「フィガロ」紙に掲載

児童文学のリストに入り、かつては第四学年の文学カリキュラムに載っていた田園小説を除いて、サンドの作品は長い試練の時期に入り、まだそこから抜け出てはいない。作家の姿がある程度の共感を引き起こしているにしても、また二十世紀前半の、田園作品に対する一般の受容の名残がいくらか残っているにしても、並外れて多様な、複雑にして軽妙な、喜劇的にして政治問題を題材とし、学術的にして産業的な作品は読者を今なお当惑させる。抵抗は相変わらず聞かれるし、かつての偏見（多量の制作、文体の欠如、世間知らずの理想主義）も依然として伝わっている。

原注

序

(1)『人間喜劇Ⅷ』(ガリマール、プレイヤッド叢書、一九七七)八二九―八三〇頁
(2)一九五一年のこの論考は『活きた眼Ⅰ』(ガリマール、一九六一)に再録(一九一―二四〇頁)

第1章　笑いと隠しだて

(1)一八〇頁。サンドの小説の版については巻末の書誌参照
(2)『自伝的著作集』第二巻。ジョルジュ・リュバン校訂(ガリマール、プレイヤッド叢書、一九七一、一三八―一四〇頁
(3)『自伝的著作集』第一巻、四六四頁参照(オロールが誕生したとき、伯母のリュシーが発したとされる言葉)
(4)もっとも、事件はずっと昔のこと、つまり、一八一九年、ドイツの愛国心に燃えた青年カール＝ルードヴィヒ・ザントが、ロシアのスパイとなった作家のアウグスト・フォン・コッツェブーを刺殺した
(5)クリスティーヌ・プランテが『バルザックの妹　女性作家に関する試論』(スイユ、一九八九)で引用(三一頁)。ソフィ・ユリアック＝トレマドゥールや同世代の女性作家たちと出版の諸問題については、アリソン・フィンチ『十九世紀フランスにおける女性たちの執筆』(ケンブリッジ大学出版局、二〇〇〇、九四―一〇六頁)参照

(6)『ジョルジュ・サンド書簡集』(以下、『書簡集』)第二巻(ジョルジュ・リュバン校訂)(ガルニエ、一九六六、二六四頁)、一八三三年初め
(7)ジョルジュ・リュバンによる解説参照
(8)『書簡集』第一巻、八〇〇頁。ジュール・ブコワラン宛、一八三一年二月十二日付
(9)『書簡集』第二巻、八九一—九〇頁
(10)同書、一五一—一六頁。一八三二年一月二十七日付
(11)とりわけ、クリスティーヌ・プランテ(前掲書)、とくに、第六章「エクリチュールの道具化」の考察(一七五頁以下)参照
(12)カーティス・ケイト『ジョルジュ・サンド　ある評伝』(ボストン、ハクトン・ミフリン・カンパニー、一九七五、一七六頁参照)。初期の出版に関する簡潔な年代的記述については、キャスリン・J・クレスリウス『家族小説　ジョルジュ・サンドの初期小説』(ブルーミングトン&インディアナポリス、インディアナ大学出版局、一九八七)、とくに最初の二章参照
(13)『書簡集』第一巻、九三六—九三七頁、および、『自伝的著作集』第二巻、一三三五頁のジョルジュ・リュバンの注記参照。この小説はJ・サンドの名で一八三一年九月、B・ルノー書店から四巻本で出版
(14)『書簡集』第一巻、一八三一年、および、カーティス・ケイト(前掲書、一七八—一八〇頁)参照
(15)『全集』第一巻(ベアトリス・ディディエ編)(シャンピオン、二〇〇四)
(16)ガルニエ＝フラマリオン版(一九六六、三七—四〇頁)
(17)『書簡集』第一巻、八二五—八二六頁、一八三一年三月七日付
(18)「産業文学論」(『批評のために』に再録、ガリマール、フォリオ版、一九九二、二〇一頁)
(19)とりわけ、『ラシーヌとシェークスピア』(初版、第三章)参照(『全集』第三七巻、ジュネーヴ、愛書家クラブ、一九七〇、三九—六九頁)

(20)サント＝ブーヴ、前掲書、二一七頁

(21)『アメリカの民主政治Ⅱ』（ヴラン、一九八九）の「民主主義的諸世紀の文学の特徴」、および、「文学産業」参照。トクヴィルはサント＝ブーヴより冷静に、《民主主義的な文学は常に変らず、文学にひとつの産業しか見ないこうした作家たちに満ちている。偉大な作家たちは少ないが、思想の売り手は数知れずいる》と指摘（六五頁）

(22)フランソワーズ・ファン・ロスム＝ギュイヨン「エクリチュールの実験室としての書簡（一八三一―一八三二）」（「人文科学《ルヴュ・デ・シアンス・ユメーヌ》」誌、一九九一―一、九七―一〇四頁）、ホセ＝ルイス・ディアス「オロールはいかにしてジョルジュになったか？」（ニコル・モゼ編『ジョルジュ・サンド、ある書簡集』クリスティーヌ・ピロ出版、一九九四、一八―四九頁）、「ジョルジュ・サンドを考案する（一八二一―一八二八）」（『外国で読まれるジョルジュ・サンド、新研究3』（シュザンヌ・ファン・ディイク編「アムステルダム・シンポジウム会議録」ＣＲＩＮ30、一九九五、二五―三五頁参照。最後の論文は、サンドにとって何が作家の想像界を形成しているかを強調。ジョゼフ・バリーの評伝『ジョルジュ・サンドあるいは自由のスキャンダル』（スイユ、一九八二）の第一三、一四章（一二九―一四四頁）、ベアトリス・ディディエ「一八三〇年代に女性が執筆すること」（『作家ジョルジュ・サンド――アメリカの大河』（ＰＵＦ、一九九八、一三―一四頁）参照

(23)「なぜ偉大な女性芸術家が存在しなかったのか？」（ジャクリーヌ・シャンボン『女性、芸術、権力』一九九三、二〇一―二四四頁）参照

(24)『自伝的著作集』第二巻、一〇四頁以下、参照。「わたしはスパの木製のついたて、嗅ぎたばこ入れ、そのほかさまざまな小さな調度品に水彩で描き始めた」と『レオーネ・レオーニ』でジュリエット・リュイテールは告白（三二一頁）

(25)『書簡集』第三巻、一二九頁、一八三五年十一月十四日付

(26)『書簡集』第一巻、八一七頁、一八三一年三月四日付、ジュール・ブコワラン宛
(27)同書、八一八頁
(28)『自伝的著作集』第二巻、一六三頁
(29)詩のジャンルでのサンドの唯一の作品『女王マブ』は、シェークスピア『ロミオとジュリエット』の一挿話のいわば模作
(30)『書簡集』第一巻、八一四頁、一八三一年二月二十五日付、アレクシ・デュテイユ宛(原文、イタリック体)
(31)『書簡集』第二巻、二一七頁、一八三三年一月二日付、シャルル・ゴスラン宛。二三四頁、一八三三年一月十九日付、アメデ・ピショ宛、参照
(32)『ハンスカ夫人への手紙』第一巻、ラフォン、《本》叢書、一九九〇、六七頁、一八三三年十月十八日付
(33)『書簡集』第二巻(ガルニエ、一九六〇)、二一六頁、一八三三年一月一日付
(34)フロベール/サンド『書簡集』(フラマリオン、一九八一)、一四九頁、一八六七年八月六日付
(35)この主題については、ポール・ベニシュ『作家の聖別 一七五〇—一八三〇——近代フランスにおける非宗教的教権』(コルティ、一九七三)、および、ジャン゠ポール・サルトルが「兄たち」(『家の馬鹿息子』第三巻、ガリマール、一九七二、一〇七—一三三頁)で明らかにした、ロマン主義、ならびに、一八四〇年代の作家たちの理想を支持する能力の無さに関するきわめて示唆に富んだ見解参照
(36)「わたしたちが芸術家のように見えるのであれば[…]、わたしたちにとって一体何が重要だというのでしょう? わたしたちはいかなる国にも、結社にも、党派にも、陰謀にも属しておらず、お互いのために生きています。わたしたちがお互いに気に入っていれば、困難があってもなくても、このままでいましょう。街頭でサン゠シモン主義者に、ロマン主義者に、マラー派に、あるいは、神学生に取り違えられようと、そんなことはすべてわたしたちに関係のないことです。美術館なりオペラ座に行きたくなれば、芸術家でいましょう。[…]わたしは芸術家です、この言葉が、音楽や、彫刻や、絵画、タリオーニのしなや

かな肉体であればダンスも、そして、文学、わたしが書いているものではなく、ときどき書かれるようなものを意味するかぎりにおいて、わたしは大いに芸術家です」(『書簡集』第二巻、三二一頁、一八三二年二月七日付、エミール・ルニョー宛)

(37)ジョルジュ・サンドの書簡に関する一八八二年五月八日付「コンスティテュショネル」紙の論文〔『書簡体文学』(ルメール、一八八五)三六五頁にほかの論文とともに再録〕参照

(38)この主題については、ベアトリス・ディディエの考察「女性/アイデンティティ/エクリチュール」(『女性―エクリチュール』PUF、一九八一、一八七―二〇七頁)参照

(39)アンヌ・E・マッコール・サン゠サーンスが、最初に、この問題を『文学における存在』(アムステルダム/アトランタ、ロドピ、一九九六)で分析。とくに、「名前の中の名前　ジョルジュ・サンドという固有名詞の過程」(五三―一一〇頁)参照

(40)書記上の美しさという理由から、二つの *s*、つまり、Georges Sand を望まない、ドゥラトゥーシュの新たな発言について、ドンナ・ディッケンソンは『ジョルジュ・サンド――勇敢な男性、最も女性らしい女性』(オックスフォード、バーグ、一九八八、八四頁で)典拠を示さぬまま、主張

(41)『書簡集』第二巻、三二一三頁

(42)アンヌ・マッコール・サン゠サーンス作成の有用な署名リスト(前掲書、二二〇―二二八頁)参照

(43)この点について、たとえサンドにおける名の歪曲や変化、あだ名の増加がはるかに体系的であるにしても、サンドが連想させるのはプルーストだ(アラン・ビュイジーヌ『プルーストとその書簡』リール大学出版局、一九八三)参照

(44)この語の意味については、筆者の「トゥルバドゥルリ」(『ジョルジュ・サンド、ある書簡』二五四―二六八頁)参照

(45)バルベー・ドールヴィィ『文学かぶれの女たち』(ルメール、一八七八、一二四頁)

(46)シモーヌ・ヴィエルヌが「ジョルジュ・サンドの笑い――揺るぎない陽気さからロマン派的な皮肉へ」(『ジョルジュ・サンドの作業現場、ジョルジュ・サンドと外国』(ティラダール・ゴリロヴィツ、アンナ・ザボ編〈第一〇回ジョルジュ・サンド国際会議〉Debrecen, Kossuth Lajos Tudomayegyetem, 1993, pp. 187-199)で最初に指摘
(47)『書簡集』第二巻収録のビュロ宛の手紙、ならびに、リストら何人かの友に宛てた手紙参照
(48)『自伝的著作集』第二巻、一一七頁
(49)サンドは一八六六年に四巻、一八六五年に一巻(ノアン劇場で上演した五篇を収録)の戯曲集を出版。この主題に関しては、ノアン劇場についての言葉(『自伝的著作集』第二巻、一二三九―一二四四頁)、マリオネットについての言葉(同書、一二四九―一二七六頁)、同様に、デブラ・ヴェンツ『ジョルジュ・サンドのノアン劇場のプロフィール』(ニゼ、一九七八)参照
(50)『書簡集』第八巻、一八八頁。この表現は『わが生涯の物語』で繰り返される
(51)「ユーモア」は、まず『イマーゴ』誌に発表され、『精神の言葉と無意識との関係』(ガリマール、《イデ叢書》、一九七二)に再録(三六七―三七六頁)
(52)『自伝的著作集』第一巻、一〇―一一頁、参照
(53)フォリオ版、一九七三、二八頁
(54)ガルニエ゠フラマリオン版、一九八二、第一巻、六頁

第2章　筆　名

(1)一二八頁
(2)この主題については、ジャン゠フランソワ・ジャンディルー『文学の巧妙なごまかし――推定著者たちの生涯と作品』(ドロ、二〇〇一)参照

(3)『著者の名』(《スイユ叢書》、スイユ、一九八七)三八頁参照
(4)こうした区別は三四の数にのぼる。モーリス・ロガはこれらの区別を『筆名の思考』(PUF、一九八六)に解説を加えて掲載、二三八頁以下
(5)同書、九七頁
(6)同書、三〇〇頁
(7)『筆名スタンダール』一九二頁参照
(8)前掲書、三〇九頁
(9)ジャン・スタロバンスキはスタンダールについて示した。前掲書、一八九頁以下
(10)《スイユ叢書》、四九頁
(11)レカミエ夫人への手紙。ジャン゠ポール・クレマンが出典を示さず、引用(『シャトーブリアン』フラマリオン、一九九八、四九三頁)
(12)『ハンスカ夫人への手紙』第一巻、三五頁。一八三三年三月末
(13)『目をあけて――マチュー・ガレーとの対話集』(サンチュリオン出版、一九八〇)五五頁
(14)『狂気』(ガリマール、《想像的なもの》、一九九四)四一頁
(15)名と洗礼名に関する社会学的考察については、ジョエル・クレルジェ編『名と命名』(トゥールーズ、ERES、一九九〇)参照
(16)サンドは『わが生涯の物語』の中でこの事象を入念に解説(『自伝的著作集』第一巻、九一六頁以下)
(17)名字はサンドの敵対者たちの下手な語呂合わせをのちに引き起こす。メリメ作とされる悪意ある詩句が知られている。「性と態度を変え、〈彼女〉は前(ドゥヴァン)からはデュドゥヴァン、背後からはジョルジュ・サンド。ラムネはしばしばごまかされる。」
(18)十九世紀に関しては、クリスティーヌ・プランテの考察(前掲書、第六、第七章)参照

(19)この問題では十七世紀末から十八世紀の女性作家たちの立場を考慮する必要があるだろう。この点については、『一人称の小説——古典主義から啓蒙まで』(アルマン・コラン、一九七五)における女性文学者たちに関するルネ・デモリの言葉、とくに、第三章(二六三—三〇六頁)を興味深く参照することができるだろう

(20)クリスティーヌ・プランテ編『書簡体小説は女性的ジャンルなのか?』(シャンピオン、一九九八)参照

(21)「文芸にいそしむ女性たち」(『文学論』ガルニエ=フラマリオン、一九九一)三四二頁

(22)ホセ=ルイス・ディアス『バルザックと固有名詞のロマン派的光景』(『34/44』パリ第七大学、第七号、一九八〇)一九—三一頁ならびに、「小説としての詩人」(ナタリー・ラヴィアル、ジャン=ブノワ・ピュエク編『作品としての著者』(オルレアン大学出版局、二〇〇〇、五五—六八頁)参照

(23)「名を変える」(『書かれた大全』第八号、一九八三、八五—八九頁)でのピエール・エマニュエルの概括的な考察、および、「ロベール・デスノス、いかにして名字が固有名詞になるか?」(『34/44』パリ第七大学、第七号、一九八〇、一—三六頁)のマリ=クレール・デュマの試論参照

(24)ロジェ・ベレ「十九世紀の女性文学者たちの筆名における男性と女性」(『十九世紀の女性文学者たち——ルイーズ・コレの周りに』リヨン大学出版局、一九八二、二四九—二八一頁)参照。総決算として、クリスティーヌ・プランテ「作家の名とは何か?」(《名の名誉、汚名》、「東フランス社会科学」誌、二六号、一九九九、一〇三—一一〇頁)参照

(25)この点に関するナタリー・エニックの考察は誤っている。コレットの名を解説して、次のように書く——「文章を書くことによる自立は[…]文学的筆名の採用を強いる。[…]認知される権利のあることを強く主張するために自らのアイデンティティを変える必要性がまったくない男性作家と、自分が何者であるかということだけでなく、自分が女性であることまでも隠す必要性を感じる女性作家の間の不均整は

明らかである。」（『女性の立場。西洋の虚構における女性のアイデンティティ』ガリマール、一九九六、三〇九頁）

（26）一八三三年三月（？）二十八日付フェリクス・ピアに宛てた手紙（『書簡集』第二巻、二八四頁）――彼が、〈彼女に愛された〉といううわさを広めたと非難する――）の場合がその例だが、自分の言葉に威信を与えようとするとき、ジョルジュ・サンドは〈オロール・デュドゥヴァン〉の署名を取り戻す。かくしてサンドは夫の名を自らの貞淑の盾とする

（27）『書簡集』第二巻、四二頁、一八三二年二月二十二日付

（28）モーリス・ロガ、前掲書、一四二―一五一頁、参照

（29）この点に関して、フランソワ・ガイヤール「詩人の名」（『34／44』パリ第七大学、第七号、一九八〇、三七―四三頁）の考察参照

（30）前掲書、八九頁

（31）マドレーヌ・アンブリエール編（PUF、一九九〇）。この状況と、筆名が多用された十八世紀の状況を比較するのは興味深いだろう。二十世紀の筆名は十九世紀より明らかに多いだろうか？　こうした変化の理由は何だろうか？

（32）「名、洗礼名と真実」（『精神医療の活動』第一三号、一九七二、三八―四九頁）

第3章　家族小説

（1）『自伝的著作集』第一巻、二三頁

（2）「わたしは今、鳥を話題にしているのだから、（それに、これを最後に際限のない余談を始めてしまった以上、どうして話し尽くさないでいられよう？）」（『自伝的著作集』第一巻、一八頁）

（3）この観念について、フロイト「不安にさせる奇妙さ」（『応用精神分析試論』ガリマール、《イデ叢書》、

一九七六、一六三―二一〇頁）、および、ジャック・ナシフの解説参照

（4）「不安にさせる奇妙さ」一六三頁

（5）『自伝的著作集』第一巻、六二九頁

（6）「したがって、わたしは、母から受け継いだ血によってだけでなく、この民衆の血がわたしの心や生活の中で引き起こした闘いによって民主主義者であった。」（『自伝的著作集』第一巻、六二九頁）。ウエンディ・ドゥテルボム、シンシア・ハッフ「階級、ジェンダー、家族制度――ジョルジュ・サンドの場合」（スーザン・ネルソンほか『母語』イサカ、コーネル大学出版局、一九八五、二六〇―二七九頁）参照

（7）『自伝的著作集』第一巻、二九―三二頁

（8）同書、三九三頁。サンドは、両親が一八〇二年から同棲したと断言する

（9）同書、一六頁

（10）同書、四六八頁

（11）それから歴史が奇妙に繰り返される――ジョルジュ・サンドは私生の娘ソランジュを出産する――妻と別れたカジミール・デュドゥヴァンは一人の娘の父となり、持参金を与えようと考える（これに対して、子どもたちの相続財産を守る作家（ジョルジュ・サンド）は激しく反対するだろう）。ソランジュは夫の彫刻家ジャン＝バティスト・クレザンジュと別れ、愛人ワシフ・パシャとの間に、娘ナズリをもうけるだろう。家族関係の不安定性が決まりのように見える

（12）たとえば、愛人と結婚したことを母親に告げるモーリスの熱弁を想像することで。「彼［モーリス］はまずソフィの妊娠について話した、そして、わたしの兄のイポリット、〈小さな家〉の子どもを愛撫しながら、彼は、この子の誕生と、この子の母親が無理に関係のないひとになったことを知らされたときに感じた苦しみに暗に言及した。彼は、ひとりの女性の排他的な愛情に対して紳士の果たすべき義務や、その女性の限りない献身の数々のあかしを目にしたあとで、このような女性を見捨てることの不面目について

話した。」(『自伝的著作集』第一巻、四六三頁)
(13)この点について、フィリップ・アリエスの画期的著作『〈子供〉の誕生——アンシャンレジーム期の子供と家族生活』(スイユ、一九七三年(第二版))や、ジャン゠ルイ・フランドラン『古い社会における家族、親戚関係、家、性』(スイユ、一九八四)、とりわけ、第四章を参照
(14)フィリップ・アリエス、ジョルジュ・デュピュイ編『私生活の歴史』第四巻、(ミシェル・ペロー編)「フランス大革命から大戦まで」(スイユ、一九八七)二四七頁
(15)ミシェル・ペロー、前掲書、二四八頁
(16)この点に関して、ニコル・アルノ゠デュク「家族の罠」(『西洋の女性の歴史Ⅳ　十九世紀』プロン、一九九一、一〇二頁以下)参照
(17)ミシェル・ペロー、前掲書、二四九頁
(18)『自伝的著作集』第二巻、四三二頁
(19)一六—一七頁
(20)同書、一六頁
(21)彼女は、アリストテレスの詩学にすでに見られる、認知の原理といった、演劇の動機のいくつかの基本原理を末尾に参照させる
(22)フロイト「神経症の家族小説」(『神経症、精神障害、倒錯』(PUF、一九七三)一五七—一六〇頁、および、『起源の小説、小説の起源』(グラッセ、一九七二)のマルト・ロベールの言葉、参照
(23)金銭、その使用法、期待できるなり受け取る遺産の問題は小説の至るところに見られる。それは、財産や所有権の伝統的概念を際立たせる——貴族階級は(多かれ少なかれ十分な)年金で、実業家は稼いだばかりの金で生活し、農民や職人は、彼らのささやかな世襲財産の管理が賢明で慎重ならば、〈ゆとり〉ある暮らしをする(『黒い町』、『フランス遍歴の職人』、『アントワーヌ氏の罪』、『ナノン』参照)

(24)『自伝的著作集』第一巻、五八六頁
(25)同書、五九八頁
(26)リュシエンヌ・フラピエ＝マジュルが「ジョルジュ・サンドと家系――『ある若い娘の告白』(一八四六)における不義、養子縁組、認知」(「ジョルジュ・サンド研究」誌、第一七巻、第一―二号、一九九八、三頁)で引用。小説は〈家系に関する長い省察〉の印象を与える、と著者は明言
(27)『書簡集』第三巻、六〇頁、一八三五年十月十六日付
(28)「わたしたちが部屋のどこにいたか、今でもわたしの目に浮かぶ。[…]母は寝台の後ろの椅子に倒れ込んだ。母の顔は蒼白で、豊かな黒髪は胸の上で乱れ、腕はむき出しだった。わたしはその腕にキスを浴びせた。母の引き裂くような叫びを聞いた」(『自伝的著作集』第一巻、五九七頁)。この話を、七歳で母を失ったスタンダールの話と比べるのは興味深い。とりわけ、この知らせが自らに与えた印象を叙述することに心を奪われた、まったく異なった感受性が明らかになる(『アンリ・ブリュラールの生涯』第四章、第五章、参照)
(29)『自伝的著作集』第一巻、六〇三頁
(30)同書、六三八―六三九頁
(31)同書、六四〇頁
(32)同書、一〇八〇頁
(33)協定が結ばれる光景は一八一八年六月八日付の手紙(『書簡集』第一巻、一九頁)の中で祖母が想起し、『わが生涯の物語』で忠実に再現される。『わたしがこの世にある限り、おまえに命を与えてくれた人の死の悲しみをおまえが和らげてくれさえすれば、わたしはおまえの誕生日を祝いますよ』とマリ＝オロール・ド・サクスは明言した」(同書、一二二頁)
(34)同書、七四三頁

(35)際立って残酷な場面の間、祖母は孫娘に、自分の生涯の物語をひざまずいて聞くよう命じる。この短い入れ子構造の自伝的物語は、模範的な息子であった父の生涯、次いで、〈彼女が知っていると思っていたような、少なくとも彼女が理解していたような〉母親の生涯をオロールに明かす。実際、それは身を持ちくずした女(同書、八五五—八五六頁)に対する容赦ない論告。結果はすぐに出る——オロールは母親を、したがって、自分自身を愛することをやめる——「わたしはもはや自分が好きではなかった」と断言する(八五八頁)

(36)この節に関するナオミ・ショアの解説(『ジョルジュ・サンドと理想主義』ニューヨーク、コロンビア大学出版局、一九九三、一五七頁以下)参照

(37)確かに、こうした不安は、死の確かな臨床所見が知られていない時代にあって、無いことではない。通夜で死者を一人にしておかない習慣や、顔をむき出しにし、照明を当てたままにしておく習慣がそれを証明する(アンヌ・マルタン＝フュジエ「中産階級の私生活のしきたり」(『私生活の歴史』第四巻、「フランス大革命から大戦まで」二三六頁)参照

(38)『自伝的著作集』第一巻、五九一頁

(39)同書、一一〇七頁

(40)『自伝的著作集』第一巻、一一〇九頁

(41)『第五幻想——自己生成と創造的衝動』(PUF、一九九五)

(42)同書、二三三頁

(43)前掲書、一六六頁

(44)ガリマール、一九八七

(45)サルトル『家の馬鹿息子』第一巻、(ガリマール、一九七〇)、ならびに、状況はかなり類似した、マラルメに関するシャルル・モーロンの分析(『頭から離れないメタファーから個人の神話へ』コルティ、一

九六二、二九九頁以下）参照
(46)『自伝的著作集』第一巻、五九七頁

第4章　コランベ　あるいは欠けている文字

(1)『自伝的著作集』第二巻、一六五頁
(2)同書、五九八頁
(3)同書、八四八頁
(4)『自伝的著作集』第一巻、八一二頁
(5)極限の混乱と強度の孤独の結果である、この虚構を、『Wあるいは子どもの頃の思い出』（ドゥノエル、一九七五）でジョルジュ・ペレックの想像した虚構に近づけることができる。ユダヤ人たちに課せられた迫害が頭から離れない孤児である、同じ年齢の子どもが極めて残酷な寓話を構成し、その詳細をきわめた舞台装置を通じて時間を調整する。しかし、善が最重要である空想的な避難所をサンドが構築する場に、ペレックはこの上なく完全な専制が支配する悪夢を作り出す
(6)『自伝的著作集』第一巻、八一三頁
(7)それでもダミヤン・ザノヌは、コランベはミシェル・ド・セルトーが描写したような神秘体験と関連性がないわけではないと指摘した（「虚構と祈禱――コランベあるいは小説の際限のない世界」『シンポジウム《ジョルジュ・サンドと文学の世界》記録、ニューオルリンズ、二〇〇二）
(8)同書
(9)『自伝的著作集』第一巻、八一八頁
(10)同書、八二〇頁
(11)この点に関して、『自伝的著作集』第一巻、一六―一七頁の言明参照。一八四六年の小説との関係を強調、

二二一頁
(12)『自伝的著作集』第一巻、八二〇頁
(13)同書、八三九頁
(14)同書
(15)コランベははっきりと衝撃強さ、耐衝撃性というプロセスの性質を持っている。ボリス・シリュルニックは喪の悲しみやさまざまな心理的外傷の被害者となった子どもたちに関してその作用を想起させた(『亡霊たちのささやき』オディル・ジャコブ、二〇〇三)
(16)同書、八四〇頁
(17)エリザベト・ビズアール、前掲書、とくに、第二章、九一頁以下参照
(18)『自伝的著作集』第一巻、八四〇頁
(19)『自伝的著作集』第二巻、一六五頁
(20)同書、一六六頁
(21)同書
(22)前掲書、第三章参照
(23)『自伝的著作集』第一巻、六二〇頁。この場面に関して、フィリップ・ベルティエ「〝家族小説〟についての注解」(『幻想の像　一九世紀研究者としての道程』トゥールーズ、ミライユ大学出版局、一九九二、一八九―一九九頁
(24)サンドと母親の関係について詳細な分析がなされなければならない。『わが生涯の物語』の主張、容易に自伝的話と不一致を見せる書簡の主張は、双方の極度の愛着の上に作り上げられた、熱烈な関係、やがて、葛藤の関係を見せる(『自伝的著作集』第一巻、六八二頁)。母/娘の関係については、とりわけ、ミレイユ・カルにより『女性の特性について』に集められた発言(サント＝フォワ(ケベック)、粘土製グリフォ

ン、一九九二。エレーヌ・シクスウの発言、一一五―一三七頁)、アルド・ナウリ『娘たちとその母親たち』(オディル・ジャコブ、一九九八)、さらに、「女性の特性への手がかり」と題する巻(『精神分析討論』PUF、一九九九、参照

(25)「女性のフェティシズム、ジョルジュ・サンドの場合」(『今日の詩論』第六巻、一―二、一九八五、三〇一―三三〇頁)

(26)『文学論』三四一頁

(27)『わが生涯の物語』で、サンドは同じくモンテーニュを引用する。モンテーニュは『怒れるロラン』に関して、弱い女性に対して強い女性を、アンジェリクに対してブラダマントを強調する。「一方は、素朴な美しさをもち、活動的で、心が広く、男のようではないが雄々しく、もう一方は、弱々しい美しさで、見せかけで、洗練されて、人工的だ」(『自伝的著作集』第一巻、八一〇頁)

(28)『自伝的著作集』第二巻、一六五頁

(29)「文学的創造と白昼夢」(『応用精神分析学試論』一九七六、六九―八一頁参照

(30)『自伝的著作集』第一巻、二一七頁

(31)両性愛と、コランベの性に関するサンドの考察をこの点でも裏付ける白昼夢との関係については、フロイト「ヒステリー患者の幻想とそれらの両性愛との関係」(『神経症、精神障害、倒錯』一四九―一五五頁)参照

(32)『自伝的著作集』第一巻、八一二頁

(33)「筆名の自伝」(「テクスチュエル」第二二号、一九八九、一一一―一三五頁)の中で、モーリス・ロガはジョルジュ・サンドに数頁を割き、これまでの解釈を想起させる(フィリップ・ベルティエ、筆名と父親の死亡の間に関係を見るイヴェット・ボゾン＝スカルツィッティ、エルネスト・セイエールとジャン＝クロード・ヴァレイユの解釈など)

(34)フィリップ・ベルティエ「コランベ――ひとつの神話の解釈」(『幻想の像』一六九―一八七頁)、参照。結論は、しかしながら、サンドを、理想主義に運命づけられた、いわば永遠の子どもにする(一八六―一八七頁)

(35)ラカン批評の注釈についてはセルジュ・ルクレール「文字の主要部分、あるいは、対象と文字の錯綜」(『精神分析的解釈をする』スイユ、ポワン、一九八一)、「文字を半ば獲得する」(『現実を明らかにする』スイユ、ポワン、一九八三、六三―六九頁)参照

(36)『自伝的著作集』第一巻、八八〇頁。プレイヤッド版の注記で、ジョルジュ・リュバンは姓を完全に復元(ギリブランド)し、このことで頭文字の有意的効力が消滅

(37)同書

(38)『書簡集』第二巻、一二〇頁(イタリック体は原文のまま)

(39)『自伝的著作集』第一巻、五三六頁

(40)フロイトが、フィレンツェの画家シニョレッリの名を思い出せなかった自らの有名な挿話的出来事に続き、忘れた言葉について考察したとき、これらの問題を最初に提起した(『日常生活の精神病理学』プティト・ビブリオテク・パイヨ、一九七九、六頁以下、参照)

(41)「すべては――沈黙の中でさえも――言葉の法則に従ったままでいる」は、ラカンの次に、『想像界への鍵』(スイユ、一九六九、二六〇頁)のオクターヴ・マンノーニを想起させる

(42)「生まれながらの小説家ですから、わたしは小説を作ります」(『書簡集』第五巻、八二七頁、一八四二年十二月、アンリエット・ラ・ビゴティエール宛)。書簡にはこうした言葉の使用例が多く見られる

(43)『自伝的著作集』第二巻、一六五頁

(44)『自伝的著作集』第一巻、五四一頁

第5章　作家の名

(1)『書簡集』第三巻、四三四頁

(2)「あなたはヴィクトル・ユゴーの友人です、そして、わたしたち、つまり、わたしの筆名とわたしは彼の熱烈な崇拝者です」と、彼女はユーモアをこめて書く（『書簡集』第二巻、二二九頁、一八三三年一（？）月十六日付、サント＝ブーヴ宛）

(3)この点についてジョルジュ・リュバンの注記参照（『自伝的著作集』第二巻、一三三六頁）

(4)『書簡集』第二巻、六四二頁

(5)『書簡集』第二巻、二二五頁、一八八三年一月十四日付、イポリット・フルニエ宛。なぜサンドーは弟と把握されたのか？　サンドを取り巻く若者たちは、家族的モデルを反復する構造の中で、ルイの位置を占めると考えられるのか？

(6)「虚構の幻想、エクリチュールの幻想」（シモーヌ・ヴィエルヌ編、シンポジウム「ジョルジュ・サンド」記録、ＳＥＤＥＳ、一九八三、三一―四〇頁、参照。批評家は（〝それなしで〟読む）名に含まれる否定的態度を強調

(7)『自伝的著作集』第一巻、五四二頁

(8)『彼女たちは自分たちが何を話しているか分かっていない』（ドゥノエル、一九九八）一一一頁以下

(9)多数の小説ばかりか数篇の短い物語にも、泉や池、泉の水が流れる洞窟などが出てくる。その場所はしばしば秘密にされている。それは、秘儀伝授や神秘の場だ（『捨て子のフランソワ』、『緑の貴婦人たち』、『転がる石』、『ナルシス』、『テヴェリーノ』、『モン＝ルヴェシュ』など）。この点についてのいくつかの全般的な考察に関して、シャロン・ヴィトキン「田園小説における川と泉」（デイヴィッド・A・パウエル編『ジョルジュ・サンドの今日、第八回ジョルジュ・サンド国際会議会報』アメリカ大学出版局、ランハム（メリーランド）、一九九一、一四五―一五二頁、参照

(10)『自伝的著作集』第二巻、一三八頁
(11)「ジョルジュ・サンド　暴君殺し」(『ジョルジュ・サンドの作業場　ジョルジュ・サンドと外国』八九—九五頁。「筆名の維持、さらに名の価値の維持は、共謀の時に、反乱のまさにその時に、隠された忠誠を永遠に表す」(九五頁)と彼女は記す
(12)『自伝的著作集』第二巻、一六四頁
(13)『自伝的著作集』第一巻、八八一頁
(14)前掲書、一九二頁
(15)『書簡集』第二巻、六六三頁
(16)同書、四三頁、一八三二年二月二十三日付、エミール・ルニョー宛
(17)ナオミ・ショア「読書の策略——サンドの相違」二四九頁
(18)イザベル・ナジンスキ『ジョルジュ・サンド　その生涯』(ニュー・ブランシュヴィック、ラトガーズ大学出版局、一九九一、一六—三四頁)(『ジョルジュ・サンド、エクリチュールあるいは生涯』(フランス語訳)、シャンピオン、一九九九)
(19)「著者が最新のテクストの終わりに、署名の倍加として自らの筆名を記入する威厳にみちた行為は、旅の最終目的地に到達したことを十分に物語る、と彼女は記す。これまでの手紙のすべての語り手をひとつにするアイデンティティは、文学制度の内部での非常に特別な位置と同じく、最終的に、獲得される。(「書く」、と彼女は言う。詩学としての『ある旅人の手紙』(『小説作家ジョルジュ・サンド』クリスティアン・ピロ出版社、一九九七、五三頁)。書簡の中での洗礼名の使用にかかわることについては、アンヌ・マッコール、前掲書、七三頁以下、参照
(20)『自伝的著作集』第二巻、一三三六頁
(21)『ベリー地方散策、風習、慣習、伝説』に再録(ブリュッセル、エディシオン・コンプレックス、一九二一、

九一、一六八頁）

(22)『レリア』を読んだシャトーブリアンは、ためらうことなくサンドに、彼女がいつの日かフランスのバイロンになるだろうと書き送る。サンドは『海賊ウスコク』の執筆にあたって、『海賊』や『ララ』から着想を得たにちがいない（カロル・モゼ「バイロン卿とジョルジュ・サンド――『海賊』、『ララ』と『海賊ウスコク』」、〔ジャニス・グラスゴー編『ジョルジュ・サンド　試論集』トロイ（ニューヨーク）、ホイットストン出版、一九八五、五三―六九頁、参照）

(23)『自伝的著作集』第二巻、一四〇頁

(24)四六頁。シモンはこうした考え方を聞いても、ド・フジェール氏が非常識だという思いは変わらず、彼がフランスでその城館と名を取り戻すために、最近、大金を使ったことを明らかにする。それに対して、ド・フジェール氏は、故国を再び目にしたい気持ちに負けたと答える

(25)『自伝的著作集』第二巻、一四〇頁

(26)ベアトリス・フランケル『署名――標章の誕生』ガリマール、一九九二、参照

(27)カルロ・ギンズブルクは、『夢判断』でのフロイトの研究の鑑定に関するモレッリの研究―現代の―と、シャーロック・ホームズという人物の創造によって、手がかりの原則（「しるし、痕跡、跡」〔『神話、標章、痕跡　形態学と歴史』フラマリオン、一九八九〕）を優先するコナン・ドイルの仕事とを比較対照する。この主要論文に関するベアトリス・フランケルの解説、前掲書、二〇九頁以下、参照

(28)サンドはミション神父の著書を読んで、彼に手紙を書き、筆跡学に対する懐疑的態度を知らせ、明言する――「人は望むような筆跡を持つものです。そして、考えや気質を変えずに筆跡を変えるのです」（『書簡集』第二三巻、六三九頁、一八七一年十一月二十八日付）。筆跡（名のように？）は彼女の目には個人の触れてはならないしるしではないからなのか？　作家は次に神父の筆跡（彼女が一度として目にしたことのない）の筆跡学的解読に同意する、そして、驚くほど洞察力のあるこの解読は「自筆新聞」に発表さ

れた（同書、六六三―六六五頁、一八七一年十二月十三日付）
(29)『臨床医学の誕生――医師のまなざしの考古学』PUF、一九六三、二〇〇―二〇一頁
(30)ベアトリス・フランケル、前掲書、二一九頁
(31)『書簡集』第二巻、一二三、一八八、二一九、四四三、四四五、四八八、七三六、七五七頁。『書簡集』
第三巻、一六八頁
(32)とりわけ、『書簡集』第六巻、第七巻に転載された契約書参照。とはいえ、最後まで、たとえばパレゾー
の家の売却といった、あらゆる法的措置を取るためには、カジミール・デュドゥヴァンの承認が必要にな
るだろう（『書簡集』第二一巻、四三五頁、一八六九年四月二十九日付、参照）
(33)彼女は、祖母から遺贈された相当の数の道具に描かれている、サクス家の威光あるモノグラムを思い出
しただろうか？
(34)『書簡集』第六巻、八四七頁、一八四五年四月二十二日付
(35)『自伝的著作集』第二巻、三三三頁
(36)『モン＝ルヴェシュ』四六頁
(37)サンドはエドゥアール・ロドリーグへの手紙で、孫息子の誕生と、モーリスが《彼の最初の小説の主人
公にちなんで、マルクと名づけたこと［…］、名乗る法的権利を持ったために洗礼名をサンドとしたことを
知らせる（『書簡集』第一七巻、七一八頁、一八六三年七月十六日付）
(38)『書簡集』第一八巻、一六四頁、一八六三年十二月二十五日付

第6章　彼 それとも 彼女？

(1)『書簡集』第二巻、八五二頁
(2)《スイユ叢書》、五〇頁。メアリー・アン・エヴァンスは、サンドを大いに賛美する伴侶のジョージ・ヘ

ンリー・ルイスの洗礼名を採用し、エリオットの名を加える。ジョゼフ・バリーは、ジェイン・カーライルとその時代のイギリス女性たちは作家（エリオット）を進んで「我が国のジョルジュ」と呼んだと記す（『ジョルジュ・サンド　または　自由のスキャンダル』三九一頁）

(3)「スワン家の方へ」（フォリオ、一九八八、二五七頁）。祖母から贈られた田園小説に対するマルセル少年の興味を知っていれば、この逸話は取るに足らぬものではまったくない。母親が『捨て子フランソワ』を彼に読み聞かせている間、彼は（サンドのように）「夢想にふける」。もっとも、「コンブレ」に挿入されたこの一節は無知な男性に、サンドが女性であることを理解させはしない。「ジョルジュ・サンドは小説家の典型だと話されるのを聞いたことがあった」と作家は、四一頁で、断言する。彼自身がやっている変装や、彼がほのめかす取り違えのように、曖昧さがプルーストの気に入るにちがいない。ジョルジュ・サンドに対するプルーストの関心については、アラン・ビュイジーヌ「母系家族名」（「人文科学」《ルヴュ・デ・シアンス・ユメーヌ》誌、第五三号、一九八四、五四―七八頁参照。『失われた時を求めて』を通して、二つの相補的装置、つまり、母系と同性愛が父祖伝来の姓の支配に抗議し混乱させる、と批評家は指摘（七〇頁）。自伝的虚構が（もまた）プルーストにとってジョルジュ・サンドに似ることを断念するやり方であれば？

(4)『自伝的著作集』第二巻、一六五頁

(5)とりわけ、ミュッセと愛人関係にあった時期（『書簡集』第二巻、四〇八、五〇六頁、等）

(6)リュシエンヌ・フラピエ＝マジュールは類似の考察を「空想的神秘的小説における願望・書くこと・アイデンティティ――女らしさの定義のための覚書き」で展開（「文体　18」第三号、一九八四、三二八―三五三頁）

(7)『書簡集』第二巻、一五頁、一八三二年一月二十七日付、シャルル・ムール宛

(8)同書、三〇頁、一八三二年二月七日付、エミール・ルニョー宛

(9)同書、五二―五三頁、一八三二（？）年三月初め、フランソワ・ロリナ宛

(10)同書、二三三頁、一八三三年一月十八日付
(11)ユーモアとマゾヒスムの関係については、ジル・ドゥルーズの考察参照(『ザッハー＝マゾッホ紹介』(深夜出版、一九六九、一〇五頁以下)〔邦訳『マゾッホとサド』晶文社、一九七三〕)
(12)『書簡集』第二巻、八六一、八六三頁、一八三五年四月四日付、四月十四日付
(13)ジュリア・クリステヴァ『黒い太陽、抑鬱とメランコリー』二四七頁。マルグリット・デュラスの作品に関して、分析は喪と越えられない苦しみ、自己感覚と譲渡できない前対象期を結びつける。「自己感覚の前対象期の完遂されていない喪は女性の不感症を決める」と彼女は指摘する。それは間違いなく、文壇に登場した頃の、とりわけ『レリア』執筆時期のサンドの状況だ。しかしながら、この奇妙な心的布置は彼女にあっては、マルグリット・デュラスやジェルメーヌ・ド・スタールに見られるような劇的な強さ、越えられない性格を示さない。サンドは文学のおかげで彼女自身になる。文学は抑え難いメランコリーに鏡や反響箱となるだけではない。カタルシスとして、文学は人に実験室の役目をはっきりと果たし、自己になることを可能にする手段となる
(14)フェミニスムの精神分析的言説は進んでそのことを指摘した――抑鬱が女性たちに特有でないにしても、それは、しばしば自分自身と難しい関係になる性を特徴づける。多食症、食欲不振症、与えられるイメージに対する不満がそのいくつかの例だ。家族や社会からの相反する要求に応じる葛藤の方法。とりわけ、モニク・クルニュ＝ジャナン「女性の、憂鬱な核」、『精神分析討論』(PUF、一九九九、五七―六四頁)参照
(15)『書簡集』第二巻、一八三二年一月二十六日付、マリ・ドルヴァル宛
(16)同書、三二九頁、一八三三年六月十八日付、サント＝ブーヴ宛
(17)同書、五八一頁、一八三四年五月八日付、ギュスターヴ・パペ宛
(18)サンドは好んでこの月並みな隠喩を使用(『書簡集』第二巻、一三八、一六一、四〇三、六〇六頁、等参照)

(19)同書、五二八頁、一八三四年三月六日付

(20)書簡と同じく小説にあっても好んで使われる古典的文体を受け継いだ、この実践はサンドの作品中無数に認められ、精密な精神‐文体論的研究に値しよう

(21)『書簡集』第二巻、一六二頁、一八三二年九月十六日付、シャルル・ムール宛

(22)同書、二二頁、一八三二年一月二十九日付、エミール・ルニョー宛

(23)同書、一五頁、一八三二年一月二十七日付、シャルル・ムール宛

(24)同書、六三六頁、一八三四年六月二十五日付、多数の動物比較が再び注目されよう

(25)バルザックによる女性作家の肖像と、〈傑出した人物〉、〈巧みさが作り出した芸術作品〉を描く難しさを分析した、フランソワーズ・ファン・ロスム＝ギュイヨンの優れた論考（「若い女性に見る作家の肖像。バルザック―カミーユ・モーパン、ジョルジュ・サンド、エレーヌ・シクスウ」『女らしさについて』一六七―一八四頁）参照。さらに、本書第10章、参照

(26)『書簡集』第二巻、一一八頁、一八三二年七月六日付、ロール・デセール宛。『わが生涯の物語』はこうした取り違えに再び言及（『自伝的著作集』第二巻、一一八―一一九頁、三三五―三三六頁参照）

(27)『書簡集』第二巻、八七九―八八〇頁、一八三五年五月六日付

(28)かつての宣言から遠く、サンドは「彼（サンドー）のために財産も評判も子どもたちも、そう、すべてを犠牲にするのがいいのですね？」と書くことができた（『書簡集』第二巻、一二頁、一八三二年一月二十三日付、エミール・ルニョー宛）

(29)この点について、筆者の見解はイザベル・ナジンスキの見解とは異なる（前掲書、第一章「ジノグラフィーと男女両性具有」参照）。〈男女両性の〉人物像とそうであることを夢想する男性作家たちの増加は、とりわけ、〈同性愛の批評家たち〉が作成しようと試みたように――もっともそれは別の主題だが――、フランス革命後の西洋的テーマの歴史に書き込まれるべきだ

(30)もし必要であれば、女性性器は〈示さ〉れず、欠如としてのみ存在する証拠。女性の性で、男性の上半身を持った身体を想像することは難しい――表象は形、充満を必要とする
(31)『書簡集』第二巻、三八九―三九〇頁、一八三三年七月
(32)「それでは女性についてどんなお考えをお持ちなのです、第三の性であるあなたは?」と彼は尋ねる(フロベール/サンド『書簡集』フラマリオン、一九八九、一九六頁)
(33)クリスティーヌ・プランテ『バルザックの妹』二九頁、ならびに、サンド/フロベールの書簡に関する筆者の考察(『文通するフロベール』SEDES、一九九五、八一―一一八頁)参照
(34)一八三三年のマリ・ドルヴァル宛の手紙(『書簡集』第二巻)、マリ・ダグーとの文通、『ジョルジュ・サンドとポリーヌ・ヴィアルドの未発表書簡 一八三九―一八四九』(パリ・ヌヴェル・エディション・ラティーヌ、一九五九)参照
(35)『書簡集』第二巻、六三三頁、一八三四年六月二十五日付、アルフォンス、ロール・フルリ宛
(36)『書簡集』第五巻、八二七頁、一八四二年十二月、アンリエット・ラ・ビゴティエール宛
(37)『書簡集』第二巻、四一五頁、一八三三年八月三十一日付
(38)同書、八五七頁、一八三五年四月十二日付
(39)同書、七九六頁、一八三五年一月二十八日付
(40)一八三二年六月からこの主題について多数の言明が見られる書簡集で、こうした二重の発言を慎重にたどる必要があるだろう。ジョルジュ＝オロールの興味ある名称はやがて消滅する
(41)『書簡集』第三巻、四九〇頁、一八三六年七月十八日付、シピオン・デュ・ルール宛
(42)『家の馬鹿息子』第三巻、一〇頁
(43)『書簡集』第二巻、八八〇頁、一八三五年五月六日付、アドルフ・ゲルー宛
(44)『アンディアナ』が刊行され、ある程度評判になっていた、一八三二年六月のパリ銃撃戦からすでに(『書

簡集』第二巻、一〇三二頁、一八三二年六月十三日付、ロール・デセール宛参照)
(45)イヴォンヌ・クニビレール「身体と心」(『西洋の女性の歴史Ⅳ、十九世紀』三五一―三八七頁)参照
(46)『書簡集』第三巻、二九〇頁、一八三六年二月二十六日付。彼女は続ける――「アラール夫人は小冊子を近頃書きました〔『今日の女性たちと民主主義』〕、確かに説得力があり、見事で、真実の箇所があります。でも、夫人は学者ぶっていて、わたしにはまったく好感が持てません」
(47)この主題について、アンヌ＝マリ・ケッペーリ「フェミニスムの空間」(『西洋の女性の歴史Ⅳ 十九世紀』四九五―五二五頁参照)
(48)『書簡集』第三巻、五九頁
(49)アンヌ・マルタン＝フュジエは、『ブルジョワ階級。ポール・ブルジェの時代の女性』で、「平等をめざす夫婦はもはや倹約の家族管理にではなく、消費経済に応じる。一般に、道徳的理由、つまり、正義と〔…〕〈健康〉の要求を申し立てる、進歩的人々によりずっと前から告げられ、期待され、主張されている」と指摘(一七頁)。論拠の今日性はいささかも失われていない。現代の状況を解説して、フランソワーズ・エリティエは、こうした意味で次のように指摘する――「しかしながら、両性の関係が平等な関係として、必然的に、広く多くの人に、知的に、現実に、考えられる時代になったとはわたしには思われない。そして、わたしの目には、社会全体の四本の創設の柱〔近親相姦の禁止、責務の性的分担、性的結合の認められた形、両性の差異のある誘発性〕の間に存在する緊密な関係を考慮して、そこに到達することはわたしには困難に思われる。すべてが調整され、不平等がおそらく薄れていく、だが、漸近線を描く退行は消滅を意味するものではない」(「男らしさ／女らしさ」『差異の思考』オディル・ジャコブ、一九九六、二二八頁)
(50)サンドが結婚の解消できない性格を擁護している、『自伝的著作集』第一巻、四〇六―四〇七頁参照
(51)「わたしがまるで文人であるかのように、この仕事を単なる投機にしていると想像されたくはありあせん」とサンドはソステーヌ・ド・ラ・ロシュフコーに書き送り、しばらくの間、〝代筆者〟になることを

提案する（『書簡集』第二巻、六五九頁、一八三四年七月十八日）。サンドはここで、あまり良心的でない同業者たちの商業的術策のことをほのめかす

(52)クリスティーヌ・プランテ『バルザックの妹』二五頁参照

(53)一八三二年一月二十七日付、シャルル・ムールに宛てた手紙（『書簡集』第二巻、一六頁参照。女性作家と、サンドのあいまいな認識とに関するいくつかの総括について、クリスティーヌ・プランテ「彼女には女性作家らしいところはいささかもなかった」（『外国で読まれるジョルジュ・サンド』三六―四七頁）参照

(54)『書簡集』第二巻、二九一頁

(55)クリスティーヌ・プランテは当然のことながらこの点を強調。「文章を書く女性たちがいる〔…〕、女性作家とはひとかどの人物、ひとつの典型、十九世紀のイデオロギーや幻想が流れ込み、女性作家を作り上げる」（『バルザックの妹』一二―一三頁）

(56)実際、今後模範とされるすぐれた女性たちの一人とするだろう。「愛情深く、毅然とした母、女性の情と男性の揺るぎなさ」（『自伝的著作集』第二巻、四三八頁）。書簡が立ち戻ることになる二重の性質

(57)しかしながらサンドは女性作家たちの創作を注意深く見守ったようだ。カロリーヌ・マルブティから贈られた『天使スポラ』について、「これは平凡な小説ではけっしてありません。わたしは十年来、女性の筆になる五、六百の小説に目を通してきましたが、最後まで読むことができたのは、その三分の一か四分の一です」（『書簡集』第六巻、一四三頁、一八四三年五月十八日付）と彼女は書く

(58)『書簡集』第二巻、二七六頁、一八三三年三月十日付、サント＝ブーヴ宛

(59)『書簡集』第三巻、四一頁、一八三五年九月二十七日付、アントワネット・デュパン宛

(60)同書、一五四頁、一八三五年十一月（？）末

(61)『書簡集』第二巻、八九頁、一八三二年五月二十一日付、シャルル・デュヴェルネ宛

(62)『書簡集』第二巻、六五八、七〇二、七九二頁参照。「夫や父親や付添いの女のいない女性が男たちに話

しかけ、彼らと食事をし、散歩するのが見られる所と少しも変らずここでも、わたしに一人なり、何人かの愛人がいると思われています」（同書、六三八頁、一八三四年六月二十五日付、エミール・ポールトル宛）。『レオーネ・レオーニ』一八五頁参照

(63)息子モーリスの一通の手紙がそのことを不意に想起させる――「母さんが物書きの女性で、コレージュに通う生徒たちの母親のほとんどのようにお上品ぶっていないから、彼ら（リセ・アンリ四世校の生徒たち）がぼくにありとあらゆることを言いました。そのことを考えると、ぼくは怒りでいっぱいになります。彼らは母さんをさまざまに呼びますが、その言葉は卑しすぎますから、母さんに言うことはできません」（『書簡集』第三巻、三五九頁、一八三六年五月九日付）

(64)同書、三八―三九頁、一八三五年九月二十日付――「白状しますが、わたしはジャン＝ジャックのように告白を書き記すほど卑下してもいませんし、この世紀の偉人たちのように自分自身の賛辞を書くほどうぬぼれてもいません。それに、私生活は批評の領域にあるとは思っていません。わたし自身に差し向けられる非難も賞賛のことばも好みません」

(65)「改革《ラ・レフォルム》」誌編集者への手紙（『書簡集』第八巻、四〇〇頁）については、ニコル・モゼの注解（前掲書、八七―九一頁）参照

(66)「なぜ女性がアカデミー入りするのか?」（『芸術と文学の諸問題』カルマン・レヴィ、一八七八、三二七―三二九頁）

(67)セシル・ドーファン「独身の女たち」（『西洋の女性の歴史Ⅳ 十九世紀』四四五―四五九頁）参照

(68)『書簡集』第二巻、七四一頁、一八三四年十一月十日付、マリ・タロン宛

(69)ミシェル・ペロー「以前、よそで」（『私生活の歴史』第四巻、一七頁）参照

(70)「女権拡張論とジョルジュ・サンド――『マルシへの手紙』」、「人文科学《ルヴュ・デ・シアンス・ユメーヌ》」誌、第二二六号、一九九二年―二、三一頁）。ナオミ・ショアは同様に、私的領域と公的領域の分割とユートピアを結びつける関連性

を指摘する。「したがって、領域の分割をあるレベルで含まないような、また、啓蒙の世紀に由来する自由な体系によりしかるべく配置された社会の分割の責任を取り戻さないような、フェミニスムのユートピアは存在しないだろう」(三四頁)と指摘。同じく、ドンナ・ディッケンソンの示唆に富む見解、『勇敢な男性、最も女性らしい女性』第四章(「最初の解放された女性?」)参照

(71)『ある旅人の手紙』(『自伝的著作集』第二巻、七四八―七四九頁

(72)クリスティーヌ・プランテ『バルザックの妹』三四頁

(73)彼らを比較するためにいくつかの考察が始められたが、続行が求められる――フランソワーズ・ファン・ロスム゠ギュイヨン「サンド、バルザック、小説」、ホセ゠ルイス・ディアス「バルザック、サンド――小説家になる」『ジョルジュ・サンドと小説のエクリチュール』(ジャンヌ・ゴルダン編「第九回ジョルジュ・サンド国際シンポジウム記録」七―二一、二二三―二三八頁)参照。バルザックを特集した、「ジョルジュ・サンドの現代性」誌、第一三号、第一四号(一九八二年二月、六月)参照

(74)フロベール/サンド『書簡集』二一三頁、一八六九年一月十七日付

(75)「われわれは時に彼、時に彼女と言う」とデュマは『回想録』に記す、「ジョルジュ・サンドがわれわれを許さんことを! その感嘆すべき天分は両性具有だと言わなかっただろうか!」(第五巻、ガリマール、一九六八、四〇〇頁)。本書第10章、参照

(76)フロベール/サンド『書簡集』三〇八頁、一八七〇年八月十五日付。この分裂から免れられなかったフロベールは、追い払う――時に、サンドおばさんが彼を驚くほど挑発するにしても、夢想的な作家が彼を夢想させ続けることに変わりはない(同書、八〇頁、一八六六年九月二十九日付)

第7章 小説

(1)『書簡集』第六巻、三二四―三二五頁

(2)『書簡集』第三巻、三五九頁、一八三六年五月九日付（表現はモーリスのもの）
(3)『書簡集』第六巻、とりわけ、リシャール・ド・ラオティエール、シャルル・デュヴェルネ宛の長文の書簡参照
(4)創設以来、アグレガシヨンのために選ばれた作家たちのリストをとりわけ考察することで、「古典主義」作家の問題を提起する、アンヌ＝マリ・ティエス、エレーヌ・マテュウ「古典主義時代の衰退と古典作家たちの誕生」（『転置、女性、伝統、フランス語で書かれた文学』ジョン・ドジーン＆ナンシー・K・ミラー、バルティモア、ジョン・ホプキンズ大学出版局、一九九一、七四―九六頁）参照
(5)『フランス文学史Ⅳ　十九世紀』パリ、ドラグラーヴ書店、一九一七、二六五頁
(6)同書、二六六頁
(7)同じ意味で、『グラジエッラ』出版時におけるフロベールの、それに対する極端に辛辣な言葉（『書簡集』第二巻、ガリマール、プレイヤッド叢書、一九八〇、七〇頁以下、ルイーズ・コレ宛、一八五二年四月二十四日付）参照
(8)同書、二六六頁以下
(9)同書、二六七頁
(10)前掲書、二六〇頁。これは『フランス文学史――シャトーブリアンからボードレールまで（一八二〇―一八六九）』ガルニエ＝フラマリオン、一九九六）の場合ではない。しかしながら、大作家たちにささげられた第三部は、「小説の飛躍」で遠ざけられたサンドを含んではいない（二四四頁）。ヴィニーの方が好まれた
(11)「一八四八年から一八七六年まで、創作はさらに、かつ、非常に多様な方向に――ジョルジュ・サンドがおそらくその最も優れた資質を具現する、自伝的エクリチュール、小説はもちろん、演劇、短篇――広がるだろう（『概要』二七三頁）

(12)同書、四四〇頁

(13)この計画は、ミシェル・レヴィが数か月後に死去し、日の目を見ることはない。もっとも、ジョルジュ・サンドはその間にベルギー人の蔵書家スペルベルグ・ド・ロヴァンジュルと知り合いになる。サンドの死去で、カルマン・レヴィは何らかの分類を心配せずに作品の出版を再開するだろう

(14)アンナ・ザボ校訂『ジョルジュ・サンド 序文集』デブレツェン(ハンガリー)、Kossuth Lajos Tudomanyegyetem、一九九七、二七六頁

(15)『わが生涯の物語』の第一章から、サンドがだれよりも早くこの寄せ集めに強く異議を唱えたこと、第二部第一五章でここに詳しく立ち戻ったこと、さらに、小説のいくつかの序文でそれを繰り返したことを想起すべきだろう

(16)ベアトリクス・ディディエ『作家ジョルジュ・サンド』一〇五頁

(17)ピエール・ルブール校訂『レリア』序文、XLVII頁以下参照

(18)『書簡集』第二巻、三七四頁、一八三三年七月二十四(?)日付

(19)とりわけ一八二五年十月二十四(?)日付の手紙(『書簡集』第一巻、二二一頁以下参照

(20)『自伝的著作集』第二巻、一七三一―一七四頁

(21)同書、一三九頁

(22)『書簡集』第二巻、七四一頁、一八三四年十一月十日付、マリ・タロン宛。『ある旅人の手紙』第四の手紙に付された解説(『自伝的著作集』第二巻、七五四頁以下)参照

(23)『レリア』に付した序(XXX頁)でピエール・ルブールが引用した一八三三年二月の資料

(24)とりわけ、アンドレ・モロワの著名な試論『レリアあるいはジョルジュ・サンドの生涯』アシェット、一九五二

(25)周知のように、著者は念入りに弁解する(『自伝的著作集』第二巻、一六〇頁)

(26)『書簡集』第三巻、四七四頁

(27)一八三三年の『レリア』から一八三九年の『レリア』に関しては、ベアトリス・ディディエ『作家ジョルジュ・サンド』八七―一二九頁、さらに、アイリーン・ボイド・シヴァートの適切な指摘（「『レリア』とフェミニズム」「エール大学・フランス研究」誌、第六二号、一九八一、四五―六六頁）参照

(28)一組の男女を想定し、次いで、出発の順番を混乱させずにはおかない、一人の女性（ジャックの異父姉妹のシルヴィア）、次に一人の男性（オクターヴ）を来させることにある原理はやはり『親和力』から想を得ているように思われる。キャスリン・クレシリウス『ファミリイ・ロマンス』、第七章「ジャックの近親相姦的親和力」一二七―一三九頁参照。彼女は、ネルヴァルがこの関係に気づいていたこと、サンドの『最後の愛』がゲーテに負っていることを指摘する。『自伝的著作集』第二巻、二七一頁参照

(29)「二人の男が自分だけのために道徳規範を作ることができないときに、そして、状況しだいでその生涯において十度も変更せざるを得ないときに、どうすれば男性たちのためのそれを作り出せよう？」（二四三頁）

(30)「君はG・サンドを賛美していると僕に言う、ぼくも大いに賛美しているさ［…］。ぼくは『ジャック』ほど、すばらしいものはほとんど読んだことはないよ、アルフレッド［ル・ポワトヴァン］にこのことを話してくれたまえ」（フロベール『書簡集I』（ガリマール、《プレイヤッド叢書》、一九七三、三九頁、一八三九年三月十八日付、エルネスト・シュヴァリエ宛）。ゾラ『書簡集I』モントリオール／パリ、モントリオール大学出版局／CNRS出版、一九七八、一九九頁、一八六〇年七月四日付、ジャン＝バティスト・バイユ宛。本書第10章参照

(31)非嫡出の娘、父親の密通者、聖ジャン・ネポミュセーヌの画像のおかげで認知された子ども、母性喪失の母親が、物語の感傷的な大筋をきちょうめんに強調する家族ドラマの構成要素をなす。そうすることで、サンドは小説の伝統のいくつかの定数を継続する

(32)『書簡集』第二巻、八七六頁、アレクシス・デュテイユ宛、一八三五年五月二日付
(33)同書、八八〇頁、一八三五年五月六日付、ゲルー宛
(34)その構成に関しては、ロロール版（一九九一）にミシェル・エッケの付した序（五―二二頁）参照。ベアトリス・ディディエ『作家ジョルジュ・サンド』一七七―一八一頁参照
(35)ミシェル・モントルレ（『影と名、女らしさについて』深夜出版、一九七七、七―二三頁）、ダニエル・シボニ（「二人の女性の間と欲望の憎悪」『女らしさと誘惑』グラセ、一九八六、一一一頁以下）、ジュリア・クリステヴァ（「病と苦痛」『黒い太陽　喪とメランコリー』二二七―二六五頁）の分析参照
(36)六二頁以下参照。『ヴァランティーヌ』については、ナオミ・ショアの注釈「女性のフェティシズム――ジョルジュ・サンドの場合」『今日の詩学』参照
(37)小説冒頭でベネディクトはこのように語る。彼は、ヴァランティーヌが悔し紛れに結婚したピエール・ブリュティに殺されるだろう
(38)一二七―一二九頁。明確にロマン派的情景（月光、失神、涙）は「婚約者たち」に、村の教会の神に二人の愛を打ち明けるようしむける
(39)「女性たちだけが自尊心ゆえのこうしたちょっとした敵対関係の秘密を持っていると言われている。わたしは誠実な人に訴えよう――愛している女性をその歌で感動させる幸せな恋敵を窓から放り出したいと思わなかった者がわれわれの中に果たしているだろうか？　われわれは彼の知識や知性や名声を、彼の馬や服装を羨んではいないだろうか？　愛する女性が彼の優れた点に気づくことを大いに嫌いはしないだろうか？　これらの長所が子どもじみたものであればあるほど、われわれは傷つくのだ」（八五頁）
(40)『序文集Ｉ』五七―五九頁
(41)「ミュッセによる告白」におけるこの点に関する筆者の考察（「文学」誌、第八五号、一九八七、五三―七二頁）参照

(42)「わたしはおそらく、自己本位の苦悩に閉じこもり、自らをルネだともオーベルマンだとも思い、自分には並外れた感受性があると信じる、この世紀の嗜好に身をまかせていた」とサンドは、最初の文学上の成功を語り終えたところで、書き記す（『自伝的著作集』第二巻、一九五頁）。『ヴァルヴェードル』はより批判的にその状況を伝える――「わたしはすでに多くを読んでいた、そして、［…］世紀病と名づけられたもの、つまり、倦怠、疑念、慢心に少々おかされていた。［…］おそらく、この世紀病は、それに続いた反動、世紀の健全さを気高く特徴づけているようにはわたしには思われなかった、あの金への渇望、理想なき快楽、抑制なき野望より価値あるものだった」（一一―一二頁）

(43)この点に関しては第二帝政下の小説についてのニコル・モゼの考察（前掲書、一三一―一五八頁）参照

(44)この点については、ミシェル・エッケ「場所の特性」（『ジョルジュ・サンド、同義語反復の向こうに』第一三回ジョルジュ・サンド国際シンポジウム記録、ビーレフェルト、アイステシス出版、二〇〇〇、三五三―三六一頁）、さらに、『メルケム嬢』に付した筆者の序（アクト・スュッド、バベル、一九九六）参照。サンドの作品における場所の表象に関して、存在する場所の現実と作家の個人的な想像の産物との、文学的慣習により構成された混成を考慮に入れる体系的な研究が待たれる

(45)『自伝的著作集』第一巻、七八頁

第8章　詩学

(1)『序文集I』一六九頁

(2)ジョルジュ・サンドはシャンフルリに宛てた、一八五四年六月三十日付の手紙で、彼のレアリスムを批判して説明する、「流派は、それがどれほどすぐれたものであれ、人を愚鈍にします。手法は芸術を変革します。あらゆる手法が有用なのはそうした理由からです。どの手法もまったく独自のものです」（『書簡集』第一二巻、四八一頁）

(3)サンドは、しばしば読者の間で成功を博しても、自分の小説に最初に判断をくだす。一八五三年五月二十一日、ピエール＝ジュール・エッツェルに書き送る――「〔『名付け子』は〕大いに喜ばれましたが、わたしには気に入りません。『モン＝ルヴェシュ』の方が百倍も好きでしたよ。でもこれが判断や嗜好というものです」(『書簡集』第一一巻、七〇七頁)

(4)参考として、『ルクレツィア・フロリアーニ』の一八四六年版の序文の結語を参照(『序文集Ⅰ』一二六―一二七頁)。サンドは、男性の登場人物を描写する困難さを強調しようとして、「男性―作家」と対照的に「女性―作家」の表現を一度だけ使う(同書、二五六頁：一八六一年版の中編小説の序文)

(5)『序文集Ⅰ』一六五頁(『魔の沼』一八五一年版の作品紹介文

(6)『書簡集』第四巻二四三頁、一八三九年十一月二十六日付

(7)『序文集Ⅰ』一〇九頁

(8)同書、二〇一頁(『ルクレツィア・フロリアーニ』一八五三年版の作品紹介文

(9)「わたしがあなたに語ろうとしている物語は正確に申し上げれば、楽しく、さわやかなものではありません。それどころか、かくも暗い物語を今日、あなたに届けることを許してください〔…〕もっとも、わたしもこの物語を聞いたばかりです」(三二一頁)

(10)『散文の詩学』スイユ、一九七一、七八―九一頁参照

(11)『序文集Ⅰ』六四頁(『フランス遍歴の職人』一八四〇年版の序)

(12)問題が提起され、いくつかの例で証明される。たとえば、マイケル・ダナヒー「ラ・プティット・ファデット」(『小説の女性化』マイアミ、フロリダ大学出版局、一九九一)

(13)「懐疑はコレラのように、われわれの時代の病だ。だが、〔…〕それは精神の健全さの、信仰を予告する。懐疑は検討から生まれる。たくましい母から生まれた病気で、熱のある息子、つまり自由だ」(『序文集Ⅰ』九八頁、『ある旅人の手紙』一八四二年版の序文)

(14)「小説の流派は残虐行為、殺人、裏切り、驚愕、恐怖、奇妙な情熱、仰天するような出来事の連続にのめり込んだ。［…］したがってこれらが、［読者を］喜ばせるために描かれる。［…］読者はかくも多くの香辛料を口にしてその胃を傷つける、［…］読者は感情を使い尽くし、［…］小説家たちを疲れさせる。読者は彼らに手段の濫用を強い、彼らの想像力を枯渇させ、もはやいかなることも不可能になるだろう」（同書、一二五頁、『ルクレツィア・フロリアーニ』一八四六年版の前書き）。ミシェル・エッケ「ゴシック・ロマンスの局面――サンドの小説に見る女性的な告白」（シモーヌ・ベルナール゠グリフィス編『メロドラマと暗黒小説』トゥールーズ、ミライユ大学出版局、二〇〇〇、四四九―四五九頁）参照

(15)「激しい恐怖や脅威を描き出す以外に、今や、なすべきことはないのか？　才能と想像力が流行させた、この秘密［『パリの秘密』と『ロンドンの秘密』］と不公平の文学作品にあって、われわれは劇的な効果を与える極悪人よりも、おだやかで優しい人物の方を好む。こうした人物は会話を続け、展開させることができ、もう一方は怖がらせる。恐れはエゴイズムを治さず、増大させる」（『序文集Ｉ』一一七頁、『魔の沼』一八四五年版の序文）

(16)『序文集Ｉ』一二七頁

(17)哲学・道徳に関して、および、ロマン主義については、『序文集Ｉ』五六頁（『レリア』一八三九年版の序文）参照

(18)同書、一八四頁（『ジャンヌ』一八五二年版の作品紹介文）

(19)同書、七一頁（『コンシュエロ』一八四二（？）版の序文―献辞（未発表））

(20)同書、九一頁（『アンディアナ』一八四二年版の序文）

(21)しかしながらその立場は部分的にそのままだ。一八五二年から一八五六年にかけて、エッツェルの出版社から刊行された九巻本の『挿絵入り作品集』全体への序文でサンドは強調する――「いくつもの作品（大多数と言うことができよう）は、民衆の義務と同じく権利について彼らを教化したい気持ちから着想を得

た」(同書、一五六頁)、もっとも、よそでは、類似の目的を断固として拒否したが

(22)「やれることは感情の分析だ。[…]それがわたしの方法であり、ほかのものは一度として見出せなかった」(同書、二〇三頁、『ルクレツィア・フロリアーニ』一八五三年版の作品紹介文)

(23)同書、一一七頁(『魔の沼』一八四五年版の序文)

(24)同書、二〇三頁(『ルクレツィア・フロリアーニ』一八五三年版の作品紹介文)

(25)同書、一一七頁(『魔の沼』一八四五年版の序文)

(26)同書、二〇五頁(『ルクレツィア・フロリアーニ』一八五三年版の作品紹介文)

(27)同書、一九四頁(『モン=ルヴェシュ』一八五二年版の序)

(28)書簡集は、その執筆の非常に短い時間の痕跡をいくつかとどめているが、反対に、最初に雑誌で、次に、単行本での刊行が引き起こした編集の問題に対するさりげない言及が数多く見られる。『モン=ルヴェシュ』は一八五二年十月十二日から十二月九日まで「ル・ペイ」誌に掲載。サンドの活動は、この当時、ことのほか過密で、エッツェル発行の『挿絵入り作品集』の発売が始まっていた――彼女は『モープラ』の戯曲化に専念――『名付け子』は始まっていたし、『笛師の群れ』が続こうとしている、さらに『わが生涯の物語』第八巻(『書簡集』第一一巻、一八五二年四月―一八五三年六月は、サンドとエッツェル並びにカドとの間に結ばれた種々の契約書を転載)

(29)サンドはこの人物、結局のところ、ほとんど構成されていないこの人物の周りに、興味のないものではないいくつかの簡潔な描写を集める。ティエリは、「分析の嗜好」、「知的検死の嗜好」(八頁)を持つ、「観察者、分析者」だ――この「文士」には「どこか夢想家で、苦悩し、憂鬱で、からかい好きなところ」(五七頁)があり、それが彼をロマン主義のエピゴーネンにしている。そしてサンドは、皮肉っぽく、ナタリーに次のような言葉を言わせる――「その人は、ほかとまったく同様、一流の作家になれますわ! 社交界で称賛され、その時の嗜好を満足させることができさえすればいいのです」(同書)

（30）執筆中、サンドは、文通相手の一人から、同じ主題を扱ったバルザックの作品の存在を知らされて、『継母』を読む。比較検討を試みなければならない

（31）同じ意味で、『アントニア』（アクト・スュッド、バベル、二〇〇二）に付した筆者の序文

（32）モン＝ルヴェシュの召使ジェルヴェが、エリエットの奥方の幽霊が館に出没していると断言し、若者たちにその物語をするときに、幻想は一瞬、再び現れる（一一二頁以下）。この幻想は次いで、『デゼルトの城』あるいは『緑の奥方たち』の場合と同じように、現実への回帰（幽霊は本物の若い娘）で回避される

（33）この点に関し、フラヴィアンは指摘し、批判する――「われわれはこの世にあって、［女性たちが］自分たちの美徳をもっと大切にすることを願う。愛人としてわれわれは、彼女たちが他人から非難されることがまったくないよう望む。夫としてわれわれは、見かけの醜聞よりも現実の不実の方を喜んで許す。したがって、女性の評判は守るのがかくも恐ろしいものであるゆえに、あらゆる女性の中で最も貞節な女性はためらわず無数の嘘をつき、最も巧みに喜劇を演じて、女友だちの評判を守るだろう」（三一一―三一二頁）

（34）『ジャン・ド・ラ・ロシュ』でも同様だ。二つの場面でジャンとラヴは互いの腕に抱かれる。パリの女性たちの経験がある青年は欲望に燃える、一方、「天使のように純潔な」ラヴは兄弟のように抱擁するだけだ。女性の性欲は考えられたことがないわけではない、それは最も一般的に検閲される――時代の道徳は、『レリア』に衝撃を受け、沈黙を命じる、そしてサンドの側に、女性の行動の確かな理想化が見られる

（35）この点に関しては、アラン・コルバンの考察（「舞台裏」『私生活の歴史Ⅳ、フランス革命から大戦まで』。とりわけ、四六一頁以下）およびアンヌ・マルタン＝フュジエ『中産階級の女性』七九頁以下、参照

（36）筆者はこの問題を『モープラ』――サンドにおける結婚と母性」（『ロマン主義』第七六号、一九九二、四三―五九頁）で考察した

(37)『書簡集』第一五巻、四九二頁、一八五九年八月二十六日付、エミール・オーカント宛

(38)サンドは「小説はわれわれの時代の新しい芸術、創造である」ことを想起させる。これがおそらく、「読者の教育は［…］まだなすべきである」ことの理由だ。この主張は強調されるに値するが、レアリスムによる強制が今日までサンドの小説を読むことを妨害してやまない

(39)それはサンドにとって、「貴族階級における結婚の条件はフランスにおいて、とりわけ、地方において、救いようがない」ことを繰り返す機会だ。令嬢たちはそこで秘密の火薬のように見張られており、意見を変えるには遅すぎる時だけ、知ることが許される。検討の自由を彼女たちに残すことで、彼女たちを巻き添えにすることが危惧されるのだ」(五七頁)

(40)若い娘は、母親が「必然的に」弟のほうを好み、母が死んだときには母代わりになることを誓わせたと告白する(八一頁以下)

(41)ナタリー・エニックは、父親への誓いが空想的な定数を構成すると指摘(「父の規範、愛の規範」『女性の立場』五四頁以下)。だが、運命に身を投じる誓いは、すでに、『アタラ』が示し、『ジャンヌ』が想起させるように、母親に対してもすることができる。したがって、子どもたちの将来に伝統的にのしかかるのは両親だ

(42)父親の死のみが、大人の生活、性行為、結婚への到達を可能にする。「私は祖先に対して、生涯、義務を負っているのです」とイズー・ヴィルプルーは打ち明ける［…］。かくして、一年後であれ一〇年後であれ、わたしが自由になる日、もしあなたが辛抱強く待っていてくださるなら、ピエール、わたしは今日の気持ちのままでいることでしょう」(『フランス遍歴の職人Ⅱ』一九九頁)

(43)「孤児や捨て子たちは幸せだ！　彼らの力を越えた重荷を担ぐよう強いられてはいない！」とジュリアンは明言する、母親の愛情ゆえに、彼がやりたいこと、つまり、命を絶つことができないのだ(二一五六頁)

(44)人物についての考察のために、アンナ・ザボの研究『サンドの創作した人物――恒常的特徴と変化』デ

ブレッェン、Kossuth Lajos Tudomanyegyetem、一九九一、参照。固有名詞研究については、二二一—二四頁参照

(45)シモーヌ・ヴィエルヌ『ジョルジュ・サンドと感傷的小説』(「人文科学《ルヴュ・デ・シアンス・ユメーヌ》」誌、第二二六号、一九九二、一一七六—一九二頁参照

(46)サンドの創造したヒロインたちの読解、この文脈の中で小説に対する判断を体系的に考察することは適当だろう。一見したところでは、サンドはとりわけ、不適切な読解で損なわれた「空想的な」若い娘の型通りの表現を繰り返す。「それは確かに出来の悪い本ではなかったが、出来の悪い小説だった」(『若い娘の告白』)——反対された感情の物語、ほとんどいつも、悪漢たちによる椿事や家族の情け容赦のない偏見で切り離された恋人たち。それは常にイタリアかスペインで起こる。主人公たちはほとんど常にドン・ラミーレかロレンツォという名だ。いたるところ、秘密の手紙を読むためや、館のバルコニーの下で歌われるロマンスのための月光があり、悔恨の情にさいなまれる孤独な有徳の士を避難させるためのぞっとするような岩があり、あふれる涙を受けるための泉がある」(一五五—一五六頁)。こうした読書は、『ボヴァリー夫人』第一部、第六章に見られるフロベールの有名な考察に呼応する

(47)『序文集I』二〇〇—二〇一頁。「小説家になるためには、ちょうど赤ワイン煮込みになるためには野兎でなくてはならぬように、空想的でなければならぬ」とシルヴェストル氏は作家見習いのピエールに繰り返す(『シルヴェストル氏』一七頁)

(48)それは同じくナオミ・ショアの指摘(『ジョルジュ・サンドと理想主義』ニューヨーク、コロンビア大学出版局、一九九三、一六五頁)。当然のこととして、バルザックが関心を寄せた批評は、ユゴーとの可能な対比を検討しなかった

(49)この語にナオミ・ショアにより付与された意味で、「今の社会と女性に定められた立場に対する不満、平等の要求、一つなり複数の差異の要求、本質的で歴史を越えた女性本性の主張、純粋に歴史的で偶然の

要因ゆえの下位身分の告発が、絡み合い、ぶつかり合う結節点。したがって、あらゆるフェミニスムにおいて保守的な力と異議を申し立てる力の平等な分配があるだろう――過保護と反過保護、独立主義と伝統主義。［…］フェミニスム、それは葛藤そのものだ」（「フェミニスムとジョルジュ・サンド――『マルシへの手紙』」二七―二八頁）

(50) この点について、視野に入れるべき多くの発言があるだろう。サンドが母と息子の「理想的な愛」を称賛する、『わが生涯の物語』第一部第四章の一節（七六頁）が想起されよう

(51)『ナノン』二七一頁。この点に関して、フランソワーズ・マサルディエ゠ケニーの研究論文「ジョルジュ・サンドの小説に見るジェンダー」（アムステルダム／アトランタ、ロドピ、二〇〇〇）は力動的プロセスでナノンを両性表現の究極のユートピア的人物に仕立てる

(52) この点に関して、アラン・コルバンは極めて適切に、「資料編纂の均衡回復」を呼びかける――「欲望とのこの不完全な関係の男性的症状［…］」、そして、より一般的に、十九世紀における男性の苦痛の兆候は逆説的に人知の及ばないものに思われる」と記す（『時間、欲望、恐怖――十九世紀に関する試論』フラマリオン、シャン、一九九一、九九頁）この報告は同じくモニク・シュネデールの試論の序説（『男性の系統学』オビエ、一九九九）に記載

(53) リュシー・マッカラム゠シュヴァルツ「感受性と感覚的欲望――ジョルジュ・サンドの初期小説作品（一八三一―一八四三）に見る性的関係」（『ジョルジュ・サンド シンポジウム〈ジョルジュ・サンド〉記録』一七一―一七七頁、とりわけ『レリア』に関する考察）参照

(54)『序文集I』二五六頁、一八六一年版の「短篇小説」に付した序文参照。女性作家が、サンドによれば、男性を描くのに苦労するのは社会に対する無知のゆえであり、女性作家は男性の知的能力について口を閉ざし、彼らを愛、家族に限定する傾向がある。女性作家の創造する男性の登場人物は、そのほとんどが、非常に理想化される――彼らは学び、愛する女性から課される試練に対して勇気を見せる――両性の平等

と差異を確信し、強固な政治的信念を持ち、彼らは女性の登場人物たちとユートピア的対をなす

(55)二一〇—二一一頁

(56)『ラ・ダニエッラ』第一巻、一一五頁

第9章 〈自己の物語〉

(1)この表現は一八四七年十一月二日付エッツェルへの手紙にある（『書簡集』第八巻、一一四頁）

(2)同書、二〇七頁

(3)今日、書くという行為はもはや十九世紀におけるような強い幻想的負荷を明らかに担ってはいない。強力で一般化された個人主義、ショービジネスの世界から提供される、才能をひけらかすための手段の増加が、その最も顕著な理由を作り出す

(4)『夜明け』（『著作集Ⅲ』ガリマール、《プレイヤッド叢書》、一九九一、二八六頁）

(5)「毎日、G・サンド［「ラ・プレス」紙に連載された『わが生涯の物語』］を読み、たっぷり一五分間規則的に憤慨している」『書簡集』第二巻、五七六頁、一八五五年五月三十日付、ルイ・ブイエ宛）

(6)『自伝的著作集』第二巻、一一一頁

(7)同書、五頁

(8)『自伝的著作集』第一巻、一八頁参照

(9)この点について、ベアトリス・ディディエ『作家ジョルジュ・サンド』における全般的記述、とりわけ、女性の自伝に割いた箇所を参照

(10)今や大いに解説されているこの問題については、自伝の条件をきわめて的確に定義した、『自伝の契約』（スイユ、一九七五）、さらに『自伝のために』（スイユ、一九九八）に至る、微妙な差異のある種々の著作が想起されよう。ジャック・ルカルムとエリアヌ・ルカルム゠タボヌによる、卓越した総合の『自伝』（ア

ルマン・コラン、一九九七）を参照できよう。この著作にはとりわけ、女性の自伝に関する考察の全体が含まれる、もっとも、この点について、アメリカのフェミニストたちによる批判を引用はするが、活用するものではない。女性たちの自伝的エクリチュールの特性は、「傍注」で把握され、著者たちは次のような言葉で締めくくるに甘んじる――「こうした調査は、規則にかなった自伝の枠外で、すぐれた自伝作品を明らかにする、もっとも、間接にしろ、省略にしろ、その断片的な性格から最初に規定した定義に完全に応じるものではない」（二二四頁）

(11)この一風変わった家族の歴史の中で、（手紙の形で）ヴォルテールと、（訪問の形で）ルソーと出会う――革命の喧騒が聞こえ、それがかき立てる不安、それが強いる窮乏。特権階級の家族の回想録は王政復古時代に増加し、その数だけ特徴がある。自分が体験しなかった時代を再現するために、サンドは真の回想録の著者として、先祖と記録された原資料に非常に重要な位置を与える――父親の手紙の外に、彼女は書簡の抜粋をすすんで引用し、「神の意図と自然の秩序における男性と女性の席次の平等に関する、わたしの曽祖父デュパン氏の卓越した一節」を際立たせる（『自伝的著作集』第一巻、四七頁）。彼女はこうして、芸術家としての地位が必然的にやがて自身の場を見出すことになる、教養ある人々の（父方の）社会を再現する

(12)ここまでの引用およびこれからの引用はすべて第一章からだが、頁数を明記する必要はないと思われた

(13)論拠は先で再び続けられる（『自伝的著作集』第二巻、一一三頁参照）

(14)幻影としてこの表現形態の想像界は古くからの先験的原理、つまり、構成された秩序ある、したがって、偽りの文書と対照的な、「ありのままの」、無秩序で、真実の言葉の先験的原理から生じる。とりわけ、ルソーの『言語の起源に関する試論』で論じられるこの先験的原理は、ジャック・デリダにより分析された（『グラマトロジー論』深夜出版、一九六七、二三五―三六八頁）

(15)サンドの自伝は「ラ・プレス」紙でこの題名で告げられた（『自伝的著作集』第一巻、XIX頁参照）

(16)シャルパンティエ、一八四一、Ｉ―ＸＸＶ頁
(17)『自伝的著作集』第二巻、一二六頁
(18)これらの考察はミシェル・フーコーの分析（『性の歴史Ｉ　知への意志』ガリマール、一九七六）以来、よく知られている。この分析の道具を案内人として、『わが生涯の物語』の読解が望まれる
(19)『自伝的著作集』第二巻、四三九頁
(20)『自伝的著作集』第一巻、六頁
(21)フロベール／サンド『書簡集』二一二頁、一八六九年一月十七日付
(22)《スイユ》叢書、四九頁
(23)『自伝的著作集』第一巻、一三頁
(24)同書、九頁
(25)同書、ＸＸⅣ頁。確かに、こうした行為は、この時代の書簡集出版者の間で一般的だった
(26)女性の自伝に特有の態度に思われる（ジャック・ルカルム、エリアンヌ・ルカルム＝タボヌ『自伝』九八頁以下、参照）
(27)『自伝的著作集』第一巻、ＸⅢ―ＸＸＩ頁参照
(28)『書簡集』第三巻、一八頁、一八三五年七月、エルミナ・ド・シェジ宛
(29)『自伝的著作集』第一巻、一二三四―一二三五頁参照。主として、ドイツ、イギリスで発表され、誤った伝記的細部を含んだ論文に関するものだ。イタリアの出版物に関しては、アナローザ・ポリ『イタリア人の見たジョルジュ・サンド』（パリ、サンソーニ―ディディエ、一九六五）参照
(30)『自伝的著作集』第二巻、一一一頁
(31)『自伝的著作集』第一巻、五―六頁
(32)『伝記文学』ＰＵＦ、一九八四、一四頁以下参照

(33)同書、九頁
(34)同書、それぞれ、三四頁以下、五一頁以下
(35)「女性は、男性用の粗野な言葉であり、その学習や探究のにおいを発する伝記をけっして持つべきではないだろう」と彼は書く(「レカミエ夫人」『月曜閑談』第一巻、パリ、一八四九、一二四頁)
(36)エレーヌ・デュフール『紋切り型の肖像、十九世紀の文学的肖像選集』PUF、一九九七。彼女は、「文学的肖像選集は、再検討の対象にすることと同時に再提示を可能にし、文学に関する二重の談話形式を構成する」と的確に指摘(二〇三頁)
(37)『芸術家の心象における伝説、神話、魔術』エール大学出版局、一九七九(ドイツ語より翻訳)。ルードルフ、マーゴット・ウィットカウワー『サトゥルヌスの子どもたち、アンシャンレジームからフランス革命までの芸術家たちの心理と行動』グラッセ、一九九一、マティアス・ヴァシェック編『芸術家たちの〈生活〉』美術高等師範学校(ENS)/ルーヴル、一九九六、参照
(38)『書簡集』第五巻、八二七頁、一八四二年十二月、アンリエット・ラ・ビゴティエール宛参照
(39)『書簡集』第八巻、二〇七頁、一八四七年十二月二十二日付
(40)『十九世紀フランスにおける女性たちの作品』九―一〇頁
(41)『自伝的著作集』第一巻、五四一頁以下
(42)同書、一一一二頁以下
(43)同書、八〇八頁
(44)フロベール/サンド『書簡集』八〇頁、一八六六年九月二十九日付
(45)『書簡集』第二二巻、七一一頁、一八六九年十一月二十六日付、ルイ・ユルバック宛
(46)『自伝的著作集』第一巻、六八二頁
(47)同書、六〇四―六〇五頁

(48)同書、八五七頁
(49)同書、七六二頁
(50)『自伝的著作集』第一巻、六〇八頁
(51)『自伝的著作集』第二巻、四七頁
(52)同書、五七頁
(53)『自伝的著作集』第一巻、六八一頁
(54)『自伝的著作集』第二巻、一九八頁
(55)『自伝的著作集』第一巻、六頁
(56)『自伝的諸作集』第二巻、三九頁
(57)同書、四五三頁
(58)同書、四五九頁
(59)同書、四三九頁以下
(60)「女性というのは、一般的に、神経質で心配性の人間であり、心ならずも、あらゆることに関する果てしのない永遠の不安をわたしに伝える」(同書、二二四頁)
(61)同書、一二六頁
(62)同書、一二七頁
(63)同書、一三五頁
(64)同書、二二四頁。「わたしは自分の無知にいつも当惑する、[…]休養し、勉強することができれば」と、サンドは後に打ち明ける
(65)同書、四一頁
(66)アラン・コルバン「舞台裏」(『私生活の歴史』前掲書、四一五頁以下、参照

(67)『書簡集』第二巻、七一一頁、一八六九年十一月二十六日付、ルイ・ユルバック宛

(68)『自伝的著作集』第一巻、八〇八頁

第10章　コーダ（結び）——サンドの読者、ゾラ

(1)この章の少し異なった異本が、「ジョルジュ・サンド研究」第二一号（二〇〇二年十二月）に掲載

(2)ルメール、一八八五、三六四頁（「コンスティテュシオネル」紙［一八八二年五月八日付］に掲載された記事の再録）

(3)レオン・セリエ「ボードレールとジョルジュ・サンド」（「フランス文学史評論」第六七号、一九六七、二三九—二五九頁）、フィリップ・ベルティエ「尋問者と堕落させる女——バルベー・ドールヴィイとジョルジュ・サンドI（一八三三—一八五〇）、II（一八五〇—一八八九）」（「フランス文学史評論」第七八号、一九七八、七三六—七五八頁、第七九号、一九七九、五〇—六一頁）。十分に記録に基づいた、これらの研究は再録される必要があるだろう——もっとも、ボードレールやバルベーの女嫌いの奇妙な機能についてはほとんど検討されていない

(4)「ぼくがミュッセを模倣しているとおそらく言われるだろう。それに対してぼくは、この詩人はぼくの好きな詩人であり、ぼくは毎日彼の作品を何頁か読んでいると、そして、無意識に彼の形式や考えのいくつかをぼくが使っているとしても、それは驚くにあたらないと答えるだろうさ」とゾラはセザンヌに書き送る（『書簡集I』モントリオール／パリ、モントリオール大学出版局／CNRS出版、一九七八、一九四頁、一八六〇年六月二十五日付）

(5)ゾラは理想とする文人を想像しながら、書く、「それはいつも、幼年時代にペンを握り、もはや修辞学概論ではなく心の傷で文学を制作し、時代の人間ではなく、崇高な無知の中で大切な幻覚を語る衒学者から逃れる詩人だ」（同書、一七〇頁、一八六〇年六月二日付）

(6)同書、一五四頁、一八六〇年五月二日付
(7)同書、一五五頁
(8)同書、一五五―一五六頁
(9)「彼女は困難に向かって歩き、屋根裏部屋に不幸な人を見つけに行き、そこで貧窮と格闘するよう提案する――無用な涙も、貧者に対する空しい同情もいささかもなく、あるのは、辛抱強い闘い、毎日の闘争だけだ。すべての男たちは兄弟となり、豊かで、強力な共和国を作り上げる。ああ！　それはおそらく夢に過ぎない、それでも、それは素晴らしいだろう。」（同書、一五六―一五七頁）
(10)同書、一六九頁、一八六〇年六月二日付
(11)同書、一九五頁、一八六〇年七月四日付。ゾラは、ほどなく書き始める、『クロードの告白』の中で小説を思い出すだろう。彼はそこでローランスとクロード、レアリスムと夢想を対比させる
(12)同書、一九八頁
(13)同書、一五三頁、一八六〇年五月二日付
(14)この判断はプルードンの判断と類似する、彼もまた「サンド夫人の小説の風土を形成する、男嫌いの暗い基層に敵意を持っている」（「ジョルジュ・サンド夫人」『女々しい男たち』ヌーヴェル・リブレリー・ナシオナル、一九一二、九六頁）
(15)同書、一九九頁
(16)この点に関して、アンリ・ミッテランのエミール・ゾラ入門（『ロマン派作家たちに向き合って』ブリュッセル、コンプレックス出版、一九八九）参照
(17)同書、一五四頁
(18)「ジョルジュ・サンドの読者、ゾラ」でティヴァダル・ゴリロヴィッツ、アンナ・ザボは、ゾラがほとんど評価しないサンドの演劇について表明した判断と同時に、彼がサンドに言及したいくつかの批判的論文

（引き立て役として引用）を特記している（「ゾラの読書」一九九九、五一―九八頁）

（19）「ジョルジュ・サンド」（『全集第一二巻、文学資料』愛書クラブ、一九六六、三八九頁）この論文での引用箇所はテクストに直接示される。ユゴーに関して、ゾラは少し先で付け加える――「指導者にして巨人のヴィクトル・ユゴーは立ったままでいる、その強靭な肩は揺れる建造物を担うに十分だ。だが、彼の後で、犂は人気のない畑を通ることができるだろう。」父親の大きな姿が消えるのを待ちかねているさまをこれ以上表すことはできないだろう

（20）先で、ゾラはオクターヴ・フイエとヴィクトル・シェルビュリエを挙げるだろう

（21）彼女の政治的信念と一八四八年における役割については、次のように要約される――「当然の帰結として、彼女は共和主義者だ――彼女は詩情豊かな文体で四八年の共和国に敬意を表する。だが、六月の日々以来、彼女は虐殺に動揺したままだ――彼女の優しさは反発する、彼女には戦いの必要性がもはや理解できない。もう一度、彼女は自分のすべてをささげる、ほとばしる信念と生来の無頓着さで。」（三九六頁）

（22）「彼女はペン、インク壺、しっかりと綴われた便箋を持っていた、ほかのものは何一つ、構想も、メモも、本も、いかなる種類の資料も。彼女が小説に取りかかるとき、かなり漠然とした、夢想に信頼を込めて、おおよその考えから出発した。［…］しばしば原稿には削除した箇所のいかなる痕跡もない。［…］そこから、彼女の文体が生じる。それは、とりわけ個性の欠如により個性的だ。［…］いかなるものも、精彩に富む形容詞も、新しい表現も、言葉の奇妙な関連付けも注意を引かない。」（四〇〇―四〇一頁）

（23）男性による女性の非常に古くからの知覚を結び直す、この点については、ロラン・バルト・センターでの、人類学者フランソワーズ・エリティエの最近の談話（二〇〇三年二月十一日付「ル・モンド」紙一六頁に掲載された抜粋）を参照

（24）「彼女にとって男は稀でした、ただそれだけのことですよ」、とノアンを訪問中のバルザックは書きとめる（『ハンスカ夫人への手紙』四六三頁、一八三八年三月二日付）それはプルードンの考えでもある――

「サンド夫人は［…］は男を探した——彼女には見つけられなかった。彼女が交際し、愛した男たちのだれ一人として彼女を理解できなかったし、彼女にふさわしくなかった——彼らの落ち度で彼女は正道を踏み外したのだ」（前掲書、八四頁）と書く。表現は異なっているが、考えは同じだ、つまり、サンドが正道を踏み外したのは、あらゆる理由として、彼女は、長い間、真剣に、夫婦のように、一人の男と結ばれていなかった、という事実に起因する。夫のいない、（正しく、まじめな）女はいない。ジュヌヴィエーヴ・フレスの考察（「男のいない女」『西洋の女性の歴史Ⅳ　十九世紀』一一二―一一六頁）参照

(25)同じ論法をゾラは、「文学における道徳性について」［一八八〇］（『全集』第一二巻、五一一頁（「ジョルジュ・サンドは我慢のならない夢想家の女や議論好きな女たちの一世代を生み出した」）で繰り返した。「自然主義作家論」（『全集』第一一巻、一九六六、一〇五―一一〇頁）における『ボヴァリー夫人』の読解参照

(26)「それに、ジョルジュ・サンドは我が国の文学に顕著な場を占めている——彼女の小説はもはや読まれないかもしれぬ、だが、彼女の名は十九世紀前半における、ひとつの文学形式の代表者として残るだろう」と彼は寛大に付け加える

(27)表現は、ユイスマンスが画家ミレーを激しく非難した文章の中でサンドについて述べたもの（『確実なこと』UGE10／18、一九七五、四一二頁）

(28)この視点から、「若い世代への手紙」［一八七九］（『実験小説論』ガルニエ＝フラマリオン、一九七一、一〇一―一三五頁に再録）を興味深く読むことができよう

(29)『批評と歴史試論』（パリ、一八五八）、テーヌが自らの方法を、例をあげて、説明した序文の冒頭部分Ⅶ—ⅩⅩⅩⅡ頁参照

(30)サンドの伝記作家、アンドレ・モロワ、ジョゼフ・バリーにより作成された注釈のほかに、イザベル・ナジンスキ『ジョルジュ・サンド　書く行為　あるいは生涯』の最初の数章の考察参照

(31)ロマン主義に続く作家たちは女性に文章を書く権利を拒みはしない、だが、女性たちがその性にふさわしいジャンルや主題、文体、つまり、教育や結婚についての試論、書簡や回想録といった私的なエクリチュールに閉じこもる必要性を強調する。かくしてプルードンは記す――「あらゆる時代にあって、女性たちは文学の中に自分たちの場を作り出した――それは彼女たちの権利であり、幸福だ［…］。彼女たちの使命は次のように定義される――感性による科学や芸術の普及、結婚という正しい愛情による正義の進展。女性たちがこのプログラムに忠実であるように――輝かしい成功が彼女たちを待っている、そして、男性たちは必ずや感謝するだろう。」（前掲書、一〇五頁）

(32)「赤裸の心」（『全集』ガリマール、プレイヤッド叢書、一九六一、一二八〇―一二八一頁）

(33)『書簡文学』

(34)「手紙によるジョルジュ・サンド」（『クロニクⅡ』UGE10／18、一九八〇、五七―五八頁。暗示に富む論文で、ルイ・フォレスティエは女性作家を対象とするモーパッサンの文献全体を考察し、筆者がここでは概略的に援用するだけの立場を明確にし、微妙な差異をつけた（「モーパッサンの作品に見る女性作家と女性の手紙」（「フロベール、モーパッサン協会会報」一九九九―七、二七―三四頁）

(35)しかしながら、モーパッサンは、サンドの活動によりかき立てられた激しい苛立ちに対してきわめて公平な判断をするべきだった（奇妙なことに、彼自身のために、いささかの教訓も得るにいたらなかった）。「女性に判断を下すとき、男性はけっして公平ではない――男性は女性を常に男性専有の一種の所有物とみなし、女性を支配し、教化し、思いのままに閉じ込める、絶対的な権利を持ち続ける――社会主義者が国王を苛立たせるように、自立した女性は男性を激しく苛立たせる」（前掲書、五五頁）と彼は書く

(36)すでに引用した、フランソワーズ・ファン・ロスム＝ギュイヨンの論考「若い女性作家の肖像　バルザック―カミーユ・モーパン、ジョルジュ・サンド、エレーヌ・シクスウ」参照

(37)前掲書、八七頁

(38)同書、一〇四頁
(39)同書、九九—一〇〇頁。プルードンは証拠として、『ヴァランティーヌ』、『ジャック』から引用。サンドの小説に対する彼の知識は明らかに初期の作品と、そこに表明された結婚への敵意に限られる
(40)同書、一〇三頁
(41)前掲書、一二八〇頁
(42)「愚かな十九世紀」(『回想と論争』ラフォン、《本》叢書、一九九二、一二一九頁
(43)筆者の「十九世紀の蔑視者レオン・ドーデ」(『十九世紀の創意』第二巻、『二十世紀の鏡に映る十九世紀』クラングシク/ソルボンヌ・ヌーヴェル出版局、二〇〇二、九九—一〇八頁)参照
(44)(第六章)注(32)参照
(45)この問題については、ジャネ・ベゼの際立って鋭い論文「フロベールからルイーズ・コレへの手紙——文体の生理学」(ジャック・ネフス、レモンド・ドゥブレイ=ジュネット編『作品の所産』ヴァンセンヌ大学出版局、一九九三、五九—八三頁)参照
(46)『日記』ラフォン、《本》叢書、一九八九、第三巻、八九一—八九二頁、一八九三年十二月八日
(47)ゾラ『実験小説論』一二八頁
(48)「ジョルジュ・サンドとH・テーヌの書簡」(「両世界評論」一九三三年一月号、第一三巻、三四五—三四六頁)

訳者あとがき

二〇〇四年、十九世紀フランス文学史にその名を刻んだ女性作家ジョルジュ・サンドの〈生誕二百年〉にあたり、欧米各国はもとより日本においても、この並外れた女性を記念し、特異な生涯の軌跡をたどり、多様な主題の百篇を超す作品やその思想の今日性を明らかにしようとするさまざまな行事が催されたことは記憶に新しい。

フランス政府の文化・コミュニケーション省はこの〈生誕二百年〉を二〇〇四年国家記念年とし、外務省の（当時の）機関「フランス思想普及協会（adpf）」は、サンド研究の泰斗ベアトリス・ディディエ〔高等師範学校（パリ・ユルム街）教授〕に執筆を依頼して『ジョルジュ・サンド』を刊行、世界に向けて発信した。その生涯と著作目録を紹介する、八八頁ほどの本ながら、〈ジョルジュ・サンドの人・作品・書簡〉の現代的意義を見事に伝えるものであった。また、その前年、フランス国家の偉人たちが葬られているパンテオン（パリ）にその遺骸を移す計画の推進委員会が設置された。故郷ノアンの抗議を受けて実施は見送られたものの、昨二〇一三年秋、再び、議論が持ち上がったと伝えられている。「ナポレオン民法典」が女性を未成年とみなし、参政権はおろか民法上の平等さえ認めなかった時代に、四十余年に及ぶ疲れを知らぬ創作活動や積極的な社会参加（アンガジュマン）を通して、人類が達成すべき理想、あるべき社会の姿を提示し続けた、その確固とした信念とそれに立脚した行動に対する現代社会の敬意のゆえであろう。

この記念年を中心に、当然のことながら、サンドの作品の新たな版の刊行や、フランス内外の研究者たちの研究成果の出版が相次いだ。日本では、藤原書店の〈ジョルジュ・サンド セレクション〉（全九巻）の刊行が始まったのも二〇〇四年であり、同じく藤原書店から、拙著『ジョルジュ・サンド 1804-76 自由、愛、そして自然』（二〇〇四）が出版された。

ここに訳出した Martine Reid, *Signer Sand*（Belin, 2003）〔『サンドと署名する』〕は、そうした状況にあって大きな注目を集めた評論の一つである。

ひとりの女性が一八三二年に、初めての小説を出版しようとしているとき、なぜ、別の姓や男性の洗礼名を選ぶのか？ なぜ『アンディアナ』に筆名で署名するのか？ それはいったい何を意味するのか？ （…）どのような特異な物語を示唆しているのか？ 借り物の名で書くことはひとつの習慣なのだろうか？ 文筆で生計を立てようと決意する女性たちは同様にしたのか？ この分野でどんな重要な前例があるのか？ こうした疑問点こそが、本書執筆のきっかけになった問題意識のいくつかなのだ。（本書一二頁）

と、著者は「序」できわめて率直に著作の契機を明かす。二十八歳を目前にしたオロール・デュドゥヴァン男爵夫人がペンを自立の手段として歩み始めようとするとき、選択した〈借り物の名＝筆名〉ジョルジュ・サンドの決定過程を、ジャン・スタロバンスキの『筆名スタンダール』を範として、〈父方の〉一族の歴史が綴られた壮大な自伝『わが生涯の物語』を入念にたどり、およそ二万通を収録する膨大な『書簡集』をひもときながら解き明かそうとする。著者は、歴史・文学史・精神分析を考察の三つの柱として論を進める。特異な家族関係――四歳で弟と父親を相次いで失ったオロール、少女が過度なまでに愛している母親は娘の親権を放棄、孫娘を死んだ息子の代替とみなす祖母――の中で成長したオロールが、「自分として生きる」ことの難しさに苦悩しながら、ジョルジュ・サンドに少しずつ一体化し、ついにはその名のもとに実生活と著作が融合する……この真の変身による自己‐生成の、きわめて長い時間を要する行程を明らかにする。随所で示されるサンドや登場人物の行動に対する精神分析的解釈は、女性‐作家の内奥をこれまでになく鮮明に浮かび上がらせ、すでによく知られている評伝とはまったく異質の深層を明るみに出す。

そして、一八三二年の『アンディアナ』から一八七六年の最後の作品（『アルビヌ・フィオリ』未完）にいたる小説作品全体の考察から、女性の登場人物に認められる両性具有・作り直された家族・共同体のユートピアなど、いくつかの主要な特徴を抽出している。

巻末に付された参考文献の多様さと多さが、著者の論拠の広さと堅固さを十二分に証明していると言えるだろう。

周知の通り、ジョルジュ・サンドの作品は本国フランスばかりでなく、ドストエフスキーやツルゲーネフらを筆頭に、きわめて多くの読者を当時のヨーロッパ諸国で獲得し、とりわけその勇気ある発言は同時代のヨーロッパ社会に大きな影響を及ぼした。だが、とくに十九世紀後半以降のレアリスム思潮や、女性蔑視を標榜してはばからぬ文学者や識者たちの悪意にみちた揶揄・嘲笑がこの女性作家を周辺部に追いやり、わずかな作品――それも、しばしば少年少女向け文学に分類された――を除いて多くを埋もれさせてしまった。二十世紀初頭にプルーストやアランが忘れられぬ、美しい称賛のことばを寄せているにもかかわらず……

著者は最終章で、とりわけゾラによるサンドの〈作品受容〉を詳細に解説し、「かつての偏見は今もなお、伝わっている」という言葉で〈コーダ〉を閉じる。

著者マルティーヌ・リード氏は、ルーヴァン＝カトリック大学（ベルギー）で学士号を、エール大学（アメリカ）で哲学博士号を取得し、現在、北フランスのリール第三大学教授。きわめて積極的な研究活動を行うかたわら、二〇〇七年以降、ガリマール書店の〈女性文学者〉シリーズの企画・編集に携わり、〈女性作家の作品の大多数が出版社の目録から消えてしまった〉十六世紀から二十世紀までの作品をよみがえらせている。

ジョルジュ・サンドに関する著書は、本書のほかに、

『ジョルジュ・サンド』（ガリマール、《フォリオ・ビオグラフィ》、二〇一三）

ジョルジュ・サンドの作品の校訂版として、

『メルケム嬢』（アクト・スュッド、《バベル》、一九九六）

『侯爵夫人』、『ラヴィニア』、『メテラ』、『マテア』（アクト・スュッド、《バベル》、二〇〇二）

『アントニア』（アクト・スュッド、《バベル》、二〇〇二）

『テヴェリーノ』（アクト・スュッド、《バベル》、二〇〇三）

『ラ・プティット・ファデット』（ガリマール、《フォリオ・クラシック》、二〇〇四）

『わが生涯の物語』（ガリマール、《クワルト》、二〇〇四）

『雪男』（アクト・スュッド、《バベル》、二〇〇五）

ミュッセ―サンド『書簡集』（ガリマール、《フォリオ　二€》、二〇一〇）

『ピクトルデュの城』（ガリマール、《フォリオ　二€》、二〇一二）

現代を認識する原点ともいうべき十九世紀に、そしてこの世紀に深く関わって生きたジョルジュ・サンドに大きな関心と共感を抱かれ、サンドの〈人と思想〉の重要性・今日性を日本の読者に伝えたいという強い意思のもとに、〈ジョルジュ・サンド　セレクション〉の刊行（二〇〇四―）に引き続き、

本書訳出の機会を与えてくださった藤原書店社長藤原良雄氏に心から感謝の意を表したい。
また多くの貴重なご助言をいただいた中央大学名誉教授大野一道氏、九州産業大学特任教授川上範夫氏、准教授三浦弘次氏に、そして、いつもながらきわめて丁寧にお世話をいただいた藤原書店編集部山﨑優子氏に、あわせて深くお礼を申し上げたい。

二〇一四年五月

持田明子

Perrot, Michelle et Duby, Georges, sous la dir. de, *Histoire des femmes en Occident*, tome 4, *Le XIXe siècle*, Plon, 1991.〔ミシェル・ペロー／ジョルジュ・デュビィ監修『女の歴史 IV』杉村・志賀監訳、藤原書店、前掲〕
Planté, Christine, *La Petite Sœur de Balzac. Essai sur la femme auteur*, Seuil, 1989.
—— sous la dir. de, *L'Épistolaire, un genre féminin?*, Champion, 1998.
—— « Qu'est-ce qu'un nom d'auteur（e）? », in « L'honneur du nom, le stigmate du nom », *Revue des Sciences sociales de la France de l'Est*, n° 26, 1999, pp. 103-110.
Reid, Martine, « La confession selon Musset », *Littérature*, n° 67, 1987, pp. 53-72.
—— *Flaubert correspondant*, SEDES, 1995.
—— « Léon Daudet contempteur du XIXe siècle », in *L'Invention du XIXe siècle*, II. *Le XIXe siècle* au miroir du XXe *siècle*, Klincksieck/Presses de la Sorbonne Nouvelle, 2002, pp. 99-108.
Robert, Marthe, *Roman des origines, origines du roman*, Grasset, 1972.
Sartre, Jean-Paul, *L'Idiot de la famille* I et III, Gallimard, 1970 et 1972.〔ジャン＝ポール・サルトル『家の馬鹿息子　ギュスターヴ・フローベール論（1821年より 1857 年まで）』1-3、平井他訳、人文書院、1983-2006〕
Schneider, Monique, *Généalogie du masculin*, Aubier, 1999.
Sibony, Daniel, *Le féminin et la séduction*, Grasset, 1986.
Starobinski, Jean, « Stendhal pseudonyme », in *L'Œil vivant* I, Gallimard, 1961, pp. 191-240.
Thiesse, Anne-Marie et Mathieu, Hélène, « The Decline of the Classical Age and the Birth of the Classics », in *Displacements. Women, tradition, literatures in French*, ed. by Joan DeJean & Nancy K. Miller, Baltimore, The Johns Hopkins University Press, 1991, pp. 74-96.
Todorov, Tzvetan, *Poétique de la prose*, Seuil, 1971.
Waschek, Matthias, sous la dir. de, *Les « Vies » d'artistes*, ENS des Beaux-arts/Louvre, 1996.
Wittkower, Rudolf et Margot, *Les Enfants de Saturne. Psychologie et comportement des artistes de l'Ancien Régime à la Révolution française*, Grasset, 1991.

Knibiehler, Yvonne, « Corps et cœur », in *Histoire des femmes en Occident*, tome 4, *Le XIXᵉ siècle*, Plon, 1991, pp. 351-387.〔イヴォンヌ・クニビレール「身体《からだ》とこころ」内藤義博訳、『女の歴史 IV　19 世紀 2』前掲、所収〕
Kris, Ernst et Kurz, Otto, *Legend, Myth and Magic in the Image of the Artist*, Yale University Press, 1979.
Kristeva, Julia, *Soleil noir, Dépression et mélancolie*, Gallimard, 1987.〔ジュリア・クリステヴァ『黒い太陽——抑鬱とメランコリー』西川直子訳、せりか書房、1994〕
Laugaa, Maurice, *La pensée pseudonyme*, PUF, 1986.
—— « Autobiographies d'un pseudonyme », *Textuel* n° 22, hiver 1989, III-135.
Lecarme, Jacques et Lecarme-Tabone, Éliane, *L'autobiographie*, Armand Colin, 1997.
Leclaire, Serge, *Psychanalyser*, Seuil, Points, 1981.
—— *Démasquer le réel*, Seuil, Points, 1983.
Lejeune, Philippe, *Le Pacte autobiographique*, Seuil, 1975.〔フィリップ・ルジュンヌ『自伝契約〈叢書・記号学的実践〉』井上・花輪訳、水声社、1993〕
—— *Pour l'autobiographie*, Seuil, 1998.〔フィリップ・ルジュンヌ『フランスの自伝——自伝文学の主題と構造〈叢書・ウニベルシタス〉』小倉孝誠訳、法政大学出版局、1995〕
Madelénat, Daniel, *La biographie*, PUF, 1984.
Mannoni, Maud, *Elles ne savent pas ce que qu'elles disent*, Denoël, 1998.
Mannoni, Octave, *Clefs pour l'imaginaire*, Seuil, 1969.
Martin-Fugier, Anne, *La Bourgeoise. Femme au temps de Paul Bourget*, Grasset, 1983.
—— « Les rites de la vie privée bourgeoise », in *Histoire de la vie privée*, tome 4, *De la Révolution à la Grande Guerre*, Seuil, 1987, pp. 175-242.
—— *Les Romantiques* (*1820-1848*), Hachette, 1998.
Mauron, Charles, *Des métaphores obsédantes au mythe personnel*, Corti, 1962.
Milner, Max et Pichois, Claude, *Histoire de la littérature française, de Chateaubriand à Baudelaire* (*1820-1869*), Garnier-Flammarion, nouvelle éd., 1996.
Montrelay, Michèle, *L'ombre et le nom. Sur la féminité*, Minuit, 1977.
Naouri, Aldo, *Les filles et leurs mères*, Odile Jacob, 1998.
Nassif, Jacques, « L'infamilier: une lettre », *L'Écrit du temps*, n° 2, Minuit, 1982, pp. 87-97.
Nochlin, Linda, « Pourquoi n'y a-t-il pas eu de grands artistes femmes? », in *Femmes, art et pouvoir*, Jacqueline Chambon, 1993, pp. 201-244.
Perrot, Michelle, sous la dir. de, *Histoire de la vie privée*, tome 4, *De la Révolution à la Grande Guerre*, Seuil, 1987.

Press, 2000.
Flandrin, Jean-Louis, *Familles. Parenté, maison, sexualité dans l'ancienne société*, Seuil, 1984.
Forestier, Louis, « Femmes de lettres et lettres de femmes dans l'œuvre de Maupassant », *Bulletin des Amis de Flaubert et Maupassant*, 1999-7, pp. 27-34.
Foucault, Michel, *Naissance de la clinique. Une archéologie du regard médical*, PUF, 1963.〔ミシェル・フーコー『臨床医学の誕生』神谷美恵子訳、みすず書房、1969〕
—— *Histoire de la sexualité I. La volonté de savoir*, Gallimard, 1976.〔ミシェル・フーコー『知への意志　性の歴史 1』渡辺守章訳、新潮社、1986〕
Fraenkel, Béatrice, *La Signature. Genèse d'un signe*, Gallimard, 1992.
Fraisse, Geneviève, « La femme sans homme », in *Histoire des femmes en Occident*, tome 4, *Le XIX*e *siècle*, Plon, 1991, pp. 112-116.〔『女の歴史 IV 19 世紀 1』前掲、所収〕
Freud, Sigmund, *Essais de psychanalyse appliquée*, Gallimard, Idées, 1976.
—— *Le mot d'esprit et ses rapports avec l'inconscient*, Gallimard, Idées, 1971.
—— *Névrose, psychose et perversion*, PUF, 1973.
—— *Psychopathologie de la vie quotidienne*, Petite Bibliothèque Payot, 1979.〔ジークムント・フロイト『日常の精神病理学』高田珠樹訳、岩波書店、2007〕
Gaillard, Françoise, « Le nom du poète », *34/44*, Université de Paris VII, n° 7, 1980, pp. 37-43.
Genette, Gérard, *Figures II*, Seuil, 1969.〔ジェラール・ジュネット『フィギュール 2〈叢書・記号学的実践〉』和泉他訳、水声社、1989〕
—— *Seuils*, Seuil, 1987.
Ginzburg, Carlo, *Mythes, emblèmes, traces. Morphologie et histoire*, Flammarion, 1989.
Gori R. et Poinso Y., « Nom, prénom et vérité », *Mouvement psychiatrique*, n° 13, 1972, pp. 38-49.
Heinich, Nathalie, *États de femme. L'identité féminine dans la fiction occidentale*, Gallimard, 1996.
Héritier, Françoise, *Masculin/Féminin, La pensée de La différence*, Odile Jacob, 1996.
—— « Modèle dominant et usage du corps des femmes », *Le Monde*, 11 février 2003, p. 16.
Jeandillou, Jean-François, *Supercheries littéraires. La vie et l'œuvre des auteurs supposés*, Droz, 2001.
Käppeli, Anne-Marie, « Scènes féministes », in *Histoire des femmes en Occident*, tome 4, *Le XIX*e *siècle*, Plon, 1991, pp. 495-525.

Cixous, Hélène, « En octobre 1991 », in *Du féminin*, textes réunis par Mireille Calle, Sainte-Foy, Québec, Le Griffon d'argile, 1992, pp. 97-114.

Clément, Jean-Paul, *Chateaubriand*, Flammarion, 1998.

Clerget, Joël, sous la dir. de, *Le nom et la nomination*, Toulouse, ERES, 1990.

Corbin, Alain, « Coulisses », in *Histoire de la vie privée*, tome 4, *De la Révolution à la Grande Guerre*, Seuil, 1987, pp. 385-566.

—— *Le temps, le désir et l'horreur. Essais sur le XIXe siècle*, Flammarion, Champs, 1991.〔アラン・コルバン『時間・欲望・恐怖——歴史学と感覚の人類学』小倉孝誠訳、藤原書店、1993〕

Cournut-Janin, Monique, « Le noyau mélancolique, féminin », *Débats de psychanalyse*, PUF, 1999, pp. 57-64.

Cyrulnik, Boris, *Le Murmure des fantômes*, Odile Jacob, 2003.

Danahy, Michael, *The Feminization of the Novel*, Miami, University of Florida Press, 1991.

Dauphin, Cécile, « Femmes seules », *Histoire des femmes en Occident*, tome 4, *Le XIXe siècle*, Plon, 1991, pp. 445-459.〔「独身の女性たち」志賀亮一訳、『女の歴史 IV 19 世紀 2』杉村・志賀監訳、藤原書店、1996、所収〕

Deleuze, Gilles, *Présentation de Sacher-Masoch*, Éditions de Minuit, 1969.

Démoris, René, *Le Roman à la première personne, Du Classicisme aux Lumières*, Armand Colin, 1975.

Derrida, Jacques, *De la grammatologie*, Éd. de Minuit, 1967.〔ジャック・デリダ『グラマトロジーについて』上・下、足立和浩訳、現代思潮社、1972、2012〕

—— *Signéponge*, New York, Columbia University Press, 1984.

Diaz, José-Luis, « Balzac et la scène romantique du nom propre », *34/44*, Université de Paris VII, n° 7, 1980, pp. 19-31.

—— « Le poète comme roman », in *L'auteur comme œuvre*, sous la direction de Nathalie Lavialle et Jean-Benoît Puech, Presses universitaires d'Orléans, 2000, pp. 55-68.

Didier, Béatrice, *L'écriture-femme*, PUF, 1981.

Dufour, Hélène, *Portraits en phrases. Les Recueils de portraits littéraires au XIXe siècle*, PUF, 1997.

Dumas, Marie-Claire, « Robert Desnos: comment un patronyme devient un nom propre », *34/44*, Université de Paris-VII, n° 7, 1980, pp. 31-36.

Emmanuel, Pierre, « Changer de nom », *Corps écrit*, n° 8, 1983, pp. 85-89.

Finch, Alison, *Women's writing in Nineteenth Century France*, Cambridge University

2005、他〕
Yourcenar, Marguerite, *Les Yeux ouverts, Entretiens avec Matthieu Galey*, Éd. du Centurion, 1980.
Zola, Émile, « Les romanciers naturalistes », in *Œuvres complètes* XI, Cercle du Livre précieux, 1966.
—— « De la moralité en littérature », in *Œuvres complètes* XII, Cercle du Livre précieux, 1966.
—— *Le roman expérimental*, Garnier-Flammarion, 1971.
—— *Correspondance* I, Montréal, Paris, Presses de l'université de Montréal/CNRS Éd., 1978.〔エミール・ゾラ『書簡集　1858-1902』小倉孝誠他訳、藤原書店、2012〕
—— *Face aux romantiques*, Bruxelles, Éditions Complexe, 1989.

■批評

Ambrière, Madeleine, sous la dir. de, *Précis de littérature française du XIXe siècle*, PUF, 1990.
Ariès, Philippe, *L'enfant et la vie familiale sous l'Ancien Régime*, Seuil, 1973［2° éd.］.〔フィリップ・アリエス『〈子供〉の誕生——アンシアン・レジーム期の子供と家族生活』杉山光信・杉山恵美子訳、みすず書房、1980〕
Arnaud-Duc, Nicole, « Le piège de la famille », in *Histoire des femmes en Occident*, tome 4, *Le XIXe siècle*, Plon, 1991, pp. 102-116.
Bellet, Roger, « Masculin et féminin dans les pseudonymes des femmes de lettres au XIXe siècle », in *Femmes de lettres au XIXe siècle*. Autour de Louise Colet, Presses Universitaires de Lyon, 1982, pp. 249-281.
Beizer, Janet, « Les lettres de Flaubert à Louise Colet: une physiologie du style », in *L'œuvre de l'œuvre*, sous la direction de Jacques Neefs et Raymonde Debray-Genette, Presses universitaires de Vincennes, 1993, pp. 59-83.
Bénichou, Paul, *Le Sacre de l'écrivain, 1750-1830. Essai sur l'avènement d'un pouvoir spirituel läique dans la France moderne*, Corti, 1973.
Bizouard, Élisabeth, *Le Cinquième fantasme. Auto-engendrement et impulsion créatrice*, PUF, 1995.
Bonnet, Jean-Claude, « Le fantasme de l'écrivain », *Poétique*, n° 63, 1985, pp. 259-277.
Brunetière, Ferdinand, *Histoire littéraire de la France*, tome 4. *Le XIXe siècle*, Paris, Librairie Delagrave, 1917.
Buisine, Alain, *Proust et ses lettres*, Presses universitaires de Lille, 1983.

—— *Lettres à Madame Hanska*, Laffont, Bouquins, 1990.
Barbey d'Aurevilly, Jules, *Les Bas-bleus*, Lemerre, 1878.
Baudelaire, Charles, « Conseils aux jeunes littérateurs », in *Œuvres complètes*, Gallimard, Bibliothèque de la Pléiade, 1961, pp. 477-484.〔「若き文学者への忠言」橋本一明訳、『ボードレール全集 III』前掲、所収〕
Chateaubriand, François-René de, *Mémoires d'outre-tombe*, Garnier-Flammarion, 4 vol., 1982.〔シャトーブリアン『墓の彼方の回想』真下弘明訳、勁草出版サービスセンター、1983〕
Colette, *La Naissance du jour*, in *Œuvres* III, Gallimard, Bibliothèque de la Pléiade, 1991.
Daudet, Alphonse, *Souvenirs d'un homme de lettres*, Flammarion, 1888.
Daudet, Léon, *Souvenirs et polémiques*, Laffont, Bouquins, 1992.
Dumas, Alexandre, *Mémoires*, 5 vol., Gallimard, 1968.
Flaubert, Gustave, *Correspondance* I, Gallimard, Bibliothèque de la Pléiade, 1973.〔『フロベール書簡集　1～3』鈴木・秋山訳、白水社、1948-1949、他〕
Gautier, Théophile, *Mademoiselle de Maupin*, Garnier-Flammarion, 1966.〔テオフィル・ゴーティエ『モーパン嬢』田辺貞之助訳、新潮文庫、1952、他〕
Huysmans, Joris-Karl, *Certains*, UGE 10/18, 1975.
Leduc, Violette, *La Folie en tête*, Gallimard, « L'Imaginaire », 1973.
Perec, Georges, *W ou le souvenir d'enfance*, Denoël, 1975.〔ジョルジュ・ペレック『W あるいは子供の頃の思い出』酒詰治男訳、人文書院、1996〕
Proust, Marcel, *Du côté de chez Swann*, Gallimard, Folio, 1988.〔マルセル・プルースト『失われた時を求めて』(全5巻) 井上究一郎訳、筑摩書房、1973-1988、他〕
Sainte-Beuve, Charles-Augustin, *Causeries du lundi*, tome 1, Paris, 1849.〔サント＝ブーヴ『月曜閑談』土井寛之訳、冨山房百科文庫、1978〕
—— *Pour la critique*, Gallimard, Folio, 1992.
Staël, Germaine de, *De la littérature*, Garnier-Flammarion, 1991.
Stendhal, *Racine et Shakespeare*, in *Œuvres complètes*, vol. 37, Genève, Cercle du Bibliophile, 1970, pp. 39-69.〔スタンダール『ラシーヌとシェイクスピア』佐藤正彰訳、青木書店、1939、他〕
—— *Vie de Henry Brulard*, Gallimard, Folio, 1973.〔スタンダール『アンリ・ブリュラールの生涯　1-5』桑原武夫訳、岩波文庫、1974、他〕
Taine, Hippolyte, *Essais de critique et d'histoire*, Paris, 1858.
Tocqueville, Alexis de, *De la démocratie en Amérique*, Vrin, 1989, 2 vol.〔アレクシス・ド・トクヴィル『アメリカのデモクラシー』松本礼二訳、岩波文庫、

Tudomanyegyetem, 1991.
Sivert, Eileen Boyd, « *Lélia* and Feminism », *Yale French Studies*, n° 62, 1981, pp. 45-66.
van Rossum-Guyon, Françoise, « La correspondance comme laboratoire d'écriture (1831-1832) », *Revue des Sciences humaines*, 1991-1, pp. 97-104.
—— « Sand, Balzac et le roman », *George Sand et l'écriture du roman, Actes du XI*[e] *colloque international George Sand*, réunis par Jeanne Goldin, Montréal, Presses universitaires de l'université de Montréal, 1996, pp. 7-20.
—— « Portrait d'auteur en jeune femme. Balzac-Camille Maupin, George Sand, Hélène Cixous », in *Du féminin*, textes réunis par Mireille Calle, Sainte-Foy (Québec), Le Griffon d'argile, 1992, pp. 167-184.
Vareille, Jean-Claude, « Fantasmes de la fiction, fantasmes de l'écriture », in *Actes du colloque George Sand*, éd. Simone Vierne, SEDES, 1983, pp. 125-136.
Vierne, Simone, « George Sand et le roman sentimental », *Revue des Sciences humaines*, n° 226, 1992-2, pp. 176-192.
—— « Le rire de George Sand. De la gaieté robuste à l'ironie romantique », in *Le chantier de George Sand, George Sand et l'étranger, Actes du X*[e] colloque international George Sand, éd. par Tivadar Gorilovics et Anne Szabó, Debrecen, Kossuth Lajos Tudomayegyetem, 1993, pp. 187-199.
Wentz, Debra Linowitz, *Les Profils du* Théâtre de Nohant *de George Sand*, Nizet, 1978.
Witkin, Charron, « Rivières et fontaines dans les romans champêtres », in *George Sand Today, Proceedings of the Eight International George Sand Conference*, ed. by David A. Powell, University Press of America, Lanham (Maryland), 1991, pp. 145-152.
Zanone, Damien, « Fiction et oraison: *Corambé* ou l'empire sans limites du roman », in *Actes du colloque George Sand et l'empire des lettres/George Sand and the Literary Empire*, La Nouvelle Orléans, décembre 2002.

その他の引用作品

■文学

Balzac, Honoré de, *La Comédie humaine* VIII, Gallimard, Bibliothèque de la Pléiade, 1977.〔『バルザック「人間喜劇」セレクション』(全13巻・別巻2)、鹿島・山田・大矢他訳、藤原書店、1999-2002、他〕
—— *Correspondance* II, Garnier, 1960.

Sand », in *Mélodrames et romans noirs*, éd. par Simone Bernard-Griffiths, Presses universitaires du Mirail, 2000, pp. 449-459.

Maccallum-Swartz, Lucy, « Sensibilité et sensualité: rapports sexuels dans les premiers romans de George Sand (1831-1843) », in *Actes du colloque George Sand*, éd. Simone Vierne, SEDES, 1983, pp. 171-177.

Massardier-Kenney, Françoise, *Gender in the Fiction of George Sand*, Amsterdam/ Atlanta, Rodopi, 2000.

Maurois, André, *Lélia ou la vie de George Sand*, Hachette, 1952. 〔『ジョルジュ・サンド』河盛・島田訳、新潮社、1954〕

McCall Saint-Saëns, Anne, *De l'être en lettres*, Amsterdam/Atlanta, Rodopi, 1996.

Mozet, Carol, « Lord Byron et George Sand, 'Le Corsaire', 'Lara' et 'L'Uscoque' », *George Sand Collected Essays*, ed. by Janis Glasgow, The Whitston Publishing Co, Troy, New York, 1985, pp. 53-69.

Mozet, Nicole, *George Sand écrivain de romans*, Christian Pirot Éditeur, 1997.

Naginski, Isabelle, *George Sand. Writing for her life*, New Brunswick, Rutgers University Press, 1991 [traduction française, Champion, 1999].

Planté, Christine, « Mon pseudonyme et moi », *George Sand. Une correspondance*, sous la direction de Nicole Mozet, Christian Pirot Éditeur, 1994, pp. 225-238.

—— « Elle n'eut d'ailleurs rien de la femme auteur », in *George Sand lue à l'étranger, Recherches nouvelles 3*, Actes du colloque d'Amsterdam réunis par Suzan van Dijk, CRIN 30, 1995, pp. 36-48.

Poli, Anna-Rosa, *George Sand vue par les Italiens*, Paris, Didier, 1965.

Reid, Martine, « *Mauprat*: mariage et maternité chez Sand », *Romantisme*, n° 76, 1992, pp. 43-59.

—— « Troubadoureries », in *George Sand. Une correspondance*, sous la direction de Nicole Mozet, Christian Pirot Éditeur, 1994, pp. 254-268.

Schor, Naomi, « Female fetishism. The Case of George Sand », *Poetics Today*, vol. 6: 1-2, 1985, pp. 301-330.

—— « Reading double: Sand's Difference », in *The Poetics of Gender*, ed. by Nancy K. Miller, New York, Columbia University Press, 1986, pp. 248-269.

—— « Le féminisme et George Sand: *Lettres à Marcie* », *Revue des Sciences humaines*, n° 226, 1992-2, pp. 21-35.

—— *George Sand & Idealism*, New York, Columbia University Press, 1993.

Seillière, Ernest, *George Sand, mystique de la passion, de la politique et de l'art*, Alcan, 1920.

Szabó, Anna, *Le Personnage sandien, constantes et variations*, Debrecen, Kossuth Lajos

Deutelbaum, Wendy and Huff, Cynthia, « Class, Gender, and Family System: The Case of George Sand », in *The (M) other Tongue*, ed. S. Nelson et al., Ithaca, Cornell University Press, 1985, pp. 260-279.

Diaz, José-Luis, « Comment Aurore devint George? », in *George Sand. Une correspondance*, sous la direction de Nicole Mozet, Christian Pirot Éditeur, 1994, pp. 18-49.

—— « Inventer George Sand (1812-1828) », in *George Sand lue à l'étranger, Recherches nouvelles 3*, Actes du colloque d'Amsterdam réunis par Suzanne van Dijk, CRIN 30, 1995, pp. 25-35.

—— « Balzac, Sand: devenir romancier », in *George Sand et l'écriture du roman, Actes du XI*e colloque international George Sand, réunis par Jeanne Goldin, Montréal, Presses universitaires de l'université de Montréal, 1996, pp. 23-38.

Dickenson, Donna, *George Sand: A Brave Man, A Most Womanly Woman*, Oxford, Berg, 1988.

Didier, Béarice, *George Sand écrivain, « Un grand fleuve d'Amérique »*, PUF, 1998.

Frappier-Mazur, Lucienne, « Desire, Writing and Identity in the Romantic Mystical Novel: Notes for a Definition of the Feminine », *Style* 18 (n° 3), 1984, pp. 328-353.

—— « Nostalgie, dédoublement et écriture dans *Histoire de ma vie* », *Nineteenth Century French Studies*, 17 (n° 3-4), 1989, pp. 265-274.

—— « La référence 'George Sand' dans quelques écrits autobiographiques de femmes », in *Autobiography, History, Rhetoric. A Festschrift in Honor of Franck Paul Bowman*, éd. Mary Donaldson-Evans, Lucienne Frappier-Mazur and Gerald Prince, Amsterdam, Atlanta, Rodopi, 1994, pp. 84-111.

—— « George Sand et la généalogie: adultère, adoption, légitimation dans *La Confession d'une jeune fille* (1864) », *George Sand Studies*, 17, n° 1-2, 1998, pp. 3-16.

Gorilovics, Tivadar et Szabó, Anna, « Zola, lecteur de George Sand », in *Lectures de Zola, Series Litteraria*, fas. XXI, Debreceni Egyetem, 1999, pp. 51-98.

Hecquet, Michèle, « George Sand tyrannicide », in *Le Chantier de George Sand-George Sand et l'étranger, Actes du X*e colloque international George Sand, Debrecen, Kossuth Lajos Tudomanyegyetem, 1993, pp. 89-95.

—— « Le génie du lieu », in *George Sand, jenseits des Identischen, au-delà de l'identique, Actes du XIII*e colloque international George Sand, Bielefield Aisthesis Verlag, 2000, pp. 353-361.

—— « Aspects du roman gothique: la confession féminine dans les romans de

ジョルジュ・サンドを対象とする著作

■文学

Barbey d'Aurevilly, Jules, « Madame Sand », in *Littérature épistolaire*, Lemerre, 1885, pp. 363-374.

Baudelaire, Charles, « Mon cœur mis à nu », in *Œuvres complètes*, Gallimard, Bibliothèque de la Pléiade, 1961, pp. 1271-1300.〔「赤裸の心」矢内原伊作訳、『ボードレール全集 II』福永武彦編、人文書院、1963、所収〕

James, Henry, « George Sand », in *French Poets and Novelists*, London, MacMillan & Co, 1884, pp. 149-185.

Hugo, Victor, « Obsèques de George Sand », in *Œuvres complètes*, vol. 45, J. Hetzel et A. Quentin, 1884, pp. 385-388.

Maupassant, Guy de, « George Sand d'après ses lettres », in *Chroniques* II, UGE 10/18, 1980, pp. 55-60.

Proudhon, Pierre Joseph, « Madame George Sand », in *Les Femmelins*, Nouvelle Librairie Nationale, 1912, pp. 83-105.

Sainte-Beuve, Charles-Augustin, « George Sand », in *Portraits contemporains* I, Michel Lévy, 1870, pp. 470-523.

Zola, Émile, « George Sand », in *Œuvres complètes* XII, Cercle du Livre précieux, 1966.

■批評

Barry, Joseph, *George Sand ou le scandale de la liberté*, Seuil, 1982.

Berthier, Philippe, « L'inquisiteur et la dépravatrice: Barbey d'Aurevilly et George Sand I（1833-1850）, II（1850-1889）», *Revue d'Histoire littéraire de la France*, n° 78, 1978, pp. 736-758 et n° 79, 1979, pp. 50-61.

—— « Note sur le 'roman familial' » et « *Corambé*: interprétation d'un mythe », in *Figures du fantasme. Un parcours dix-neuviémiste*, Toulouse, Presses universitaires du Mirail, 1992, pp. 189-199 et pp. 169-187.

Buisine, Alain, « Matronymies », *Revue des Sciences Humaines*, n° 53, 1984, pp. 54-78.

Cellier, Léon, « Baudelaire et George Sand », *Revue d'Histoire littéraire de la France*, n° 67, 1967, pp. 239-259.

Crecelius, Kathryn J., *Family Romances, George Sand's Early Novels*, Bloomington & Indianapolis, Indiana University Press, 1987.

Cate Curtis, *George Sand, A Biography*, Boston, Houghton Mifflin Company, 1975.

Les Dames vertes (1859), éd. Éric Bordas, La Chasse au Snark, 2002.
Jean de La Roche (1860), éd. Claude Tricotel, Éditions de l'Aurore, 1988.
Constance Verrier (1860), Michel Lévy, 1869.
La Ville noire (1861), éd. Jean Courrier, Éditions De Borée, 1999. 〔『黒い町』石井啓子訳、藤原書店、2006〕
Le Marquis de Villemer (1861), Éditions R. Simon, 1935.
Valvèdre (1861), Michel Lévy, 1875.
La Famille de Germandre (1861), Calmann-Lévy, 1877.
Antonia (1863), éd. Martine Reid, Actes Sud, Babel, 2002.
Mademoiselle La Quintinie (1863), Michel Lévy, 1866.
La Confession d'une jeune fille (1865), Michel Lévy, 1865.
Laura ou Voyage dans le cristal (1865), UGE, 1980.
Jeanne (1866), Calmann-Lévy, 1876. 〔『ジャンヌ』持田明子訳、藤原書店、2006〕
Monsieur Sylvestre (1866), Michel Lévy, 1866.
Le Dernier amour (1867), Michel Lévy, 1867.
Mademoiselle Merquem (1868), éd. Martine Reid, Actes Sud, Babel, 1996.
Pierre qui roule/Le Beau Laurence (1870), préface d'Huguette Bouchardeau, Saffrat, 1990.
Malgrétout (1870), Calmann-Lévy, 1876.
Césarine Dietrich (1871), Michel Lévy, 1872.
Nanon (1872), éd. Nicole Mozet, Éditions de l'Aurore, 1987.
Contes d'une grand-mère (1873 et 1876), éd. Philippe Berthier, Éditions de l'Aurore, 1982, 2 vol. 〔『ちいさな愛の物語』小椋順子訳、藤原書店、2005、他〕
Flamarande (1875), Calmann-Lévy, 1878.
Les deux frères (1875), Calmann-Lévy, 1878.
Albine Fiori (1876, inachevé), Du Lérot éditeur/Les Amis de George Sand, 1992.

■戯曲

Théâtre de Nohant [*Le Drac, Plutus, Le Pavé, La Nuit de Noël, Marielle*] (1865), Michel Lévy, 1865.
Théâtre complet (1866), Michel Lévy, 1866, 4 vol.

Les Sept cordes de la lyre (1840), Michel Lévy, 1862.
Le Compagnon du tour de France (1840), Michel Lévy, 1869.
Pauline (1841), Calmann-Lévy, 1882.
Horace (1842), éd. Nicole Courrier, Éditions de l'Aurore, 1982.
Consuelo (1842), Éditions de la Sphère, 1979.〔『歌姫コンシュエロ』持田・大野監訳、藤原書店、2008〕
Un hiver à Majorque (1842), Palma de Mallorca, 1968.〔『マヨルカの冬』小坂裕子訳、藤原書店、1997〕
La Comtesse de Rudolstadt (1843), éd. Simone Vierne et René Bourgeois, Éditions de l'Aurore, 1983.
Le Meunier d'Angibault (1845), éd. Béatrice Didier, Hachette, Le Livre de Poche, 1985.
La Mare au diable (1846), Gallimard, Folio, préface de Léon Cellier 1973.〔『魔の沼　他』持田明子訳、藤原書店、2005、他〕
Teverino (1846), éd. Martine Reid, Actes Sud, Babel, 2003.
Isidora (1846), Michel Lévy, 1884.
Le Péché de Monsieur Antoine (1847), éd. Jean Courrier et Jean-Hervé Donnard, Éditions de l'Aurore, 1982.
Lucrezia Floriani (1847), Michel Lévy, 1862.
Le Piccinino (1847), Hetzel, 1854.
La Petite Fadette (1849), éd. Martine Reid, Gallimard, Folio, 2004.〔『愛の妖精』宮崎嶺雄訳、岩波文庫、1936、他〕
François le Champi (1850), éd. Maurice Toesca, Hachette, Le Livre de Poche, 1983.〔『棄子のフランソワ』長塚隆二訳、角川文庫、1952〕
Le Château des désertes (1851), Calmann-Lévy, 1877.
Mont-Revêche (1853), Michel Lévy, 1869.
La Filleule (1853), Calmann-Lévy, 1879.
Les Maîtres sonneurs (1853), éd. Marie-Claire Bancquart, Gallimard, Folio, 1979.〔『笛師のむれ　上・下』宮崎嶺雄訳、岩波文庫、1948〕
Adriani (1854), Michel Lévy, 1857.
Evenor et Leucippe (1856), Michel Lévy, 1862.
Les Beaux Messieurs de Bois-Doré (1858), Michel Lévy, 1862.
La Daniella (1857), éd. Simone Balayé, Slatkine Reprints, 1979.
Elle et lui (1859), préface d'Henri Guillemin, Ides et Calendes, 1963.〔『彼女と彼』川崎竹一訳、岩波文庫、1950、他〕
Narcisse (1859), Michel Lévy, 1862.

Du Lérot Éditeur/Les Amis de George Sand, 1995.〔『書簡集　1812-1876』持田・大野編・監訳・解説、藤原書店、2013〕
George Sand/Marie d'Agoult, *Correspondance*, Bartillat, 1995.
George Sand/Gustave Flaubert, *Correspondance*, Flammarion, 1981.〔『往復書簡　サンド＝フロベール』持田明子編訳、藤原書店、1998〕
« Lettres de George Sand et H. Taine », *Revue des Deux Mondes*, janvier 1933, vol. XIII, pp. 335-351.
Lettres inédites de George Sand et de Pauline Viardot, 1839-1849, Nouvelles Éditions latines, 1959.

■手書き原稿

Voir la liste complète fournie dans *Manuscrits modernes, Écritures du romantisme II, George Sand*, sous la direction de B. Didier et J. Neefs, Presses universitaires de Vincennes, 1989, pp. 143-159.

■小説、短篇、中編小説（出版年）

Indiana（1832）, Folio, éd. Béatrice Didier, 1984.〔『アンジアナ　上・下』杉捷夫訳、岩波文庫、1937、他〕
Valentine（1832）, Michel Lévy, 1869.
La Marquise, Metella, Lavinia, Mattea（1832-1833）, éd. Martine Reid, Actes Sud, Babel, 2002.
Lélia（1833 et 1839）, éd. Pierre Reboul, Garnier, 1960.
Jacques（1834）, Lévy et Hetzel, 1857.
Le Secrétaire intime（1834）, Hetzel, 1854.
André（1835）, Félix Bonnaire, 1837.
Le Poème de Myrza（1835）, Hetzel, 1854.
Leone Leoni（1835）, Michel Lévy, 1862.
Simon（1836）, éd. Michèle Hecquet, Éditions de l'Aurore, 1991.
Mauprat（1837）, éd. Claude Sicard, Garnier-Flammarion, 1969.〔『モープラ』小倉和子訳、藤原書店、2005、他〕
Le Diable aux champs（1837）, Calmann-Lévy, 1889.
Les Maîtres mosaïstes（1838）, Michel Lévy, 1869.
La Dernière Aldini（1838）, Calmann-Lévy, 1882.
Spiridion（1839）, éd. Michèle Hecquet, Champion, 2001.〔『スピリディオン』大野一道訳、藤原書店、2004〕
Gabriel（1840）, Michel Lévy, 1867.

参考文献

ジョルジュ・サンドの作品[(1)]

（1） La présente liste reprend les ouvrages dont j'ai pris connaissance. La totalité des romans est disponible chez Slatkine Reprints en 30 vol. (iI s'agit de la reprise, sans correction des erreurs et coquilles, de l'édition Lévy commencée en 1860 et incomplète). Fort peu de titres sont disponibles en poche; nombreux sont ceux qui n'ont pas été réédités depuis la fin du XIXe siècle. Les éditions Champion ont annoncé la publication des oeuvres complètes de George Sand sous la direction de Béatrice Didier.

■自伝的作品、旅行記、日記、論文、その他

Agendas, éd. Anne Chevereau, Paris, Touzot, 1990-1993, 6 vol.

Autour de la table, Michel Lévy, 1862.

Dernières pages, Calmann-Lévy, 1877.

Journal d'un voyageur pendant la guerre, Michel Lévy, 1871.

Impressions et souvenirs, Michel Lévy, 1873.

Nouvelles lettres d'un voyageur, Calmann-Lévy, 1877.

Œuvres autobiographiques, éd. Georges Lubin, Gallimard, Bibliothèque de la Pléiade, 1970-1971, 2 vol. [le tome II comprend les *Lettres d'un voyageur*].

Préfaces, éd. Anna Szabó, Debrecen (Hongrie), Kossuth Lajos Tudomanyegyetem, 1997, 2 vol.

Politique et polémiques, éd. Michelle Perrot, Imprimerie Nationale, 1992.〔ジョルジュ・サンド『サンド——政治と論争』持田明子訳、藤原書店、2000〕

Promenades autour d'un village, éd. Georges Lubin, Saint-Cyr-sur-Loire, Christian Pirot Éditeur, 1992.

Promenades dans le Berry, Bruxelles, Éditions Complexe, 1990, préface de Georges Lubin [le volume comprend les *Légendes rustiques*].

Questions d'art et de littérature, Calmann-Lévy, 1878.

Questions politiques et sociales, Calmann-Lévy, 1879.

Souvenirs et impressions littéraires, Hetzel et Lacroix, 1866.

■書簡集

Correspondance, éd. Georges Lubin, 25 vol., Garnier, 1966-1991; 26e vol. édité par

著者紹介

マルティーヌ・リード（Martine Reid）

〈略歴〉

1975　学士号取得　ルーヴァン・カトリック大学（ベルギー）
1984　哲学博士号取得　エール大学（アメリカ）
　　　エール大学助教授
1990　エール大学準教授
1996　ヴェルサイユ・サン=カンタン=アン=イヴリーヌ大学助教授を歴任
現在　リール第3大学教授（フランス語・フランス文学）
　　　パリ第7（ドニ・ディドロ）大学、パリ第3（ソルボンヌ・ヌヴェル）大学、ウォリック大学（イギリス）、エール大学、モントリオール大学（カナダ）等の客員教授

〈著書〉

1. *Stendhal en images. Stendhal, l'autobiographie et la Vie de Henry Brulard*, Genève, Droz, 1991
2. *Flaubert correspondant*, Paris, SEDES, 1995
3. *Signer Sand. L'oeuvre et le nom*, Paris, Belin, 2003
4. *Des femmes en littérature*, Paris, Belin, 2010
5. *George Sand*, Paris Gallimard, 2013

〈論文〉

スタンダール、ジョルジュ・サンド、そのほかの19世紀作家、女性・表象・ジェンダーに関するものなど、多数の論文を執筆

〈校訂本〉

（ジョルジュ・サンド）

Mademoiselle Merquem　La Marquise, Lavinia, Metella, Mattea
Antonia　Teverino　La Petite Fadette　Histoire de ma vie
L'Homme de neige　Le Château de Pictordu

（バルザック）

Eugénie Grandet

他

訳者紹介

持田明子（もちだ・あきこ）

1969年東京大学大学院博士課程中退。九州産業大学名誉教授。専攻はフランス文学。1966-68年，フランス政府給費留学生として渡仏。ジョルジュ・サンド研究の第一人者ピエール・ルブール教授の指導のもと，1840年代のサンドの作品と思想を研究。

著書に『ジョルジュ・サンド 1804-76』『ジョルジュ・サンドからの手紙』（編著），訳書にサンド『サンド—政治と論争』『魔の沼ほか』『歌姫コンシュエロ 上下』（共訳）『書簡集』（共編訳）『往復書簡 サンド=フロベール』（編訳），デザンティ『新しい女』，ヴァンサン=ビュフォー『涙の歴史』，ショヴロン『赤く染まるヴェネツィア』，ペロー『歴史の沈黙』（以上藤原書店）他。

なぜ〈ジョルジュ・サンド〉と名乗《なの》ったのか？

2014年6月30日　初版第1刷発行©

訳　者　持　田　明　子

発行者　藤　原　良　雄

発行所　株式会社　藤　原　書　店

〒162-0041　東京都新宿区早稲田鶴巻町523

電　話　03（5272）0301

FAX　03（5272）0450

振　替　00160-4-17013

info@fujiwara-shoten.co.jp

印刷・製本　中央精版印刷

落丁本・乱丁本はお取替えいたします

定価はカバーに表示してあります

Printed in Japan

ISBN978-4-89434-972-8

❺ ジャンヌ――無垢の魂をもつ野の少女

Jeanne, 1844　　**持田明子 訳＝解説**

現世の愛を受け入れられず悲劇的な死をとげる、読み書きのできぬ無垢で素朴な羊飼いの少女ジャンヌの物語。「私には書けない驚嘆に値する傑作」(バルザック)、「単に清らかであるのみならず無垢のゆえに力強い理想」(ドストエフスキー)。

440頁　**3600円**　◇978-4-89434-522-5（第6回配本／2006年6月刊）

❻ 魔の沼　ほか

La Mare au Diable, 1846　　**持田明子 訳＝解説**

貧しい隣家の娘マリの同道を頼まれた農夫ジェルマン。途中道に迷い、〈魔の沼〉のほとりで一夜を明かす。娘の優しさや謙虚さに、いつしか彼の心に愛が芽生える……自然に抱かれ額に汗して働く農夫への賛歌。ベリー地方の婚礼習俗の報告を付す。

〈附〉「マルシュ地方とベリー地方の片隅――ブサック城のタピスリー」（1847）

「ベリー地方の風俗と風習」（1851）

232頁　**2200円**　◇978-4-89434-431-0（第2回配本／2005年1月刊）

❼ 黒い町

La Ville Noire, 1861　　**石井啓子 訳＝解説**

ゾラ「ジェルミナル」に先んじること 20 数年、フランス有数の刃物生産地ティエールをモデルに、労働者の世界を真正面から描く産業小説の先駆。裏切った恋人への想いを断ち切るため長い遍歴の旅に出た天才刃物職人を待ち受けていたのは……。

296頁　**2400円**　◇978-4-89434-495-2（第5回配本／2006年2月刊）

❽ ちいさな愛の物語

Contes d'une Grand-mère, 1873,1876　　**小椋順子 訳＝解説**

「ピクトルデュの城」「女王コアックス」「バラ色の雲」「勇気の翼」「巨岩イエウス」「ものを言う樫の木」「犬と神聖な花」「花のささやき」「埃の妖精」「牡蠣の精」。自然と人間の交流、澄んだ心だけに見える不思議な世界を描く。（画・**よしだみどり**）

520頁　**3600円**　◇978-4-89434-448-8（第3回配本／2005年4月刊）

❾ 書簡集　1812-1876

Correspondance　　**持田明子・大野一道 編・監訳・解説**

「書簡は、サンドの最高傑作」。フロベール、バルザック、ハイネ、ユゴー、デュマ・フィス、ツルゲーネフ、マリ・ダグー、ドラクロワ、ショパン、リスト、ミシュレ、マルクス、バクーニン……2 万通に及ぶ全書簡から精選。

536頁　**6600円**　◇978-4-89434-896-7（第9回配本／2013年7月刊）

別巻　ジョルジュ・サンド　ハンドブック

持田明子・大野一道 編

「自由への道――サンドとその時代」「サンドの今日性」（M. ペロー）／サンドの珠玉の言葉／サンド年譜／主要作品紹介／全作品一覧 ほか　　（次回配本）

自由を生きた女性

〈ジョルジュ・サンド〉セレクションプレ企画

ジョルジュ・サンド 1804-76

〔自由、愛、そして自然〕

持田明子

真の自由を生きた女性、ジョルジュ・サンドの目から見た十九世紀。全女性必読の書。　**写真・図版多数**

〈附〉作品年譜／同時代人評（バルザック、ハイネ、フロベール、バクーニン、ドストエフスキーほか）

A5変並製　二八〇頁　**二二〇〇円**

（二〇〇四年六月刊）

◇978-4-89434-393-1